Alberto Manguel

Im Spiegelreich

Aus dem Englischen
von Chris Hirte

Verlag Volk & Welt
Berlin

Titel der amerikanischen Originalausgabe
INTO THE LOOKING GLASS WOOD
Erschienen im Verlag Alfred Knopf, Toronto 1998.

Die Illustrationen von John Tenniel wurden den Originalausgaben von Lewis Carolls Büchern »Alice's Adventures in Wonderland« (1865) und »Through the Looking – Glass and What Alice Found There« (1872) entnommen.

Schutzumschlag: rgb, Hamburg
Satz: deutsch-türkischer fotosatz, Berlin
Druck und Bindearbeiten: Wiener Verlag
Printed in Austria
ISBN 3-353-01153-6

Für Lenny Fagin,
den besten Freund,
der von Anfang an da war

»Aber was passiert, wenn ihr zum Anfang zurückkommt?« fragte Alice beherzt.
Alice im Wunderland, 7. Kapitel

I

Vorwort

»Jetzt solltest du dich mit einer netten Rede bedanken«, sagte die Rote Königin und blickte Alice streng an.

Alice hinter den Spiegeln, 8. Kapitel

Dank

Für mich sind es die Wörter auf der Buchseite, die der Welt den Zusammenhalt verleihen. Als die Einwohner von Macondo während ihrer hundertjährigen Einsamkeit eines Tages von einer Krankheit befallen wurden, die mit dem Verlust ihres Gedächtnisses einherging, stellten sie fest, daß ihre Weltkenntnis rasant schrumpfte und daß sie sogar vergaßen, was eine Kuh war, ein Baum, ein Haus. Das Gegenmittel, so fanden sie heraus, waren Wörter. Um sich zu erinnern, was die Dinge um sie herum bedeuteten, schrieben sie Zettel und befestigten sie an Tieren und Gegenständen: »Das ist ein Baum.« – »Das ist ein Haus.« – »Das ist eine Kuh. Sie gibt Milch, die man mit Kaffee mischen kann, und so bekommt man *café con leche*.« Die Wörter sagen uns, wie wir als Gesellschaft uns die Welt vorstellen.

»Sich die Welt vorstellen«, darin liegt die Herausforderung. Indem wir Wörter mit Erfahrungen paaren und Erfahrungen mit Wörtern, durchforschen wir Leser die Geschichten, in denen etwas nachhallt, die uns auf eine Erfahrung vorbereiten oder uns von packenden Abenteuern erzählen, die wir niemals anders erleben werden (wie wir nur zu gut wissen) als auf dem Papier. Dementsprechend ändert sich mit jeder Lektüre unsere Vorstellung von dem Buch, das wir uns vorgenommen haben. Im Lauf der Jahre haben sich meine Erfahrungen, meine Vorlieben, meine Vorurteile gewandelt, Tag für Tag ist mein Gedächtnis mit dem Umsortieren, Katalogisieren und Verwerfen von Büchern meiner Bibliothek beschäftigt; meine Wörter und meine Welt bleiben sich – abgesehen von ein paar festen Orientierungspunkten – niemals gleich. Heraklits Sinnspruch über die Zeit trifft ebensogut auf meine Lektüre zu: »Man steigt nicht zweimal in dasselbe Buch.«

Was unverändert bleibt, ist meine Lust, zu lesen, das Buch in der Hand zu halten, und plötzlich dieses eigenartige Gefühl des Staunens, des Erkennens zu spüren, den Schauder oder die Wärme, die eine gewisse Abfolge von Wörtern manchmal und ohne ersichtlichen Grund in uns erzeugt. Bücher zu rezensieren, zu übersetzen, Anthologien zusammenzustellen sind Tätigkeiten, die dieser Lust ein wenig Rechtfertigung verleihen (als ob Lust der Rechtfertigung bedürfte!), und manchmal konnte ich sogar davon leben. »Das ist so eine schöne Welt. Ich wünschte nur, ich wüßte, wie man in ihr jährlich zweihundert Pfund verdienen kann«, schrieb der Dichter Edward Thomas an seinen Freund Gordon Bottomley. Das Rezensieren, Übersetzen und Herausgeben hat mir manchmal diese zweihundert Pfund gebracht.

Henry James prägte den Ausdruck »Teppichmuster« für das wiederkehrende Thema, das sich wie ein geheimes Erkennungszeichen durch das Schaffen eines Schriftstellers zieht. In vielen Texten, die ich geschrieben habe (Kritiken, Erinnerungen oder Einführungen), glaube ich dieses flüchtige Muster zu erkennen: Es hat etwas mit der Beziehung zwischen meinem geliebten Handwerk, dem Handwerk des Lesens, und dem Ort, an dem ich es betreibe, zu tun – Edward Thomas' »schöner Welt«. Ich glaube, es gibt eine Ethik des Lesens, eine Verantwortung dafür, *wie* wir lesen, eine Verpflichtung politischer wie privater Art, die sich mit dem Umblättern der Seiten und dem Verfolgen der Zeilen verbindet. Und ich glaube, daß uns ein Buch – ganz unabhängig von den Absichten des Autors und unseren Erwartungen als Leser – gelegentlich besser und klüger machen kann.

Von Craig Stephenson, der in den vergangenen Jahren stets mein erster Leser war, stammt der Vorschlag für den Aufbau und die Zusammenstellung dieses Buches. Er bezähmte meine Neigung, aus sentimentalen Gründen an weniger wichtigen Texten festzuhalten, und erinnerte mich an andere, die ich vergessen hatte; er verwendete viel mehr Zeit, über die Eignung jedes Beitrags nachzugrübeln, als ich selbst in meiner Ungeduld es getan hätte. Dafür und für mehr, als er zu akzeptieren gewillt wäre, meinen tiefempfundenen Dank.

Während der Reiseabenteuer mit meinem vorangegangenen Buch *Eine Geschichte des Lesens* hatte ich das Glück, neue Freunde zu gewinnen, und ich möchte ihnen an dieser Stelle danken. Mein deutscher Übersetzer Chris Hirte hat meinen Text großzügig und stillschweigend verbessert; meine Dankesschuld ist immens. Dietrich Simon, Jutta Becker und anderen geduldigen Seelen bei Volk und Welt gilt mein herzlicher Dank für ihr Vertrauen, ihre Ermutigung und Gastfreundschaft, auch dafür, daß sie mein stockendes Deutsch mit großer Nachsicht ertrugen und daß sie mich in ganz Deutschland mit hervorragenden Lesern und Buchhändlern bekannt machten. Aus deren sachkundigen und klugen Fragen habe ich viel gelernt.

Viele der hier versammelten Beiträge sind über die Jahre in unterschiedlichen Fassungen und Verkleidungen in einer beträchtlichen Zahl von Publikationen erschienen, für deren Gastfreundschaft ich dankbar bin.

»Jona und der Wal« und »Das Zeitalter der Rache« entstanden als Vorträge für das Banff Centre for the Arts, wo ich von 1991 bis 1995 das Meclean-Hunter Arts Journalism Programme leitete; letzterer Beitrag erschien etwas verändert im *Svenska Dagbladet*, Stockholm. »Inzwischen, im selben Wald« und »Die Pforten des Paradieses« waren die Einführungen für zwei Anthologien, eine mit schwulen Erzählungen (herausgegeben zusammen mit Craig Stephenson) und eine mit erotischer Kurzprosa. Eine ältere Fassung von »Warum gerade ich?« erschien im Londoner *Times Literary Supplement* wie auch »Der Tod Che Guevaras«, »Der blinde Fotograf« und eine kürzere Fassung von »Der Computer des heiligen Augustinus«, die ich dann 1997 als *TLS*-Vorlesung zu Gehör brachte. »Die Phantasie an die Macht« erschien als Nachwort zu meiner Übersetzung von Julio Cortázars *Unvernünftigen Stunden* und in erweiterter

Form als Einleitung zu einem Band seiner ausgewählten Erzählungen unter dem Titel *Bestiary*. Frühere Fassungen von »Wühlen im Knochenkeller« (unter dem Titel »Designer Porn«) und »Der Mitwisser« erschienen im Magazin *Saturday Night*, Toronto. »Aus Schwarz mach Weiß« wurden sowohl in *Brick* als auch in *Index on Censorship* veröffentlicht. Letztere Publikation brachte auch eine frühere Fassung von »Die Augen Gottes« in Erwiderung auf Vargas Llosas Aufruf zur Amnestie in Argentinien. »Dracheneier und Phönixfedern« und »Die Muse im Museum« erschienen in *Art Monthly*, Melbourne. »In Memoriam« wurde von der Zeitschrift *Heat* in Sydney veröffentlicht. »Chesterton beim Wort genommen« diente als Einführung zu meiner Auswahl von Chesterton-Essays für den italienischen Verlag Adelphi und wurde erstmals in der *Frankfurter Rundschau* veröffentlicht. Ein Auszug aus »Der verliebte Borges« erschien in *The Australian's Review of Books*.

»Ein Leser im Spiegelwald« entstand als zweiter Teil eines Textes, der eigens für die Internationale Antiquariatsmesse Hamburg 1998 geschrieben wurde – unter dem Titel »Ein Besuch beim Traumbuchhändler« und auf Bitten von Gottwalt Pankow, dessen Freundschaft mich für diesen kleinen Beitrag entschädigt.

Die meisten Aufsätze haben von der nachsichtigen und einfühlsamen Lektüre vieler eifriger Redakteure profitiert, die ich ihrer großen Zahl wegen hier nicht nennen kann, denen ich aber meinen ergebenen Dank ausspreche. Wenn das Lektorenhandwerk eine *raison d'être* brauchte, wäre es in meinem Fall die

Freundschaft mit Louise Dennys, deren Leidenschaft für gutes Schreiben, gute Geschichten und den von Robert Louis Stevenson so bezeichneten »letztendlichen Anstand der Dinge« ich in den vielen Jahren unserer Bekanntschaft schätzengelernt habe. Für alle Irrtümer, Schnitzer, Schönheitsfehler bin ich allein verantwortlich.

Und wie üblich mein Dank an das unermüdliche Team von Westwood Creative Artists, *semper fidelis.*

ALBERTO MANGUEL. Calgary, Herbst 1998

II

Wer bin ich

»Ich bin aber wirklich!« sagte Alice und fing
an zu weinen.
»Du machst dich kein bißchen wirklicher, wenn du
weinst«, bemerkte Tweedledee. »Es gibt keinen
Grund zum Weinen.«
»Wenn ich nicht wirklich wäre«, sagte Alice –
und lachte schon halb durch die Tränen, es kam ihr
alles so lächerlich vor –, »dann könnte ich auch nicht
weinen.«
»Du glaubst doch nicht etwa, daß das wirkliche
Tränen sind!« fuhr sie Tweedledum im Ton
größter Verachtung an.
Alice hinter den Spiegeln, 4. Kapitel

Ein Leser im Spiegelwald

»Würdest du mir bitte sagen, welchen Weg ich einschlagen soll?«
»Das hängt zu einem gut Teil davon ab, wo du hinwillst«, sagte die Katze.

Alice im Wunderland, 6. Kapitel

Eingeborene Kasuisterei des Menschen, die Dinge zu ändern, indem man ihre Namen ändert!

Karl Marx, zitiert in *Der Ursprung der Familie* von Friedrich Engels

Als ich acht oder neun war, in einem Haus lebte, das heute nicht mehr steht, schenkte mir jemand das Buch *Alice im Wunderland und Alice hinter den Spiegeln*. Sicher ergeht es vielen Lesern genauso wie mir: Die Ausgabe, in der ich einen Text zum erstenmal gelesen habe, bleibt für immer die maßgebliche. Meine *Alice* war, den Sternen sei Dank, mit den Illustrationen von John Tenniel versehen und auf dickes, cremefarbenes Papier gedruckt, das geheimnisvoll nach verkohltem Holz roch.

Viel habe ich nicht verstanden bei meiner ersten Lektüre, aber das war anscheinend unwichtig. Ich begriff schon in sehr jungen Jahren, daß man in einem

Buch, wenn man es nicht gerade zu anderen Zwecken als zum Vergnügen liest (wie wir es alle manchmal zur Strafe für unsere Sünden tun müssen), die schwierigen und unwegsamen Passagen ungefährdet überfliegen, Pfade durch Dschungeldickichte schlagen, die pathetischen und langweiligen Niederungen überspringen und sich einfach vom munteren Strom der Erzählung davontragen lassen kann. Alice, die nicht einsah, welchen Sinn ein Buch »ohne Bilder oder Dialoge« haben sollte, würde mir sicherlich zustimmen.

Wenn ich mich recht an meinen ersten Lektüreeindruck erinnere, glaubte ich mich auf einer richtigen Reise, auf der ich zum Gefährten der armen Alice wurde. Der Sturz in den Kaninchenbau und das Durchklettern des Spiegels waren nur die Ausgangspunkte, so trivial und so wunderbar wie das Einsteigen in den Bus. Aber die Reise! Als ich acht oder neun war, mußte ich meine Zweifel nicht zurückdrängen, sie waren noch gar nicht geboren, und die Geschichten, die ich las, kamen mir zuzeiten wirklicher vor als der Alltag um mich herum. Nicht, daß ich tatsächlich an die Existenz eines Wunderlandes glaubte, aber ich wußte, daß es aus derselben Materie bestand wie mein Haus, meine Straße und die roten Backsteine, aus denen meine Schule errichtet war.

Jedesmal, wenn wir es lesen, wird das Buch ein anderes. Die *Alice* meiner Kindheit war eine Reise, ganz wie die *Odyssee* oder *Pinocchio*, und ich habe mich als Alice stets wohler gefühlt denn als Odysseus oder eine hölzerne Puppe. Dann kam die Pubertäts-*Alice*, und ich wußte genau, was in ihr vorging, als der Märzhase ihr Wein anbot, den es gar nicht gab, oder die Raupe genau von ihr wissen wollte, wer sie war und was sie damit meinte. Die Behauptung von Tweedledee und Tweedledum, daß Alice nur im Traum des Roten Königs existierte, verfolgte mich in den Schlaf, und in den wachen Stunden quälten mich die Lehrer wie die Rote Königin mit Prüfungsfragen: »Was heißt fiddle-de-dee auf französisch?«

Später, als ich über zwanzig war, fand ich das Verhör der Herzbuben in der *Anthologie des Schwarzen Humors* von André Breton wieder – da wurde mir klar, daß Alice eine Schwester der Surrealisten war; nach einem Gespräch mit dem kubanischen Schriftsteller Severo Sarduy in Paris entdeckte ich verblüfft, daß Humpty-Dumpty die strukturalistischen Thesen in den Zeitschriften *Change* und *Tel Quel* gekannt haben mußte. Und später noch, als ich in Kanada heimisch wurde, wie konnte mir da entgehen, daß der Weiße Ritter (»Doch mich beschäftigte ein Plan, / Den Bart mir grün zu färben / Und ihn mit einem Fächer dann / Den Blicken zu verbergen«) Arbeit gefunden hatte – als einer der Beamten, die in großer Zahl durch alle Ämter des Landes geistern?

Sooft ich in all den Jahren die beiden Alice-Bücher wiedergelesen habe, bin ich auf andere und aufregende Entdeckungen gestoßen, aber keine von diesen konnte ich mir – in einem vertieften Sinn – zu eigen machen. Die Deutungen anderer beeinflussen zwar mein eigenes Verständnis, bieten mir neue Sichtweisen oder verleihen manchen Passagen eine andere Färbung, aber zumeist erinnern sie mich an die Mücke, die Alice mit ihren Kommentaren die Ohren vollsummt: »Du könntest einen Witz darüber machen.«

Nein, ich bin ein eifersüchtiger Leser und räume anderen nicht das *jus primae noctis* ein, wenn es um Bücher geht, die ich selber lese.

Das Gefühl der inneren Verwandtschaft, das sich vor so vielen Jahren bei meiner ersten Begegnung mit *Alice* einstellte, ist nicht schwächer geworden. Jedesmal, wenn ich sie wieder lese, stärken sich diese Bande auf eine überraschende und sehr persönliche Weise. Teile des Textes kenne ich auswendig. Meine Kinder (meine große Tochter heißt natürlich Alice) rufen, ich soll den Mund halten, wenn ich wieder einmal in den Klagegesang vom Walroß und dem Zimmermann ausbreche. Und für fast jede neue Erfahrung finde ich ein warnendes oder wehmütiges Echo bei Alice, die mir damit sagt: »Das kommt jetzt auf dich zu« oder »Das kennst du doch schon«.

Ein Abenteuer insbesondere beschreibt für mich nicht nur eine bestimmte Erfahrung, die ich selber gemacht habe oder noch machen werde, sondern es benennt etwas Weitergefaßtes, Allgemeineres, eine – wenn der Begriff nicht zu hochgestochen klingt – lebensphilosophische Erfahrung. Es findet sich am Ende des dritten Kapitels von *Hinter den Spiegeln*. Nachdem Alice durch den Spiegel gestiegen ist und das dahinter liegende Schachbrettland durchquert hat, kommt sie zu einem dunklen Wald, wo die Dinge, wie man ihr sagt, keinen Namen haben. »Jedenfalls ist es hier sehr angenehm«, sagt sie tapfer, als sie unter die Bäume tritt. »Nach dieser Hitze nun der kühle … was?« Alice staunt, daß ihr das Wort nicht einfällt, und sie überlegt. »›Ich will mich unter diesen … unter das hier stellen, du weißt schon!‹ Sie legte die

Hand an einen Baumstamm. ›Wie nennt sich das nur? Ich glaube, es hat keinen Namen. Nein, ganz sicher nicht.‹« Sie sucht nach dem Wort für die Umgebung, in der sie sich befindet, gewohnt, ihre Realitätseindrücke in Worte zu fassen, und entdeckt, daß eigentlich nichts einen Namen hat, daß die Dinge, solange sie selbst ihnen keinen Namen anhängen kann, namenlos blieben, vorhanden, aber stumm, ungreifbar wie Gespenster. Muß sie die verlorengegangenen Namen wiederfinden? Oder muß sie sich neue Namen ausdenken? Ein uraltes Denkrätsel.

Nachdem Gott »aus einem Erdenkloß« Adam erschaffen und ihn, wie uns das zweite Kapitel der Schöpfungsgeschichte erzählt, im Garten Eden ausgesetzt hatte, brachte er ihm »allerlei Tiere auf dem Felde und allerlei Vögel unter dem Himmel, daß er sehe, wie er sie nennte; denn wie der Mensch allerlei lebendige Tiere nennen würde, so sollten sie heißen«. Jahrhundertelang haben sich die Gelehrten über diesen seltsamen Vorgang den Kopf zerbrochen. Befand sich Adam an einem Ort wie im namenlosen Wald hinter dem Spiegel, und sollte er die Namen für die Dinge und Tiere, die er sah, erfinden? Oder besaßen die Tiere und die Vögel, die Gott erschaffen hatte, bereits Namen, die Adam lernen und aussprechen sollte wie ein Kind, das zum erstenmal einen Hund oder den Mond sieht?

Und was verstehen wir überhaupt unter einem »Namen«? Diese Frage oder eine Abwandlung dieser Frage stellt Carroll in *Alice hinter den Spiegeln*. Ein paar Kapitel nach dem Gang durch den namenlosen Wald trifft Alice auf den trübsinnigen Weißen Ritter, der ihr auf die befehlende Art der Erwachsenen erklärt, er werde jetzt ein Lied singen, um sie zu »trösten«. »Der Name des Liedes heißt ›Heringsköpfe‹«, sagt der Ritter.

> »Oh, so heißt also das Lied?« fragte Alice, bemüht, Interesse zu empfinden.
>
> »Nein, du verstehst nicht«, sagte der Ritter und blickte ein wenig verärgert. »So heißt nur der Name des Liedes. Das Lied selbst heißt ›Der alte, alte Mann‹.«
>
> »Dann hätte ich sagen müssen, ›So wird das Lied genannt‹?« korrigierte sich Alice.
>
> »Nein, das hättest du nicht; das ist etwas ganz anderes. Genannt wird das Lied ›Trachten und Streben‹. Aber so wird es nur genannt, mußt du wissen.«
>
> »Und was ist das nun wirklich für ein Lied?« fragte Alice, die inzwischen völlig durcheinander war.
>
> »Das wollte ich gerade sagen«, erwiderte der Ritter. »Es ist das Lied ›Hoch droben auf der Pforten‹, und die Melodie habe ich selbst erfunden.«

Wie sich herausstellt und von Alice auch bemerkt wird, hat er weder die Melodie erfunden noch die sorgfältige Unterscheidung, wie der Name eines Dings genannt wird, wie der Name selbst heißt, wie das vom Namen benannte Ding genannt wird und wie das Ding selbst heißt: Diese Unterscheidungen sind so alt wie die ersten Kommentare zur Schöpfungsgeschichte. Die Welt, in die Adam eingeführt wurde, war von Adam unberührt, sie war auch von seinen Benennungen unberührt. Alles, was Adam sah, alles, was er spürte, was er begehrte oder fürchtete, mußte ihm (wie schließlich uns allen) mit vielfältigen Benennungen bewußtgemacht werden – Benennungen, mit denen die Sprache die Nacktheit der Erfahrung zu bedecken versucht. Es ist kein Zufall, daß Adam und Eva, als sie ihre Unschuld verloren, »Röcke von Fellen« tragen mußten, »auf daß sie«, wie ein Talmud-Kommentar erklärt, »lernten, wer sie seien, durch die Form, die sie umhüllte«. Die Wörter, die Namen für die Dinge, geben der Erfahrung eine Form.

Jedem Leser obliegt die Aufgabe des Benennens. Menschen, die nicht lesen, müssen ihre Erfahrungen benennen, so gut es geht, sich Wortquellen schaffen, etwa indem sie ihre eigenen Bücher erfinden. In unserer buchzentrierten Gesellschaft signalisiert die Lesefertigkeit den Eintritt in die Stammesrituale mit ihren besonderen Kodes und Anforderungen, sie eröffnet uns den Zugang zum Schatz der aufgezeichneten Sprache, aber es wäre falsch, sich das Lesen als eine rein rezeptive Fähigkeit vorzustellen. Im Gegenteil: Mallarmé plädierte für die Pflicht eines jeden Lesers, »den Sinn der Stammeswörter rein zu erhalten«.

Um das zu tun, müssen die Leser sich die Bücher aneignen. In unendlichen Bibliotheken stehlen sich die Leser, wie Diebe in der Nacht, die Namen und die vielen erstaunlichen Schöpfungen, die mit ihnen verbunden sind – schlichte wie die Erschaffung Adams und abseitige wie die Märchengestalt Rumpelstilzchen. Ein Schriftsteller wie Proust wird uns erzählen, daß die Bücher in Bergottes Bibliothek des Nachts über den toten Künstler wachen, paarweise wie Schutzengel, aber es ist der Leser Prousts, der, nachts allein in seinem dunklen Schlafzimmer, in den Lichtgebilden der Autoscheinwerfer die Präsenz der Engelsflügel erkennt. Bei Bunyan rennt Christian aus dem Haus, die Finger in den Ohren, um das Flehen seiner Frau und seiner Kinder nicht hören zu müssen; Homer beschreibt Odysseus, der sich, an den Mast gefesselt, vergeblich gegen den Gesang der Sirenen wehrt; der Leser von Homer und Bunyan assoziiert damit die Harthörigkeit unseres Zeitgenossen, des liebenswürdigen Prufrock[1]. Edna St. Vincent Millay bezeichnet sich als »häuslich wie ein Suppenteller«[2], und es sind ihre Leser, die nun das Küchengeschirr, die täglichen Begleiter ihrer Mahlzeiten, mit einer neu erworbenen Bedeutung ausstatten.

Jedes Kind weiß, daß die Welt der Erfahrung namenlos ist wie Alice' Wald, und wir durchwandern sie befremdet, nach Namen tastend, auf Eingebungen wartend. Mit Hilfe der Bücher, die wir lesen, benennen wir einen Stein oder einen Baum, einen freudigen oder traurigen Moment, den Atemhauch eines geliebten Wesens oder die Pfeiftöne eines Vogels, ein Gefühl, eine Erkenntnis, und sagen uns, daß dies hier unser Herz nach einem zu langen Opfer ist, daß dort der Wachengel des Paradieses steht, daß die Stimme, die wir hören, in der Nähe des Klosters vom Heiligen Herz gesungen hat.

Manchmal helfen uns solche Veranschaulichungen. Ob erst die Erfahrung eintritt und dann der Name dafür gefunden wird oder ob es umgekehrt geschieht, spielt keine große Rolle. Die Benennung für eine Erfahrung kann viele Jahre später folgen, wenn der Leser sie etwa im *König Lear* entdeckt. Oder die Erfahrung steht am Ende, und uns tritt die vage Erinnerung an eine bestimmte, längst vergessen geglaubte Stelle aus dem zerlesenen Exemplar der *Schatzinsel* vor Augen. Es gibt Benennungen in den Büchern, deren Gebrauch die Leser ablehnen, weil sie ihnen verschroben, abgedroschen oder auch zu erhaben für gewöhnliche Begriffe vorkommen, und die deshalb verworfen und vergessen oder aber für ganz besondere Anlässe aufbewahrt werden, in denen (wie der Leser hofft) sie vielleicht vonnöten sind. Und manchmal helfen sie dem Leser, das Unsagbare zu benennen. »Du möchtest ihm etwas sagen, was nicht gesagt werden kann, und erwartest von ihm eine perfekte Erwiderung in derselben Sprache«, sagt Tom Stoppard in *Die Erfindung der Liebe*. Manchmal entdeckt der Leser die perfekte Erwiderung in einem anderen, entlegenen Buch.

Die Gefahr, die Alice und der Weiße Ritter bereits kennen, besteht darin, daß wir manchmal einen Namen mit der Benennung des Namens und ein Ding mit der Benennung des Dings verwechseln. Die anmutigen Phantome auf der Buchseite, mit denen wir so bequem die Welt beschildern können, sind nicht die Welt selbst. Es mag sein, daß es keine Worte gibt, mit denen man die Folterung eines Menschen, die Geburt eines Kindes angemessen beschreiben kann. Nachdem Proust seine Engel erschaffen hat, Keats seine Nachtigall, können diese Dichter zu ihren Lesern sagen: »In deine Hände befehle ich meinen Geist« und es dabei belassen. Aber wie soll sich der Leser von diesen ihm anvertrauten Geistern durch die namenlose Wirklichkeit des Waldes geleiten lassen?

Systematisches Lesen ist kaum von Nutzen. Offizielle Bücherlisten (der Klassiker, der Literaturgeschichte, der zensurierten oder empfohlenen Bücher, der Bibliothekskataloge) können per Zufall den einen oder anderen nützlichen Hinweis geben. Die beste Anleitung bieten die persönlichen Launen – das Vertrauen auf das Lustprinzip und der Glaube an den Zufall –, die uns manchmal in einen provisorischen Zustand der Gnade versetzen, uns ermöglichen, Gold aus Flachs zu spinnen.

Gold aus Flachs: Im Sommer 1935 erhielt der Dichter Ossip Mandelstam – offenbar als Vergünstigung Stalins – Ausweispapiere, die für drei Monate gültig und mit einer Aufenthaltserlaubnis verbunden waren. Nach Bekunden seiner Frau Nadeshda Mandelstam wurde ihr Leben durch dieses kleine Dokument sehr erleichtert. Es begab sich, daß ein Freund der Mandelstams, der Schauspieler und Essayist Wladimir Jachontow, zufällig durch ihre Stadt kam. In Moskau hatten er und Mandelstam sich damit vergnügt, sich gegenseitig aus dem Heft mit den Lebensmittelmarken vorzulesen, um ihr verlorenes Paradies mit Namen zu benennen. Jetzt taten die beiden Männer dasselbe mit ihren Ausweispapieren. Die Szene ist beschrieben in *Hoffnung gegen Hoffnung*:

> Es muß gesagt werden, daß die Wirkung sogar noch deprimierender war. Im Markenheft hatten sie die einzelnen Marken solo und im

Chor gelesen: »Milch, Milch, Milch … Käse, Fleisch …« Als Jachontow aus den Ausweispapieren vorlas, legte er eine unheilkündende und drohende Betonung in seine Stimme: »Ausgefertigt aufgrund von … ausgefertigt … ausgefertigt von … Besondere Vermerke … Aufenthaltserlaubnis, Aufenthaltserlaubnis, Aufenthaltserlaubnis …«

Alles Lesen ist im Grunde subversiv, bürstet die Sprache gegen den Strich, wie Alice, eine aufgeweckte Leserin, in der Spiegelwelt der verrückten Namenverleiher entdeckt. Ein kanadischer Premierminister zerschlägt das nationale Eisenbahnnetz und nennt diesen Akt einen »Fortschritt«, ein Schweizer Kaufmann vertreibt Hehlerware und bezeichnet das als »Geschäft«, ein argentinischer Präsident protegiert Mörder und deklariert dies als »Amnestie«. Gegen solche Falschbenennungen kann der Leser sich mit Hilfe seines Buches wenden. Das Lesen gewährt uns Zusammenhalt im Chaos, wir können das Chaos nicht beseitigen, die Erfahrung nicht in verbale Konstruktionen einsperren, aber ihr ermöglichen, ihre eigene, schwindelerregende Bahn fortzusetzen, wir dürfen nicht der glitzernden Oberfläche der Worte trauen, sondern müssen uns ins Dunkel ihrer Bedeutungen vertiefen.

Die armselige Mythologie unserer Gegenwart scheut davor zurück, unter die Oberfläche zu gehen. Wir mißtrauen dem Tiefsinn, wir machen uns lustig über gründliche, ausführliche Erörterungen. Horrorvisionen flackern hastig über die Bildschirme, aber wir wollen den Bilderfluß nicht durch Kommentare verlangsamen. Wir wollen sehen, wie Gloucester die Augen ausgestochen werden, aber nicht den ganzen restlichen *Lear* über uns ergehen lassen. Vor einiger Zeit saß ich eines Nachts im Hotelzimmer und zappte mich durch die Fernsehkanäle. Vielleicht war es ein Zufall, aber jeder Sender, der für Sekunden auf dem Bildschirm erschien, zeigte gerade eine Mord- oder Prügelszene, ein haßverzerrtes Gesicht, ein explodierendes Auto oder Haus. Und plötzlich begriff ich, daß eine der Gewalt- und Horrorszenen, die ich soeben gesehen hatte, keine gestellte war, sondern eine Nachrichtensendung aus Bosnien. Ich hatte in aller Ruhe zugeschaut, wie ein wirklicher Mensch von einer wirklichen Kugel getroffen wurde.

George Steiner stellte die Vermutung auf, daß der Holocaust die Schrecken unserer imaginierten Höllen in die Wirklichkeit verkohlter Menschenleiber übersetzt hat. Möglich, daß diese Übersetzung den Beginn unserer Unfähigkeit markierte, die Schmerzen eines anderen Menschen nachzuempfinden. Im Mittelalter zum Beispiel wurden die furchtbaren Qualen der Märtyrer, in zahllosen Darstellungen ausgemalt, nie einfach nur als Horrorbilder betrachtet. Sie wurden von der Theologie, die diese Bilder hervorbrachte und durchdrang, mit einer Gloriole umgeben (wie dogmatisch und lehrhaft auch immer), und ihre Zurschaustellung regte zu Reflexionen über das fortdauernde Leiden der Welt an. Nicht jeder Betrachter schaute unter die blutrünstige Oberfläche, aber die Möglichkeit einer tieferen Durchdringung war immer gegeben. Schließlich kann ein Text oder ein Bild nur das *Angebot* einer weiter gehenden, gründlicheren Betrachtung machen, für sich genommen sind sie nichts weiter als Striche auf dem Papier und Farbkleckse auf Holz oder Leinwand.

Die Fernsehbilder jener Nacht bestanden, so glaube ich, aus nichts als ihrer Oberfläche. Wie pornographische Texte (oder politische Slogans, *American Psycho* von Bret Easton Ellis oder Werbebrei) boten sie nichts als Bilder, die man sofort verschlingen konnte, alle auf einmal und alle hintereinander, ohne Zwischenräume, ohne Zeit zum Nachdenken.

Alice' Spiegelwelt besteht nicht aus solchen Bildern: Sie besitzt Tiefe, sie erfordert Nachdenken, ohne uns (während des Lesens) das Vokabular für die Benennung ihrer Eigentümlichkeiten mitzuliefern. Wahres Erleben und wahre Kunst (mag dieses Adjektiv auch noch so unbequem geworden sein) haben eines gemeinsam: Sie umfassen immer mehr, als wir begreifen, mehr sogar als unsere Begriffsfähigkeit. Ihre Dimensionen liegen immer ein wenig außerhalb unserer Reichweite, wie es die argentinische Dichterin Alejandra Pizarnik einmal beschrieb:

> Und wenn die Seele fragen würde, um wieviel weiter?
> Müßtest du antworten: bis zum anderen Ufer des Flusses,
> aber nicht dieses Flusses, sondern des Flusses danach.

Um auch nur bis ans hiesige Ufer zu kommen, brauchte ich viele Vorbilder. Manche waren übermächtig, zum Beispiel Borges, andere, wie Cortázar, vertrauter, greifbarer; viele, etwa Chesterton oder Stevenson, ungemein anregend, und ein paar brachten mir mehr Erhellung, als mein Geist fassen konnte, zum Beispiel Richard Outram. Ihre Schriften sind in der Bibliothek meiner Erinnerung im ständigen Wandel begriffen; Umstände aller Art – das Älterwerden und die Ungeduld, andere Orte und andere Menschen, neue und alte Lesarten – halten die Bücher offen, streichen Passagen, fügen Randbemerkungen hinzu, wechseln die Umschläge und erfinden neue Titel. Mir fällt der Moralist Joseph Joubert ein, dessen Lesegewohnheiten von Chateaubriand beschrieben werden: »Wenn er las, pflegte er die Seiten, die ihm nicht gefielen, aus dem Buch herauszureißen und stellte auf diese Weise eine persönliche Bibliothek ausgeweideter Bücher mit losen Einbänden zusammen.« Das heimliche Treiben derart anarchischer Bücherfreunde erinnert mich an meine Möglichkeit, meinen begrenzten Bücherschatz fast bis ins Unendliche zu erweitern: Ich kann nun ein Buch wieder lesen, als hätte ich es nie zuvor gelesen. Der siebenundsiebzigjährige Ralph Waldo Emerson litt in Bush, seinem Anwesen in Concord, zunehmend an einem Gedächtnisverlust, der vermutlich auf die Alzheimersche Krankheit zurückzuführen war. Sein Biograph Carlos Baker schrieb:

> Bush wurde zu einem Palast des Vergessens … Das Lesen, so sagte er, war immer noch ein »ungetrübtes Vergnügen«. Mehr und mehr wurde sein Studierzimmer zum Zufluchtsort. Er klammerte sich an die Annehmlichkeiten des Alleinseins, las bis mittags und setzte die Lektüre am Nachmittag fort, bis es Zeit für den Spaziergang wurde. Allmählich verlor er die Erinnerung an seine eigenen Werke und war entzückt, als er auf seine Essays stieß. »Diese Sachen sind wirklich sehr gut«, sagte er zu seiner Tochter.

Mir geht es nun ähnlich wie Emerson, wenn ich mir den *Mann, der Donnerstag war* oder *Dr. Jekyll und Mr. Hyde* vornehme und ihnen begegne wie Adam der ersten Giraffe.

Ist das alles? Manchmal erscheint es mir genug. Inmitten von Ungewißheit und Ängsten vieler Art, bedroht durch Verlust, Veränderung und die unstillbare Zunahme innerer und äußerer Schmerzen, wissen die Leser, daß es hier und da zumindest ein paar sichere Zufluchtsorte gibt, so real wie Papier, so tröstlich wie Tinte, die uns Halt und Schutz auf unserer Reise durch den dunklen, namenlosen Spiegelwald gewährt.

Warum gerade ich?

»Nun haben wir uns gegenseitig besichtigt«, sagte das Einhorn. »Wenn du an mich glaubst, glaub ich auch an dich. Abgemacht?«

Alice hinter den Spiegeln, 7. Kapitel

Eines Nachmittags in Buenos Aires, ich war sieben und fuhr im Bus von der Schule, die ich seit kurzem besuchte, nach Hause, rief mir ein Junge, dessen Namen ich nie erfuhr, von der Rückbank her zu: »He, Jude, ist dein Vater scharf aufs Geld?«

Wie ich mich erinnere, war ich so verwirrt von der Frage, daß mir keine Antwort einfiel. Ich hatte nicht den Eindruck, daß mein Vater besonders geldgierig war, aber der Tonfall des Jungen hatte etwas Kränkendes, was ich nicht verstand. Vor allem war ich überrascht, als »Jude« bezeichnet zu werden. Meine Großmutter ging in die Synagoge, aber meine Eltern waren nicht religiös, und ich selbst hatte mich nie mit diesem Begriff in Zusammenhang gebracht, von dem ich glaubte, daß er für alte Leute, für die Generation meiner Großmutter, reserviert war. Aber da solche Etiketten, die uns angeklebt werden, auch eine Abstempelung darstellen, war ich im selben Moment (und ohne es zu wissen) zu einer Lebensentscheidung gezwungen: diese abgründige, verzwickte Identität anzunehmen oder von mir zu weisen.

Der französische Philosoph Alain Finkielkraut berichtet in seinem autobiographisch gefärbten Essay *Der imaginäre Jude* von einem ähnlichen Moment und verweist auf die Universalität dieser Erfahrung, aber sein Thema ist nicht die Erblast des Hasses. »Ich möchte lieber den gegenteiligen Fall ansprechen und vertiefen«, schreibt Finkielkraut, »den Fall eines Kindes, eines Halbwüchsigen, der nicht nur stolz, sondern auch glücklich war, Jude zu sein, und dem Stück für Stück die Zweifel kamen, ob nicht etwas Verwerfliches daran war, sein Leben als Außenseiter und als Exilierter so unbändig zu genießen.« Diese Menschen mit einer angenommenen Identität, mit dem Erbe einer Leidensgeschichte, von der sie persönlich nicht betroffen sind, nennt Finkielkraut treffsicher »imaginäre« oder »Lehnstuhljuden«.

Mich verblüfft, wie nützlich dieser Gedanke im Zusammenhang mit einer Frage ist, die mich beschäftigt: In welcher Weise wird die Wahrnehmung der Welt um mich herum von der Wahrnehmung meiner selbst beeinflußt? Welche Bedeutung hat es für Alice, zu wissen, wer sie ist (das viktorianische Mädchen, als das die Welt sie kennt), wenn sie durch den Spiegelwald wandert? Offenbar eine sehr große, denn dieses Wissen bestimmt ihre Beziehung zu den anderen Wesen, denen sie begegnet. Zum Beispiel kann sie sich, wenn sie vergißt, wer sie ist, mit einem Rehkitz befreunden, das vergessen hat, daß es ein Rehkitz ist.

> Alice schlang dem Rehkitz liebevoll die Arme um den zarten Hals, und so setzten sie den Weg durch den Wald fort, bis sie zur nächsten Lichtung kamen. Da plötzlich machte das Rehkitz einen Luftsprung und schüttelte Alice' Arm ab. »Ich bin ein Rehkitz!« rief es entzückt. »Und meine Güte! Du bist ja ein Menschenkind!« Sofort trat der Ausdruck des Erschreckens in seine sanften braunen Augen, und im nächsten Moment schoß es pfeilschnell davon.

Um diese Vorstellung einer konstruierten Identität hat Finkielkraut sorgsam eine Reihe von Fragen gruppiert, die sich damit befassen, was es heißt, Jude zu sein (oder, so möchte ich hinzufügen, Alice zu sein oder ein Rehkitz), und da jede Definition eine Eingrenzung ist, hat er es vermieden, diese Fragen abschließend zu beantworten. Im Zentrum seiner Befragung steht die scheinbar banale Feststellung, daß die Juden existieren, daß sie ungeachtet ihrer individuellen oder Gruppenidentität eine Präsenz besitzen, die auch durch die Vernichtungsmaschinerie der Nazis nicht ausgelöscht werden konnte. Diese Existenz ist nicht auf die leichte Schulter zu nehmen, und kategorisieren läßt sie sich noch weniger. Heinrich Heine schätzte es nicht, über das Judentum zu reden, das er seinem ärgsten Feind nicht wünsche. Man habe nichts davon. Es sei keine Religion, sondern ein Verhängnis.

Den Aufschrei »Warum gerade ich?« eines jeden verfolgten Juden nimmt der imaginäre Jude mit einem genervten Seufzer zur Kenntnis. Finkielkraut nennt sich selbst als Beispiel und gesteht, daß er einerseits sein positives Bekenntnis zum Judentum hinausposaunt, während er sich andererseits vom Judentum absetzt, sich in einen anderen verwandelt und zum Sprachrohr seiner nichtjüdischen Mitmenschen macht: Darin erkenne ich mich selbst wieder. Wenn seine Eltern vom Holocaust sprechen, führt er Vietnam ins Feld, wenn sie den Antisemitismus erwähnen, stellt er fest, daß es keine jüdischen Müllfahrer in Frankreich gibt. Aus dem »Warum gerade ich?« ist ein »Warum bin ich kein anderer?« geworden.

In diesem Spiegelwald hat der imaginäre Jude jedes Zugehörigkeitsgefühl verloren, für ihn gibt es kein jüdisches »Wir« mehr. Nach dem gängigen Muster des Vorurteils verbindet sich mit diesem »Wir« eine geheimbundhafte Verschwörung mit dem Ziel der Weltbeherrschung; seine Antwort darauf war die Ableugnung jeder Gemeinsamkeit. »Es gibt kein ›Wir‹«, erklärt er, »denn das Judentum ist Privatsache« – obwohl es sich heute wieder weithin als Gemeinschaft versteht. Aber warum, so fragt Finkielkraut zugespitzt, muß die kollektive Entäußerung »immer das ausschließliche Vorrecht der Politik sein? Warum wird alles, was nicht ›Ich‹ ist, zwangsläufig zur Frage der Macht oder des Staats?« Warum kann ein Jude nicht »Ich« sein, ohne sich entweder zu verstecken oder den Millionen der Ermordeten zugehörig zu erklären?

Das ist ein tückisches Fahrwasser. Vielleicht ist es gar nicht die Notwendigkeit, der verfolgten Vorfahren zu gedenken, die hier in Frage gestellt wird, als vielmehr der Anschein des Heldentums, der sich so oft mit diesem Schicksal verbindet. Diejenigen, die Verachtung für ihre »geschichtsvergessenen« Mitmenschen bekunden, vergessen selbst nur zu leicht, daß ihre eigene, fragwürdige Identität sich auf ein »Geschichtsphantasma« stützt. Angesichts einer recht wolkigen Geschichtslegende, die alle Juden in einen uralten und weitverzweigten Familienverband eingliedert, fühlen sich jüngere Juden manchmal nur noch als Zuschauer. Wenn ich meiner Großmutter beim Anzünden der Sabbatkerzen zusah, wenn sie ihre Gebete sprach und dabei die Hände gegenläufig über den flackernden Flammen kreisen ließ, spürte ich keine Verbindung zu den dunklen Wäldern, den Winternebeln und den urtümlichen Sprachen, die ihre Heimat waren. Sie war meine Großmutter, aber ihr Dasein begann und endete in meiner Zeit, sie sprach selten von ihren Vorfahren und dem Ort ihrer Herkunft, so daß ihre kurzen, bruchstückhaften Geschichten meine private Mythologie weit weniger beeinflußten als die Märchen der Brüder Grimm und die Welt der Alice.

Wenn das Judentum ein zentrales Anliegen hat, so argumentiert Finkielkraut weiter, dann sollte es keine »Sache der Identität sein, sondern des Gedenkens: nicht die Verfolgung nachvollziehen oder den Holocaust theatralisieren, sondern die Opfer ehren«, um den Holocaust vor der Banalisierung zu bewahren, auf daß die Juden nicht zu einem doppelten Tod verurteilt werden: dem Tod durch Mörder und dem Tod des Vergessenwerdens. Selbst hier war mein Betroffensein durch den Holocaust ein stellvertretendes: Meines Wissens haben wir keine direkten Verwandten durch die Nazis verloren, die Eltern meiner Eltern waren lange vor dem Ersten Weltkrieg nach Argentinien ausgewandert, in eine der von Baron Hirsch gegründeten Kolonien im Norden, wo Gauchos, die Izaak und Abraham hießen, mit jiddischen Rufen ihre Rinder zusammentrieben.

Ich wußte nichts vom Holocaust, bis ich fast erwachsen war, und auch dann erfuhr ich es erst durch die Lektüre von Anne Frank und André Schwarz-Bart. War nun dieses Grauen auch Teil meiner persönlichen Geschichte, über die allgemeinen Bande des Menschlichen hinaus? Besiegelte die Beschimpfung in jenem Schulbus meine Zugehörigkeit zu diesem uralten, gequälten, suchenden, starrsinnigen, weisen Volk? War ich oder bin ich ein Teil von ihm? Bin ich ein Jude? Wer bin ich?

Alice, das Menschenkind, und das Rehkitz, das zu den gejagten Wesen gehört, sind ein Echo auf diese letzte Frage, und gleich mir sind sie versucht, sie nicht mit Worten zu beantworten, die aus ihrem eigenen Selbstverständnis stammen, sondern mit den Worten der Außenstehenden, die mit Fingern auf sie zeigen. Jede Minderheit, die das Opfer von Vorurteilen ist, muß das von sich sagen: Wir sind die Sprache, in der man über uns spricht, wir sind die Bilder, in denen man uns erkennt, wir sind die Geschichte, zu der wir verurteilt sind, weil man uns von einer aktiven Teilhabe an der Gegenwart ausgeschlossen hat. Aber wir sind auch die Sprache, in der wir diese Zuweisungen in Frage stellen, wir sind auch die Bilder, mit denen wir die Klischees durchkreuzen. Und wir sind auch die Zeit, in der wir leben, eine Zeit, aus der wir uns nicht fortbewegen können. Wir haben unsere eigene Existenz, und wir sind nicht länger bereit, imaginär zu bleiben.

Inzwischen, im selben Wald …

Feld sieben besteht aus tiefem Wald, aber einer der Ritter wird dir den Weg zeigen.

Alice hinter den Spiegeln, 2. Kapitel

Als ich noch ein eifriger Comicleser war, reizte mich ein kleiner, wiederkehrender Spruch ganz besonders, denn er versprach etwas zu enthüllen, was sich jenseits der vordergründigen Handlung abspielte: »Inzwischen, im selben Wald …« Dieser Satz, gewöhnlich in Großbuchstaben in die linke obere Ecke des Bildes geschrieben, verhieß mir (ich war wie alle Leseratten auf unendliche Geschichten aus) etwas, was dieser Unendlichkeit nahekam, nämlich Einblick in das Geschehen, das sich auf dem anderen Pfad abspielte, den man nicht eingeschlagen hatte, auf dem geheimnisvollen und nicht minder wichtigen Seitenweg, der den abenteuerträchtigen Wald in anderer Richtung durchquerte.

1. Die Vermessung des Waldes

Fluch fesselt, Segen löst.
William Blake

Um die Mitte des dritten vorchristlichen Jahrhunderts übernahm der kyrenische Dichter Kallimachos die Aufgabe, die fünfhunderttausend Schriften der berühmten Bibliothek von Alexandria zu katalogisieren. Es war ein gewaltiges Unterfangen; nicht nur wegen der Menge der Schriftrollen, die inspiziert, abgestaubt und in Regale sortiert werden mußten, es war auch eine literarische Ordnung zu entwerfen, die in irgendeiner Weise die Ordnung des Universums widerspiegeln sollte. Bevor er die Schriften dem richtigen Regal zuweisen konnte – Homer zum Beispiel dem Fach »Dichtung«, Herodot dem Fach »Geschichte« –, mußte Kallimachos dafür sorgen, daß sich alles Geschriebene einer festgelegten Zahl von acht Kategorien zuordnen ließ, die er *pinakes* – Tafeln – nannte. Und danach mußte er entscheiden, zu welcher Kategorie jede der vielen tausend unbeschrifteten Rollen gehörte. Die späteren Bibliothekare erweiterten diese bescheidene Zahl bis ins Unendliche. Jorge Luis Borges erinnerte sich, daß im numerischen System des Brüsseler Institut Bibliographique die Nummer 231 für Gott zuständig war.

Kein Leser, der jemals Freude an Büchern hatte, wird diesen Katalogisierungsbemühungen viel Vertrauen schenken. Sachgruppen, literarische Genres, Denkschulen und Stilrichtungen, Einteilungen nach Nationen oder Rassen, chronologische Verzeichnisse oder thematische Sammlungen – dem Leser wird jeweils nur einer von vielen Aspekten geboten, der niemals das ganze Werk umfaßt, die Weite und Tiefe eines geheimnisvollen Stücks Literatur nicht einmal zu streifen vermag. Bücher bleiben ungern an den ihnen zugewiesenen Plätzen stehen. *Gullivers Reisen* wanderten vom Fach »Chroniken« ins Fach »Sozialsatiren« und von dort zur »Kinderliteratur«, ohne auch nur einer dieser Etikettierungen zu entsprechen. Die Literatur, und das hat sie mit der Sexualität gemein, ist voller Facetten und fließender Übergänge. »Ich bin groß«, schrieb Walt Whitman, »ich enthalte Vielheiten.«

Die Bezeichnung »schwule Literatur« ist aus drei guten Gründen zu bemängeln. Erstens als unzulängliche literarische Kategorie, die sich lediglich auf die Sexualität der Autoren oder der literarischen Gestalten gründet; zweitens als unzulängliche sexuelle Kategorie, die in irgendeiner Weise literarisch definiert wird; drittens als unzulängliche politische Kategorie, die eine besondere sexuelle Gruppierung in ihren Menschenrechten einschränken will. Trotzdem hat sich der Begriff im öffentlichen Bewußtsein durchgesetzt. In manchen Buchhandlungen ist der »schwulen Literatur« ein eigenes Regal gewidmet, es gibt Verlage, die Buchreihen mit »schwuler Literatur« veröffentlichen, Zeitschriften und Zeitungen, die regelmäßig Erzählungen und Gedichte unter dieser Rubrik bringen.

Was also ist »schwule Literatur«?

Mag es wie eine Tautologie klingen: Im allgemeinen wird darunter eine Literatur verstanden, die irgendwie mit Homosexualität zu tun hat. Das reicht von geheimnisvollen Andeutungen einer »Liebe, die ihren Namen nicht zu nennen wagt« (ein Satz, mit dem sich Lord Alfred Douglas zum Schweigen verurteilte), wie sie in einigen Romanen des 19. Jahrhunderts auftauchen, bis zu detaillierten Schilderungen homosexuellen Lebens in der Jetztzeit, die sowohl von schwulen als auch nicht-schwulen Autoren stammen können. Manchmal werden auch Bücher ohne einschlägige Thematik, die von schwulen Autoren verfaßt sind (*Auf der Suche nach Indien* von E. M. Forster oder *Wer hat Angst vor Virginia Woolf* von Edward Albee), ins selbe Regal gestellt wie die Bücher explizit homosexuellen Inhalts – *Alexis* von Marguerite Yourcenar oder *Der Kuß der Spinnenfrau* von Manuel Puig –, als würden Kritiker, Verleger oder Buchhändler nicht das Werk, sondern die Person des Autors zum Gegenstand ihrer Katalogisierung machen. Manche Autoren wehren sich gegen die Rubrizierung ihrer Bücher als »schwul« (Patrick Gale, Timothy Findley) und bezeichnen sie lieber als »Bücher eines Autors, der zufällig schwul ist«. Üblicherweise werden derartige Kategorien durch die Ausnahmen von der Regel irgendwann ad absurdum geführt, so daß sie jedesmal neu definiert werden müssen.

Claude J. Summers definiert den Gegenstand seiner Essaysammlung *Gay Fictions* als »die literarische Darstellung männlicher Homosexueller durch schwule und lesbische Autoren«. Damit schließt er alle nicht-schwulen Autoren aus – und das nur aufgrund ihrer sexuellen Orientierung. Die sexuellen Vorlieben eines Autors färben wahrscheinlich auf seine Texte ab, aber der Leser muß nicht erst die Klatschpresse konsultieren, um seine Lektüre richtig einzuordnen. Die Information, daß D. H. Lawrence eine Schwäche für ältere Frauen hatte, könnte sich in der einen oder anderen Weise auf das Vergnügen an *Lady Chatterley* auswirken, aber sie ist nicht im geringsten von Belang für die Lektüre dieses wohlbekannten Romans. Das Studium der Biographie Melvilles könnte einiges Licht auf die homoerotischen Züge im *Moby Dick* werfen. Aber ist man wirklich auf die Biographie angewiesen, um zu dieser Erkenntnis zu gelangen? Oder ist eine Short story von Faulkner, die Homosexualität zum Thema hat, nur dann zu akzeptieren, wenn wir Belege für die homosexuellen Erfahrungen des Autors besitzen? Impliziert nicht das Wort »Literatur«, daß es sich eher um eine erfundene als um eine tatsächlich erfahrene Wirklichkeit handelt? Und wenn die Kenntnis der sexuellen Vorlieben des Autors unabdingbar für das Textverständnis ist, wäre damit nicht die anonyme Literatur (gerade erotische Literatur ist häufig anonym) letzten Endes zur Unlesbarkeit verdammt?

2. *Wege durch den Wald*

Auf die immerzu gestellte Frage »Weshalb schreiben Sie?« wird der Dichter stets in aller Kürze antworten: »Um besser zu leben.«

St. John Perse, *Inédits*

Borges sagte, »jeder Schriftsteller schafft sich seine eigenen Vorgänger«. Dasselbe trifft auch auf Genres oder Schreibweisen zu. Edgar Allan Poe erfand die Detektivgeschichte und ermöglichte es uns damit, Geschichten als Krimis zu lesen die so alt sind wie die Bibel. Die Bezeichnung »schwule Literatur« ist ziemlich neu und entstand wahrscheinlich nicht vor der Gründung des Schwulenmagazins *Christopher Street* im Jahr 1975, aber man rechnet auch früher entstandene Texte dazu. Eine Sammlung englischsprachiger schwuler Lyrik würde eine lange Reihe bekannter Namen präsentieren – von Shakespeare bis Lord Byron –, die schwule Prosa aus der englischen Literatur kann nicht auf dieses ehrwürdige Alter verweisen. Vielleicht eignen sich Gedichte besser für eine mehrdeutige Lesart und (wie es bei vielen verlogenen Deutungen der homoerotischen Shakespeare-Sonette der Fall ist) erlauben auch bigotte Interpretationen, während sich die Prosa nicht so leicht verschlüsseln läßt, wenn es um die Wahrung des guten Rufs geht. Thomas Hardy meinte, ein Autor »kann sich in Gedichten Dinge erlauben, die ihm hundert Mrs. Grundys auf den Hals hetzen würden, wenn er sie in Prosa anböte«.

Eine Chronologie der schwulen Erzählkunst in

England könnte mit so obskuren Romanen beginnen wie *Joseph und sein Freund* (1871) von Bayard Taylor oder *Cecil Dreme* (1876) von Theodore Winthrop oder auch mit bekannteren Texten wie dem *Porträt des Mr. W. H.*, einer um 1890 entstandenen Short story von Oscar Wilde; sie könnte fortgesetzt werden mit der fast zu subtilen Beschreibung einer homoerotischen Neigung durch Henry James in der Erzählung *Der Schüler* (1891), mit E. M. Forsters postum veröffentlichtem Romans *Maurice* (fertiggestellt 1914), mit *Der preußische Offizier* von D. H. Lawrence (ebenfalls 1914), mit *Die exzentrischen Vorlieben des Kardinals Pirelli* (1926) von Ronald Firbank – bis hin zu *Die Stadt und der Pfeiler* von Gore Vidal, einer der ersten Schilderungen der Homosexualität aus dem literarischen Mainstream, die 1948 erschien – im selben Jahr, als auch zwei weitere schwule Klassiker erschienen: *Andere Stimmen, andere Räume* von Truman Capote und *Ein Arm und andere Storys* von Tennessee Williams.

Um 1950 hatten sich zwei Strömungen der schwulen Literatur im englischsprachigen Raum etabliert. Die eine wandte sich verständnisheischend an ein »normales« Publikum und versuchte, das Schwulsein zu rechtfertigen oder zerknirscht zu bekennen, die zweite zelebrierte schamlos eine andersartige, aber ebenso vitale Sexualität und richtete sich vorwiegend an den aufgeklärten Leser. *Die Stadt und der Pfeiler* folgt in gewisser Weise beiden Richtungen, und als erster Romancier bedient sich Vidal (angeregt vielleicht durch André Gides Autobiographie *Stirb und werde*, 1926) eines wichtigen Kunstgriffs, der in der nachfolgenden schwulen Prosa fast durchgängig wiederkehrt: die Einsetzung einer autobiographischen Instanz. Edmund White, selbst Autor eines der einflußreichsten Bücher dieser Machart in Nordamerika, *A Boy's Own Story* (1982), bemerkte dazu: »Da niemand zum Schwulsein erzogen wird, muß man der andersartigen Ausrichtung Rechnung tragen, sobald man sie an sich feststellt.« Nicht-Schwule erwerben ihren heterosexuellen Sittenkodex an Hunderten verschiedenen Orten (zumeist aus konservativen, sexistischen Quellen): zu Hause, in der Schule, am Arbeitsplatz, aus Film, Fernsehen und Lesestoff. Die Schwulen müssen im wesentlichen ohne diesen Hintergrund auskommen. In ihrem Erwachsenwerden fühlen sie sich unsichtbar, und die Lehrjahre der Pubertät müssen sie fast immer allein durchlaufen. Schwule Prosa, besonders wenn sie autobiographisch ist, dient daher als Leitbild, das die eigenen Erfahrungen mit denen des Autors vergleichbar macht.

Vieles in dieser Faktenprosa wirkt aufklärend und ermutigend (im Aids-Zeitalter sehr angebracht), es ermöglicht dem Leser, sein Schwulsein als eine normale Sache zu begreifen. Camille Paglia hat dargelegt, daß sich die meisten Homosexuellen im Unterschied zu anderen Minderheiten nicht fortpflanzen. Wie bei den Künstlern besteht daher »ihre einzige Kontinuität in der Kultur, an deren Hervorbringung sie maßgeblich beteiligt sind«.

Autoren wie Christopher Isherwood (*Der Einzelgänger*), David Leavitt (*Die verlorene Sprache der Kräne*) und Armistead Maupin (in seiner Trivial-Saga *Stadtgeschichten*) machen diese »Kontinuität in der

Kultur« deutlich: Sie versetzen ihre homosexuellen Helden mitten in eine vielgestaltige Gesellschaft, so daß ihr Schicksal nicht andersartig, sondern als eins von vielen möglichen erscheint, als Teil eines gewachsenen Kulturganzen und ohne eine zentrale Instanz, die darüber befindet, was normal ist.

Schwule Literatur, die sich zur Belehrung und Abschreckung Vorurteilen und damit implizit dem patriarchalischen Sittenkodex beugt, kann man als Literaturterrorismus qualifizieren. Sie verdienen es, zusammen mit den viktorianischen Tugendromanen in ein Regal gestellt zu werden. Unter diese Kategorie fallen auch eine ganze Reihe gute Autoren: Dennis Cooper zum Beispiel, dessen Texte nekro-homoerotische Neigungen beschreiben, die Ästhetik von Krankheit, Verfall und Tod erkunden; und gelegentlich auch der furchtsame Gide, der die Homosexualität für einen »Irrtum der Biologie« hielt und dessen Helden so fürchterlich von katholischen Ängsten geplagt werden.

Gerade weil die schwule Literatur aufklären muß, weil sie Zeugnis geben muß, weil sie auf dem Existenzrecht einer Gruppierung bestehen muß, die von der herrschenden Gesellschaftsmehrheit ignoriert oder bekämpft wird, ist sie zumeist strikt realistisch. Weil die Schwulen im Vergleich zu anderen unterdrückten Minderheiten, was die Artikulation und Durchsetzung von Rechtsansprüchen betrifft, im Rückstand sind, bewegt sich ihre Literatur noch auf einem Stadium des Informativen und Dokumentarischen. Während die Frauenliteratur Phantasien hervorbringt wie etwa Margaret Atwood in *Der Report der Magd* oder Jeanette Winterson in *Verlangen*; und schwarze Autoren Geistergeschichten erfinden wie Toni Morrison in *Menschenkind*; kennt die schwule Literatur, von ein paar bedeutsamen Ausnahmen abgesehen (*Das Bildnis des Dorian Gray* von Wilde und Genets *Notre-Dame-des-Fleurs* drängen sich unwillkürlich auf), keine phantastischen Geschichten, keine imaginären Welten. Ihre Stärke liegt in den subversiven Potenzen ihrer Sprache.

Sie erobert sich die Alltagssprache, sie unterminiert die amtlich festgelegten Wortbedeutungen und benutzt die Guerillataktik der Surrealisten, um dem Gemeinplatz den Anhauch des Gefährlichen zu verleihen – das kann die schwule Literatur am besten, und das verbindet sie mit den Literaturen anderer unterdrückter Minderheiten. Der 1985 verstorbene französische Dichter, Dramatiker und Romancier Jean Genet schuf die literarische Form, die wie keine andere geeignet ist, das schwule Lebensgefühl zum Ausdruck zu bringen. Für ihn war es ausgemacht, daß dem Unterdrücker keinerlei Konzessionen gemacht werden durften. In einer heuchlerischen Ordnung, die schwule Sexualität verurteilt, aber die Ausbeutung von Frauen duldet, die Taschendiebe verhaftet, aber Großbetrüger belohnt, Mörder exekutiert, aber Folterer mit Orden behängt, wurde Genet erst zum Stricher und Dieb, dann ging er dazu über, die Weltperspektive eines Ausgestoßenen zu beschreiben, als handelte es sich um eine Sinnestäuschung. Seine Darstellung war so verstörend, daß Paul Valéry, als Cocteau ihm das Manuskript von *Notre-Dame-des-Fleurs* zeigte, nur ein Wort dafür übrig hatte: »Verbrennen.« Im Englischen wendeten Oscar Wilde, Joe Orton und William Burroughs – alle drei gezwungenermaßen oder freiwillig Außenseiter der Gesellschaft – die Sprache der Öffentlichkeit gegen ihre Sachwalter.

Vielleicht durchlaufen die Literaturen aller diskriminierter Minderheiten ähnliche Stadien: Sie beginnen mit dem Werben um Verständnis, dann gehen sie zur Selbstbeschreibung und Aufklärung über, danach zum Politischen und Bekenntnishaften, schließlich zum Bilderstürmerischen und Exzessiven. Wenn das so ist, werden im nachfolgenden Stadium, das man, so glaube ich, an einigen Romanen von Alan Gurganus oder Alan Hollinghurst beobachten kann, Gestalten eingeführt, die zufällig schwul sind, deren Lebensumstände aber durch weit mehr als nur ihre Sexualität bestimmt werden, wodurch die Sexualität wiederum als Teil einer komplexen und alles verschlingenden Welt erscheint.

3. Bäume markieren

Wie, wenn ein Genius erschiene und löste die Ketten, welche uns an unser erbärmliches Alltagsleben fesseln (am Ende sind diese Ketten vielleicht nur das Spiel unserer Einbildung?) – was täten wir?

E. T. A. Hoffmann,
Brief an Theodor Hippel, 10. Dezember 1803

Unbekleidet bis auf ein Negligé mit Pelzbesatz und barfüßig einhertapsend, erklärte Cary Grant der verwunderten May Robson seinen merkwürdigen Aufzug damit, daß er »gay« geworden sei. Mit dieser Deklaration im Film *Leoparden küßt man nicht* von 1939 ging das Wort »gay« in der Bedeutung von »homosexuell« in den öffentlichen Sprachschatz des amerikanischen Englisch ein.

Es war keine besonders glückliche Einführung. Cary Grants Wortwahl begünstigte das Klischee, daß »gay«-Sein eine Vorliebe für Frauenkleider einschloß, transvestitische Gelüste also, und folglich auf eine unfreiwillige Parodie des Weiblichen hinauslief. Ohne Zweifel gibt es Schwule, die gern Fummel tragen, aber nicht alle Transvestiten sind schwul, und keineswegs sind alle Schwulen Transvestiten. Für Cary Grants Filmpublikum standen die männlichen und weiblichen Geschlechterrollen noch unverrückbar fest, was die Kleiderordnung und die Verhaltensmuster betraf, und das Infragestellen dieser Rollenklischees wurde als unnormal und daher als falsch betrachtet. Heutzutage haben sich diese Auffassungen zum Teil gewandelt, aber die Änderungen fanden vor allem an der

Oberfläche statt. Hinter dem scheinbar toleranten Gebaren der neueren Cary-Grant-Bewunderer verbergen sich die alten, überkommenen Maßstäbe und auch dasselbe Unbehagen.

Die Etymologie des Wortes »gay« ist nicht ganz geklärt. *Gai savoir* bedeutete im Provençalischen des 13. Jahrhundert soviel wie »Dichtung«, und da etliche Minnelieder offenkundig homosexuell waren, könnte es sein, daß die Bezeichnung irgendwann auf diesen bestimmten Aspekt des Liedguts eingeengt wurde. Andere Sprachforscher haben den Ursprung bis ins Altenglische zurückverfolgt, wo *gal* unter anderem auch »lüstern« bedeutete, so wie im modernen Deutsch das Wort »geil«. Doch ungeachtet seiner Herkunft hatte sich »gay« zu Beginn dieses Jahrhunderts in der homosexuellen Subkultur Englands als Kenn- oder Tarnwort durchgesetzt. Heute ist *gay* oder *gai* auch im Französischen, Niederländischen, Dänischen, Japanischen, Schwedischen und Katalanischen der gebräuchliche Ausdruck für einen »männlichen Homosexuellen«.

Die weibliche Homosexualität muß gesondert betrachtet werden. Entgegen dem Vorurteil, daß alle unkonventionelle Sexualität einem einzigen Sündenpfuhl entspringt, und im Gegensatz zur politischen Gewalt, die sich auf dieses Vorurteil stützt, unterscheiden sich die männliche und die weibliche Homosexualität in der äußeren Erscheinung, im Vokabular und in ihrer Geschichte. So erhält die lesbische Liebe zum Beispiel Rückendeckung durch ihre Verbindung zum Feminismus – die Schwulen finden solche Unterstützung bei keiner vergleichbaren männlichen

Gruppierung –, und die lesbische Sexualität wird in vielen gegen die Homosexualität gerichteten Paragraphenwerken schlicht ignoriert. Die berüchtigte britische Gesetzgebung des 19. Jahrhunderts verfolgte ausschließlich Männer, da Queen Victoria (so will es die Überlieferung) nicht glauben konnte, »daß Frauen solche Dinge tun«. In den meisten Ländern werden weibliche Paare als »anständig« betrachtet, während männliche Paare undenkbar oder ein Greuel sind. Dahinter steckt wahrscheinlich die vorherrschende männlich-heterosexuelle Einstellung, daß Frauen nur deshalb zusammenleben, weil sie keinen Mann abbekommen haben, und daß sie Mitleid oder Lob verdienen, weil sie, ganz auf sich gestellt, Probleme bewältigen, die eigentlich Männersache sind. Aus ähnlichen Gründen werden lesbische Akte in der männlich-heterosexuellen Pornographie geduldet, sogar lüstern ausgemalt, und dahinter steckt die Phantasie, daß diese Frauen es nur deshalb miteinander treiben, weil sie es nicht erwarten können, endlich von Männern beglückt zu werden. Auf diese Weise bleibt der männlich-heterosexuelle Ehrenkodex gewahrt.

Wer sich nicht an die hergebrachte Moral hält, untergräbt damit offenbar das überlieferte Selbstbild derjenigen, die den Moralkodex hochhalten. Eine bequeme Möglichkeit, den Missetäter zurückzuweisen, besteht darin, sich über ihn lustig zu machen (was sich am Erfolg so seichter Produkte wie *Ein Käfig voller Narren* zu erweisen scheint), und ganz nebenbei wird so der Mythos vom guten Homosexuellen produziert. Der gute Homosexuelle, beschrieben in *Das*

Kuckucksei von Harvey Fierstein, ist ein Mann, der am liebsten wie seine Mutter sein will – mit einem Mann verheiratet sein, Kinder kriegen, sich um Haus und Herd kümmern –, und nur eine Laune der Natur hindert ihn daran. Dem Mythos vom guten Homosexuellen liegt die Auffassung zugrunde (bis 1973 von der American Psychological Association aufrechterhalten), daß ein Homosexueller ein fehlentwickelter Heterosexueller ist, daß eine kleine genetische Veränderung, ein bißchen mehr Testosteron, Zuwendung und Mitleid zur Heilung führen und den Homosexuellen wieder normal machen. Wenn das nicht gelingt (weil die Krankheit in manchen Fällen zu weit fortgeschritten ist), dann ist es für den Bedauernswerten das beste, die für solche Fälle vorgesehene minderwertige Rolle anzunehmen – die Rolle einer Frau. Ich erinnere mich an einen psychologischen Test, den ein mit der Untersuchung »besonderer Freundschaften« beauftragter Schulinspektor an unserer nur aus Jungen bestehenden Klasse durchführte. Ältere Schüler hatten uns gewarnt: Falls wir eine weibliche Gestalt zeichneten, würde der Inspektor glauben, daß wir lieber eine Frau sein wollten, zeichneten wir hingegen eine männliche Figur, würde er unterstellen, daß wir uns zu Männern hingezogen fühlten. In beiden Fällen würde er uns über die Schrecken der Abartigkeit aufklären. Die Abartigen, so hatte der Inspektor den älteren Schülern eingeschärft, endeten stets damit, daß sie von Matrosen im Hafenviertel ermordet wurden. Als ich an die Reihe kam, zeichnete ich einen Affen.

4. Der Wald in der Geschichte

Entbehren sollst du! sollst entbehren!
GOEHTE, *Faust I*

Die Homosexualität war nicht immer sozial geächtet. In anderen Kulturen wußte man, daß die menschliche Sexualität ein breites Spektrum umfaßt. Im antiken Griechenland und Rom wurde die homosexuelle Liebe moralisch nicht anders bewertet als die heterosexuelle; in Japan galt die Homosexualität unter den Samurai als akzeptierter Normalfall; in China war es allgemein bekannt, daß selbst der Kaiser männliche Liebhaber hatte. Die Indianer Guatemalas betrachten Homosexuelle nicht als Außenseiter. »Unsere Leute«, erklärte ihr Wortführer Rigoberta Menchú, »unterscheiden nicht zwischen Menschen, die homosexuell sind, und solchen, die es nicht sind. Das geschieht nur, wenn wir unsere Gesellschaft verlassen. Das Gute an unserer Lebensweise ist, daß alles als ein Teil der Natur betrachtet wird.«

In Europa setzte die Ächtung der Homosexuellen erst um die Mitte des 12. Jahrhunderts ein. »Die Gründe für diese Entwicklung«, schrieb der Yale-Historiker James Boswell, »sind nicht hinreichend geklärt, aber wahrscheinlich korrespondieren sie eng mit der zunehmenden Intoleranz gegenüber Minderheiten, wie sie in den kirchlichen und weltlichen Institutionen des 13. und 14. Jahrhunderts zu beobachten war.« Doch trotz dieser Ächtung wurde der Homosexuelle bis ins 19. Jahrhundert nicht als ein Andersgearteter wahrgenommen, dessen Persönlichkeit sich von der eines Heterosexuellen unterschied. Bis dahin, so notierte Michel Foucault in *Sexualität und Wahrheit*, »war der Sodomit nur eine vorübergehende Abirrung gewesen; der Homosexuelle wurde nun zu einer Gattung«.

Indem sie die Gattung des Homosexuellen erfand, sicherte sich die Intoleranz ein unerschöpfliches Thema. Wenn ein Vorurteil erst einmal errichtet ist, erfaßt es eine völlig heterogene Gruppe von Menschen, deren einziger gemeinsamer Nenner das Vorurteil selbst ist. Die Farbe der Haut, das Verhältnis zu einer bestimmten Glaubensrichtung, eine gewisse Ausprägung der sexuellen Vorlieben kann sich von einem Objekt des Verlangens in sein Gegenteil verkehren – in ein Objekt des Hasses. Solche Vorurteile folgen keiner Logik: Sie können einen indonesischen Juristen mit einem Rasta-Dichter zusammenwerfen, indem beide als »farbig« bezeichnet werden, während ein japanischer Geschäftsmann als »Ehrenweißer« davon ausgenommen ist; sie können einen äthiopischen Juden und einen amerikanischen Chassiden verachten und gleichzeitig Salomo und David als Säulen des Christentums verehren; sie können einen schwulen Jugendlichen und den armen Oscar Wilde verurteilen, gleichzeitig Elton John zujubeln und die Homosexualität von Leonardo da Vinci und Alexander dem Großen ignorieren.

Die durch das Vorurteil geschaffene Gruppe entsteht nicht aus dem Willen ihrer Mitglieder, sondern aus einer Reaktion der Außenstehenden. Nicht für jeden sind die vielfältigen Formen und Schattierungen des sexuellen Verlangens Dreh- und Angelpunkt des

Lebens, trotzdem sehen sich Schwule nur durch ein einziges Charakteristikum definiert – durch das körperliche Hingezogensein zu Menschen desselben Geschlechts, ungeachtet dessen, daß diese Menschen das ganze Spektrum männlicher Eigenschaften umfassen: Sie sind groß, klein, dick, dünn, ernst, albern, grob, zart, klug, dumm, bärtig, glatzköpfig, rechtsgerichtet, linksgerichtet, alt, jung – und haben nichts miteinander gemein als ihr Geschlecht.

Ist die Gruppe erst einmal umrissen und definiert, kann man die derartig Ausgegrenzten verspotten, sie aus gewissen Sphären der Gesellschaft verbannen, ihnen gewisse Rechte beschneiden, gelegentlich werden sie auch verhaftet, geprügelt, ermordet. In England ist die Begünstigung der Homosexualität verboten, in Argentinien ist die Erpressung von Schwulen an der Tagesordnung, in den USA und in Kanada ist ihre Zulassung zum Armeedienst umstritten, in Kuba werden sie mit Gefängnis bestraft, in Saudi-Arabien werden sie hingerichtet. In Deutschland wird den von den Nazis verfolgten Homosexuellen noch immer jede Entschädigung verweigert – mit der Begründung, daß sie wegen krimineller Vergehen, nicht wegen politischer Betätigung verfolgt wurden.

Gruppen, Kategorien, Namen können sich im Verlauf der Geschichte herausbilden und wandeln, aber ein Schriftsteller, der diese Prozesse mit künstlerischen Mitteln gestalten will – indem er ein Gedicht oder einen Roman schreibt –, muß sie nicht unbedingt selbst erfahren haben. Viele Geschichten, die sich mit dem Thema Homosexualität befassen, stammen von Autoren, die gezwungen sind, im Ghetto der Homosexualität zu leben. Viele andere wurden von Männern und Frauen geschrieben, die nicht zu dieser Ausgrenzung verdammt waren. Literarisch unterscheiden sie sich in nichts von voneinander.

5. Landschaftsvariationen

Die Abwechslung ist die Seele des Vergnügens.
APHRA BEHN, *The Rover*, 2. Teil

Der vierte Gesang der *Odyssee* berichtet von Proteus, dem König von Ägypten, der auch als der »Alte vom Meer« bekannt war. Er kann die Zukunft voraussagen und beliebige Gestalt annehmen. Einer Version der Geschichte zufolge war er der erste Mensch, den die Götter als ein Wesen mit unbegrenzten Möglichkeiten geschaffen hatten. Genauso wenig wie den verschiedenen Erscheinungsweisen des sagenhaften Königs müssen unseren sexuellen Gelüsten irgendwelche Beschränkungen auferlegt werden. Hetero- und Homosexualität sind ohne Zweifel zwei proteische Varianten, aber sie sind weder die einzigen, noch sind sie unveränderbar. Wie unser literarischer Geschmack müssen sich auch unsere sexuellen Neigungen nur unter Zwang und Druck erklären und ihre Loyalität bekunden. Im Moment der Lust sind wir so undefinierbar wie der Moment selbst. Vielleicht wird sich diese großzügige Auffassung von der Lust eines Tages durchsetzen.

Unsere Gesellschaft verlangt jedoch noch immer nach Etiketten, Regelwerken, und aus diesen werden unvermeidlich Hierarchien und Klassenordnungen, in denen die einen die Macht an sich reißen und die anderen ausgegrenzt werden. Jede Bibliothek hat ihre Schattenseiten: die endlosen Regale der ungewollten, ungelesenen, verachteten, vergessenen, verbotenen Bücher. Und doch ist die Verbannung eines Themas aus der Literatur, egal, um welches es sich handelt, egal, ob vom Leser oder vom Autor vollzogen, eine unzulässige Form der Zensur, die gegen die Menschenwürde verstößt. Die durch Vorurteile geächteten Gruppen werden gewöhnlich aus der Gesellschaft ausgegrenzt, aber nicht für immer. Das Unrecht hat, wie wir inzwischen gelernt haben sollten, einen merkwürdigen Effekt: Es verleiht der Stimme Kraft, Klarheit, Ideenreichtum und Echtheit. All diese Eigenschaften kann man gut gebrauchen, wenn man literarisch fruchtbar sein will.

III

Memoranden

»Diesen entsetzlichen Augenblick«, fuhr der König fort,
»werde ich nie im Leben vergessen!«
»Doch, das wirst du«, erwiderte die Königin, »wenn du
kein Memorandum davon machst.«
Alice hinter den Spiegeln, 1. Kapitel

Der verliebte Borges

Eine junge Frau im Publikum: »Mr. Borges, waren Sie je verliebt?«
Borges (ohne zu zögern): »Ja.«
Universität Yale, März 1971

Eines Nachmittags im Jahr 1966 betrat ich, einer Einladung zum Diner folgend, die Wohnung der Schriftstellerin Estela Canto in Buenos Aires. Die Frau war um die Fünfzig, ein wenig taub, hatte wundervolles, rotgefärbtes Haar und große, stark kurzsichtige Augen (aus Koketterie trug sie in Gesellschaft nie eine Brille); sie stolperte durch die enge, verräucherte Küche, bereitete ein Mahl aus Dosenerbsen und Würstchen und intonierte lautstark Verse von Keats und Dante Gabriel Rossetti. Ihr hatte Borges eine seiner schönsten Erzählungen gewidmet, *Das Aleph*, und sie sorgte dafür, daß dieser Umstand niemandem verborgen blieb.

Borges hingegen schien das Andenken an sie nicht in gleicher Weise zu pflegen. Jedenfalls schwieg er nur, als ich ihren Namen nannte und von der Einladung erzählte. Später sagte man mir, daß das Schweigen für Borges eine Form der Höflichkeit war. Ich hatte Borges etwa ein Jahr zuvor im Pygmalion kennengelernt, einem englisch-deutschen Buchladen in Buenos Aires, in dem ich nach der Schule arbeitete. In Begleitung seiner bejahrten Mutter kam er in den Laden geschlurft und fragte mit tastender Stimme nach Büchern über das Altenglische (seine neueste Leidenschaft), die er dann aufschlug und dicht vors Gesicht hielt, als würde er die Buchstaben inhalieren, die seine Augen nicht mehr erkennen konnten. Eines Nachmittags fragte er mich (wie zuvor viele andere), ob ich abends Zeit hätte, ihm vorzulesen, da seine Mutter so schnell ermüde. Ich bejahte, ohne mir des Privilegs bewußt zu sein.

An zahllosen Abenden las ich ihm Stevenson vor, Kipling, Artikel aus dem *Großen Brockhaus*, verschiedene kommentierte Dante-Ausgaben, wobei mich Borges oft unterbrach, seine Betrachtungen anstellte (mehr für sich selbst als für mich) und mich so mit einer privatim kommentierten Ausgabe seiner Klassiker beschenkte. Er wollte auch mich zum Studium des Altenglischen überreden, aber ich kam nie über die ersten drei Zeilen der *Schlacht von Maldon* hinaus. Manchmal bat er mich, ihn ins Kino zu begleiten, und es war eine seltsame Erfahrung für mich, neben dem blinden alten Mann zu sitzen und ihm den Film so zu erzählen, als würde ich die Handlung und die Bilder nur beiläufig kommentieren. Ich begriff schnell, daß Borges keine einfache Nacherzählung des Leinwandgeschehens wollte, und mußte deshalb Umschreibungen finden wie: »Er sieht so bedrohlich aus, wie er in das Zimmer kommt«, oder »Dieser Schwenk über die Stadt ist sehr wirkungsvoll, finden Sie nicht?«, während das Zischeln um uns herum immer wütender und lauter wurde. Unter anderem sahen wir zusammen die *West Side Story* (die er schon mehrmals besucht hatte und sehr genoß); *The Collector* und *Lord Jim* verglich er mit Filmen, die er noch mit eigenen Augen gesehen hatte: *She Done Him Wrong* (er hielt Mae West für Klassen besser als Jean Harlow oder Marlene Dietrich), *Psycho* (»Literatur kommt an diese Art der verhaltenen Spannung nicht heran«) und *King Kong* (»Fay Wray hat nicht nur den Affen zur Strecke gebracht, sondern gleich den ganzen Film«). Während wir nach dem Kino in seine Wohnung zurückgingen, beschrieb Borges, der gern in Erinnerungen schwelgte, die Stadt, wie er sie noch gesehen hatte, erzählte er Geschichten von Gangstern in dämmrigen Bars an verrufenen Ecken, über die sich jetzt, für ihn unsichtbar, die Glastürme des Sheraton Hotels und das neueste Edelkaufhaus erhoben. Als ich ihm erzählte, daß die von Touristen besuchte Plaza San Telmo im alten Kolonialviertel der Stadt neuerdings von einem Brunnen geziert wurde, wollte er mir nicht glauben. »Man baut doch keinen Brunnen auf einen öffentlichen Platz! Brunnen gehören in die privaten Innenhöfe, ins Haus, oder?« Ich entwarf die Idee zu einem Dokumentarfilm (und unterbreitete sie Ric Young, der damals Filmemacher in Kanada war), in dem die Kamera das Buenos Aires der Gegenwart einfing, während die Stimme von Borges den Betrachter auf einen Spaziergang durch die Straßen mitnahm, die er zwei Jahrzehnte zuvor mit Estela Canto durchstreift hatte. Leider ließ sich keine kanadische Fernsehanstalt dazu herbei, einen solchen Spaziergang reizvoll zu finden.

Als ich Estela kennenlernte, spielten ihre Bücher in der argentinischen Literaturszene keine Rolle mehr. Während der sogenannten lateinamerikanischen Welle, die im Gefolge von Manuel Puig eine neue Autorengeneration nach vorn brachte, verloren die Verleger das Interesse an ihr, und ihre Bücher wurden nun in Winkelbuchhandlungen verramscht, die genauso verstaubt waren wie ihre Küche. In den vierziger Jahren hatte sie Essays im Stil des von ihr bewunderten William Hazlitt in verschiedenen Magazinen veröffentlicht, unter anderem auch in den von Borges redigierten *Anales de Buenos Aires* und im *Sur*. Ihre realistischen Erzählungen in der Nachfolge (wie sie glaubte) von Leonid Andrejew waren in den Literaturbeilagen der Tageszeitungen *La Nación* und *La Prensa* erschienen, ihre Romane, die unschlüssig zwischen Psychologie und Symbolismus schwankten, waren vom geistigen Buenos Aires wohlwollend aufgenommen, wenn nicht gar gelesen worden. Estela selbst schrieb den Niedergang ihres Ruhms ihrer übermäßigen Schlauheit zu. Gemeinsam mit ihrem Bruder Patricio Canto, einem hervorragenden Übersetzer, der in aller gebotenen Diskretion das Gerücht einer inzestuösen Beziehung zu seiner Schwester lancierte, entwarf sie den Plan, einen Literaturwettbewerb zu gewinnen, bei dem Borges zusammen mit dem Romancier Eduardo Mallea und der Dichterin Norah Lange die Jury bildete. Die Geschwister Canto wollten einen Roman schreiben, der jedem der Juroren etwas Schmeichelhaftes bot: ein Dante-Zitat für Borges, eine philosophische Erörterung über Kunst, Literatur und Moral für Mallea, ein paar Verse von Norah Lange für Norah Lange. Sie tarnten ihre Autorschaft mit dem Namen einer Literatin, auf deren Loyalität sie vertrauten, und sandten das Manuskript ein, das einstimmig den ersten Preis gewann. Unglücklicherweise verriet die Literatin – wie es Künstlerfreundschaften so an sich haben – das Komplott, und die umtriebigen Geschwister wurden aus allen literarischen Salons von Buenos Aires verbannt. Teils aus Trotz, teils aus irregeleiteter Liebe zur russischen Literatur traten die beiden Cantos der Kommunistischen Partei Argentiniens bei (die, wie Ernesto Sábato einst bemerkte, von der Konservativen Partei nicht zu unterscheiden war, weil ihre senilen Mitglieder die Sitzungen meist schlafend verbrachten). Für Borges, der sich einen Band mit Lobgedichten auf die Oktoberrevolution als Jugendsünde zurechnete, war der Kommunismus tabu.

Beim Diner fragte mich Estela, ob ich Lust hätte, das Manuskript der Erzählung *Das Aleph* zu sehen (das sie zwanzig Jahre später für 27 760 Dollar an Sotheby's verkaufte). Ich sagte ja. Aus einer fettfleckigen braunen Mappe zog sie die siebzehn Seiten der sorgfältig »in der Handschrift eines Zwergs« (wie Borges seine Schrift aus kleinen, unverbundenen Buchstaben charakterisierte) verfaßten Erzählung, die nur ein paar Korrekturen und Varianten aufwies. Estela zeigte mir die Widmung auf der letzten Seite, dann griff sie über den Tisch, nahm meine Hand (ich war achtzehn und starr vor Schreck) und drückte sie an ihre Wange. »Fühl diese Knochen«, sagte sie. »Dann weißt du, daß ich damals schön war.«

»Damals«, im Jahr 1944, hatte sie Borges im Haus

von Bioy Casares und Silvina Ocampo kennengelernt. Silvina schrieb gute Gedichte und noch bessere Short storys und war die Schwester von Victoria Ocampo, der aristokratischen Begründerin des Magazins *Sur*. Bioy, acht Jahre jünger als Silvina, war der Erbe des großen argentinischen Molkereiunternehmens La Martona – der Markenname ging auf den Vornamen seiner Mutter (Marta) zurück. Begonnen hatte die Zusammenarbeit von Borges und Bioy mit einer Werbekampagne für La-Martona-Joghurt.

Estelas Begegnung mit Borges war, zumindest aus ihrer Sicht, alles andere als Liebe auf den ersten Blick. »Trotzdem«, fügte sie mit wehmütigem Lächeln hinzu, »Beatrice war auch nicht sonderlich von Dante beeindruckt.«

Wie zur Rechtfertigung beschrieb sie den fünfundvierzigjährigen Borges (in ihren Erinnerungen *Borges a contraluz*) betont unvorteilhaft: »Er war mollig, ziemlich groß, mit geradem Rücken, einem blassen, fleischigen Gesicht, er hatte auffällig kleine Füße und eine Hand, die schlaff und knochenlos wirkte, wenn man sie drückte, als wäre ihm die unvermeidliche Berührung unangenehm. Er sprach unsicher, er schien nach Worten zu tasten und auf Ermutigung zu warten.«

Einmal wurde ich Zeuge, wie Borges diese unsicher tastende Stimme mit großem Effekt einsetzte. Ein Journalist fragte ihn, was er an General San Martín, dem argentinischen Nationalhelden, der in den Unabhängigkeitskriegen die Spanier besiegt hatte, am meisten bewundere. Borges antwortete sehr langsam: »Seine Bronzebüsten … in den Ämtern … und

Schulen … auf den Spielplätzen, sein Name … endlos wiederholt … in den Militär…märschen, sein Porträt … auf dem 10-Peso-Schein …« – es entstand eine lange Pause. Der Journalist war sichtlich befremdet und wollte schon nach einer Erklärung für die seltsame Aufzählung fragen, als Borges seinen Satz vollendete: »… haben mir das wahre Bild des Helden verstellt.«

Nach der ersten Begegnung mit Borges war Estela oft zu Gast bei den Bioys, wo es bei Tisch sehr lebhaft zuging, da Silvina die aufreibende Angewohnheit hatte, ihre Gäste mit Fragen zu überfallen wie: »Auf welche Weise würden Sie gern Selbstmord begehen, wenn Sie die Wahl hätten?« Das Essen war zudem erbärmlich: ein bißchen gekochtes Gemüse und zum Nachtisch Marmelade mit Milch. Es war allgemein bekannt, daß man sich satt essen mußte, bevor man zu den Bioys dinieren ging. Einmal wurde der Kritiker Enrique Pezzoni vom Hunger in die Küche getrieben und entdeckte im Kühlschrank, der angeblich leer war, zwei Steaks. Voller Wut über den vermeintlichen Geiz der Gastgeber warf er die Steaks hinter den Herd. Noch Wochen später klagten die Bioys über einen infernalischen Gestank in ihrer Küche.

Borges, ein bescheidener Esser, war bei diesen Diners meist zugegen. Er behauptete, daß gutes Essen nur vom Gespräch ablenke. Am liebsten war ihm die »schlichte Kost«, wie er es nannte: Reis oder Nudeln mit Butter und ein paar Krümeln Käse. An einem Sommerabend, als er und Estela zufällig gleichzeitig aufbrachen, fragte Borges, ob er sie zur U-Bahn begleiten dürfe. Am U-Bahnhof schlug er ihr stotternd vor, den Fußweg noch ein Stück fortzusetzen. Eine Stunde später fanden sie sich in einem Café auf der Avenida de Mayo wieder. Offenbar unterhielten sie sich über Literatur, denn Estela äußerte ihre Bewunderung für das Stück *Candida* und zitierte sogar eine Passage aus der Schlußszene. Borges war entzückt, sie sei seines Wissens die erste Frau, die Bernard Shaw möge. Dann fixierte er sie mit seinen erblindenden Augen und machte ihr ein Kompliment auf englisch: »*A Gioconda smile and the movements of a chess knight.*«* Als das Café schloß, gingen sie noch bis halb vier spazieren. Am nächsten Tag brachte er ihr ein Exemplar von Joseph Conrads *Jugend* ins Haus und ging wieder, ohne sich bei ihr zu melden.

Borges' Werbung um Estela Canto hielt mehrere Jahre an, in denen, wie sie sagte, »er mich liebte und ich ihn mochte«. Sie machten endlose Spaziergänge oder Irrfahrten mit der Straßenbahn durch die südlichen Viertel von Buenos Aires. Borges fuhr gern Straßenbahn; auf der Linie 7, mit der er zur Arbeit fuhr, einem erbärmlichen Job in einer Gemeindebücherei, brachte er sich Italienisch bei, indem er eine zweisprachige Ausgabe von Dantes *Commedia* las. »Ich fing die Hölle auf englisch an; als ich durch das Fegefeuer war, konnte ich ihm schon im Original folgen.« Wenn er nicht mit Estela zusammen war, schrieb er ihr unablässig, und seine Briefe, die sie später in *Borges a contraluz* veröffentlichte, sind auf stille Art bewegend. Ein undatierter Brief, in dem er sich

* »Ein Mona-Lisa-Lächeln und die Bewegungen eines Springers beim Schach.«

entschuldigt, ohne ihr Wissen die Stadt verlassen zu haben, »aus Angst oder Höflichkeit, aufgrund der traurigen Überzeugung, daß ich für dich im Grunde nichts als eine Belästigung und eine Verpflichtung war«, bekennt: »Das Schicksal nimmt Gestalten an, die sich immer wiederholen, es gibt Muster, die sich im Kreis bewegen. Auch dies ist ein wiederkehrendes: Wieder bin ich in Mar del Plata und habe Sehnsucht nach dir.«

Im Sommer 1945 erzählte er ihr, er wolle eine Geschichte über einen Ort schreiben, der »alle Orte der Welt« bedeute, und er werde ihr die Geschichte widmen. Ein paar Tage später brachte er ihr ein Päckchen ins Haus, in dem, wie er sagte, das Aleph steckte. Estela öffnete das Päckchen und fand ein kleines Kaleidoskop, das der vierjährige Sohn des Dienstmädchens sofort zerbrach.

Die Geschichte des Aleph begleitete seine Liebe zu Estela. Er schrieb ihr eine Postkarte auf englisch:

Donnerstag, gegen fünf

Ich bin in Buenos Aires. Ich werde Dich heute abend sehen, ich werde Dich morgen sehen, ich weiß, daß wir zusammen glücklich sein werden (glücklich und schwebend und manchmal sprachlos und aufs köstlichste verrückt), und ich spüre schon den körperlichen Schmerz, von Dir getrennt zu sein, von Dir fortgerissen zu sein, durch Flüsse, durch Städte, durch Grasballen, durch Umstände, durch Tage und Nächte.

Dies sind, das verspreche ich Dir, die letzten Zeilen, die ich mir in dieser Stimmung erlaube. Ich werde mich nicht mehr in Selbstmitleid ergehen. Meine Liebste, ich liebe Dich; ich wünsche Dir das ganze Glück; eine gewaltige, komplexe, dichtgewirkte Zukunft des Glücks liegt vor uns. Ich schreibe wie irgendein schrecklicher Prosadichter; ich wage es nicht, diese bedauerliche Postkarte noch einmal zu lesen. Estela, Estela Canto, wenn Du das liest, werde ich die Geschichte beenden, die ich Dir versprochen habe, die erste einer langen Serie.

Dein Georgie

»Die Geschichte vom Ort, der alle Orte ist« (wie Borges auf einer anderen Postkarte notiert), beginnt mit dem Todessommer der schönen Aristokratin Beatriz Viterbo aus Buenos Aires, in die Borges, der Erzähler, verliebt ist. Der Cousin von Beatriz, der pedantische und schwülstige Poet Carlos Argentino Daneri (es wurde gemunkelt, daß Borges mit dieser Gestalt seinen Schwager porträtierte, den Schriftsteller Guillermo de Torre, der sich getreulich an das von der Königlich Spanischen Akademie der Wissenschaften empfohlene Vokabular hielt), schreibt an einem gewaltigen Epos, das alles zwischen Himmel und Erde erfassen soll, und seine Inspirationsquelle ist das Aleph, ein Ort, an dem alles Existierende versammelt ist. Dieser Ort, erfährt Borges von Daneri, befindet sich unter der neunzehnten Stufe der Kellertreppe im Haus der Beatriz, und man muß sich in einer bestimmten Stellung auf den Fußboden legen, um das

Aleph zu erblicken. Borges tut dies, und das Aleph wird ihm sichtbar. »Im Durchmesser mochte das Aleph zwei oder drei Zentimeter groß sein, aber der kosmische Raum war ohne Schmälerung seines Umfangs da.«[3] In whitmanesker Reihung bietet sich das All seinem staunenden Auge dar: »Ich sah das bewegte Meer, ich sah Morgen- und Abendröte, ich sah die Menschenmassen Amerikas, ein silbriges Spinnennetz inmitten einer schwarzen Pyramide, ich sah ein aufgebrochenes Labyrinth (das war London), ich sah unzählige, ganz nahe Augen, die sich mir wie in einem Spiegel ergründeten ...« Die Aufzählung setzt sich über eine ganze Seite fort. Neben anderen Visionen erblickt Borges auch sein eigenes Gesicht und die Gesichter seiner Leser – unsere Gesichter also – und den »furchtbaren leiblichen Überrest der ehemals so köstlichen Beatriz Viterbo«. Auch sieht er mit Entsetzen eine Reihe »obszöne, unglaubliche, unmißverständliche Briefe« der ihm unerreichbaren Beatriz an Daneri. »Ich fühlte Schwindel und weinte«, schließt er, »weil meine Augen diesen geheimen und gemutmaßten Gegenstand erschaut hatten, dessen Namen die Menschen in Beschlag nehmen, doch hat ihn kein Mensch je erblickt: das unfaßliche Universum.«

Borges veröffentlichte die Geschichte kurz nach ihrer Fertigstellung im Magazin *Sur*, im Septemberheft des Jahres 1945. Wenig später dinierte er mit Estela im Hotel Las Delicias in Adrogué, einem Vorort von Buenos Aires. Dieser Ort war für Borges von großer Bedeutung. Hier hatte er als junger Mann ein paar glückliche Sommer mit seiner Familie verbracht, und als verzweifelt unglücklicher Fünfunddreißigjähriger hatte er hier am 25. August 1934 versucht, seinem Leben ein Ende zu setzen (des Selbstmordversuchs gedachte er 1978 in einer Geschichte, die in der Zukunft spielt und *25. August 1983* heißt); hier siedelte er auch seine metaphysische Detektivgeschichte *Der Tod und der Kompaß* an, in der Las Delicias als Villa mit dem wunderschönen Namen Triste-le-Roy erscheint. Im Abend spazierte er mit Estela durch die dunklen Straßen, und Borges rezitierte auf italienisch Beatrice' Zeilen, mit denen sie Vergil bittet, Dante auf der Reise durch das Inferno zu begleiten.

> O du aus Mantua, höfliche Seele,
> Von der der Ruhm in unserer Welt noch dauert
> Und dauern wird, solang die Welt bestehet:
>
> Mein Freund, doch nicht zugleich der Freund des Glückes,
> Ist an dem öden Strande so behindert …[4]

Estela konnte die Zeilen noch auswendig und erzählte mir, daß Borges sich über die Schmeichelei belustigt hatte, mit der die listige Beatrice ihr Ziel erreicht. »Dann drehte sich Borges zu mir um«, berichtete Estela, »obwohl er mich unter der trüben Laterne kaum sehen konnte, und hielt um meine Hand an.«

Halb im Spaß, halb im Ernst nahm sie seinen Antrag an, wandte jedoch ein: »Aber Georgie, vergiß nicht, daß ich eine Schülerin Bernard Shaws bin. Wir können nicht heiraten, ohne vorher miteinander ins

Bett gegangen zu sein.« Für mich fügte sie hinzu: »Ich wußte, daß er es niemals wagen würde.«

Ihre Beziehung gelangte nicht über diesen Punkt hinaus und kränkelte ein weiteres Jahr vor sich hin. Nach Ansicht Estelas war es Borges' Mutter, die den Bruch herbeiführte. Sie ließ den Sohn nicht aus den Augen und hielt wenig von seinen Frauenbekanntschaften. Viel später, im Jahr 1967, nachdem seine Mutter offenbar in eine Ehe mit Elsa Astete de Millán eingewilligt hatte (»Ich denke, es ist das beste für dich, wenn du Elsa heiratest, denn sie ist Witwe und kennt das Leben«), kommentierte Estela dies mit der Bemerkung: »Sie hat einen Ersatz gefunden.«

Die Ehe erwies sich als Desaster. Elsa war eifersüchtig auf jeden, für den Borges Sympathie empfand, sie untersagte ihm die Besuche bei seiner Mutter und lud sie nie ein. Elsa teilte Borges' literarische Interessen nicht und las kaum. Borges erzählte ihr gern beim Frühstück, bei Kaffee und Toast, seine Träume; Elsa träumte nicht oder behauptete dies, und Borges fand es unbegreiflich. Statt dessen legte sie gesteigerten Wert auf die Begleiterscheinungen des Ruhms, die Borges so leidenschaftlich verachtete. In Harvard, wo er eine Gastvorlesung hielt, forderte sie ein höheres Honorar und eine luxuriösere Unterkunft. Eines Nachts traf ein Professor den Dichter in Schlafanzug und Pantoffeln draußen vor der Tür an. »Meine Frau hat mich ausgeschlossen«, erklärte Borges tief beschämt. Der Professor ließ ihn bei sich übernachten und stellte Elsa am nächsten Morgen zur Rede. »Sie müssen ja nicht sehen, wie er unter der Decke aussieht«, war ihre Erwiderung.

Ein anderes Mal, als ich ihn in seiner Wohnung in Buenos Aires besuchte, wartete er, bis Elsa das Zimmer verlassen hatte, und fragte mich flüsternd: »Sag mir, ist Beppo da?« Beppo war Borges' großer weißer Kater. Ich bestätigte ihm, daß Beppo da war, er lag schnurrend in einem der Sessel. »Gott sei Dank«, erwiderte Borges. Ich fühlte mich in eine Szene aus Nabokovs *Gelächter im Dunkel* versetzt. »Sie sagte, er wäre weggerannt. Aber ich höre ihn immer und hab schon gedacht, ich hätte den Verstand verloren.«

Borges' Flucht vor Elsa verlief ausgesprochen unspektakulär. Da eine Scheidung in Argentinien nicht möglich war, blieb ihm nur die notarielle Trennung. Am 7. Juli 1970 holte ihn sein amerikanischer Übersetzer Norman Thomas di Giovanni mit dem Taxi von seinem Büro in der Nationalbibliothek ab und brachte ihn zum Flughafen, wo sie die Maschine nach Córdoba nahmen. Zur gleichen Zeit begaben sich ein Rechtsanwalt und drei Möbelpacker, von Borges (unter Anleitung von di Giovanni) mit Instruktionen versehen, zur Wohnung und präsentierten Elsa den Trennungsbescheid und die Vollmacht, seine Bücher abzuholen. Die Ehe hatte keine vier Jahre gedauert.

Ein weiteres Mal spürte Borges, daß es ihm nicht bestimmt war, glücklich zu sein. Die Literatur bot zwar Trost, aber nie einen ausreichenden, da sie zugleich die Erinnerungen an jeden Verlust und jedes Versagen beschwor, wie ihm wohl bewußt war, als er die letzten Zeilen des Doppelsonetts *1964* schrieb:

Niemand verliert andres (du wiederholst es vergeblich)
als das, was man nicht hat und niemals
besaß, aber es reicht nicht aus, tapfer zu sein,
die Kunst des Loslassens zu lernen.
Ein Symbol, eine Rose reißt dich entzwei,
und eine Gitarre kann dich töten.

Sein ganzes Leben hindurch, das fast deckungsgleich mit dem Jahrhundert war, verliebte sich Borges mit unabänderlicher Regelmäßigkeit, und mit unabänderlicher Regelmäßigkeit zerfielen seine Hoffnungen zu Staub. Er war neidisch auf die literarischen Paare, die uns bei unseren Leseausflügen begegneten: auf den britischen Soldaten John Holden und Ameera, seine indische Frau, in Kiplings *Ohne kirchlichen Segen* (»Bist du etwa eine Sklavin, meine Königin?«), auf das keusche Paar Sigurd und Brynhild in der Völsungen-Saga (aus der zwei Zeilen auf seinem Grabstein in Genf eingemeißelt sind), auf Robert Louis Stevenson und Fanny (die sich Borges glücklich vorstellte), auf Chesterton und seine Frau (ihn glaubte er zufrieden). Die lange Liste der Namen derer, in die Borges verliebt war, läßt sich den Widmungen seiner Gedichte und Erzählungen entnehmen: Estela Canto, Haydée Lange, María Esther Vázquez, Ulrike von Kühlmann, Silvina Bullrich, Beatriz Bibiloni Webster de Bullrich, Sara Diehl de Moreno Hueyo, Margot Guerrero, Cecilia Ingenieros – »alle einzigartig«, wie Bioy feststellte, »und alle unersetzlich«.

Eines Abends, während er sein übliches farbloses Nudelgericht im Restaurant des Hotels Dora zu sich nahm, erzählte er mir, daß er mit literarischer Entschiedenheit an »das Mysterium der Frauen und die heroische Bestimmung der Männer« glaube. Er fühlte sich außerstande, dieses Mysterium auf dem Papier nachzuschaffen; die wenigen Frauen in seinen Erzählungen sind nur Rädchen im Mechanismus, keine eigenständigen Charaktere, abgesehen vielleicht von der rächenden Emma Zunz in der gleichnamigen Erzählung, zu der ihn eine andere Frau, Cecilia Ingenieros, inspiriert hatte. Die zwei rivalisierenden Künstlerinnen in *Das Duell* (die Geschichte beruft sich mit gutem Recht auf Henry James) sind außer in ihren Namen geschlechtslos – wie auch die »alte Dame« in der Erzählung mit diesem Titel. Die Frau in *Der Eindringling* ist kaum mehr als ein Wesen, das die rivalisierenden Brüder töten müssen, um sich gegenseitig treu zu bleiben. Die seltsamste der fiktiven Frauengestalten bei Borges ist Ulrike in der gleichnamigen Erzählung, eher ein Phantom als eine Frau. Die norwegische Studentin gibt sich dem alternden kolumbianischen Professor namens Javier Otárola hin, den sie Sigurd nennt und der sie darauf Brynhild tauft. Beim Gang zum Hotel erscheint sie erst willig, dann kalt, und Otárola sagt zu ihr: »Brynhild, du gehst, als wünschtest du, daß zwischen den beiden ein Schwert im Bett liegt.« Die Geschichte endet so: »Zwischen den beiden lag kein Schwert. Wie der Sand verrann die Zeit. Alterslos strömte die Liebe im Dunkel, und zum ersten- und letztenmal besaß ich Ulrikes Bild.«[5]

Borges' Männergestalten hingegen erfüllen ihre heroische Bestimmung mit stoischer Entschlossenheit; kaum jemals wissen sie, ob sie ihr Ziel erreicht haben, nur selten wird ihnen klar, daß sie gescheitert sind. Der träumende Magier in *Die kreisförmigen Ruinen*, der erkennt, daß auch er im Traum eines anderen ist; der gelehrsame Romancier Herbert Quain, der sich eingesteht: »Ich gehöre nicht der Kunst an, sondern lediglich der Kunstgeschichte«;[6] der metaphysische Detektiv Erik Lönrrot, der willentlich in den Tod geht; der unverbesserliche Nazi Otto Dietrich zur Linde, der für sich den glanzvollen Grabspruch prägt: »Möge es den Himmel geben, auch wenn unser Ort die Hölle ist«;[7] der stiergesichtige Gefangene des Labyrinths, der geduldig auf seinen Befreier wartet, um von ihm erschlagen zu werden; der Dramatiker Jaromir Hladík, für den Gott insgeheim ein kleines Wunder vollbringt, damit er vor dem Tod sein Stück vollenden kann; der seßhafte Johannes Dahlmann, dem in *Der Süden* plötzlich, zur Krönung seines stillen Lebens, ein Heldentod angeboten wird – das alles waren Männer, so glaubte Borges, die sein eigenes Schicksal in irgendeiner Weise teilten. »Platon, der wie alle Männer unglücklich war ...« begann eine seiner Vorlesungen an der Universität von Buenos Aires. Ich bin überzeugt, daß Borges darin eine unausweichliche Wahrheit sah.

Borges hatte sich eine einfache, unkomplizierte Lebensgemeinschaft gewünscht; das Schicksal bescherte ihm Liebeswirren, die von Henry James hätten erdacht sein können – dessen Erzählkonstruktionen Borges zwar bewunderte, aber manchmal psychologisch überfrachtet fand. Sein letzter Eheversuch fand scheinbar am 26. April 1986 statt, weniger als zwei Monate vor seinem Tod, als er für sich und María Kodama vom Bürgermeister einer paraguayischen Kleinstadt einen Trauschein *in absentia* ausfertigen ließ. Ich sage scheinbar, weil die Prozedur hinter einem verwirrenden Schleier des Geheimnisses verborgen blieb, und da Borges' Ehe mit Elsa nie annulliert worden war, hätte er sich durch die erneute Eheschließung der Bigamie schuldig gemacht. María hatte als Studentin seine Altenglisch-Kurse besucht und begleitete ihn später, in den sechziger Jahren, auf seinen Reisen. Ihre Heirat löste bei den meisten Überraschung, bei vielen auch Ärger aus, weil der Eindruck entstand, daß sie den alten Mann seinen Freunden und Freundinnen abspenstig machte. In Wahrheit waren diese Freunde und Freundinnen eifersüchtig auf jeden, dem Borges Zuneigung und Interesse schenkte, und Borges, mit dem Eigensinn Jehovas ausgestattet, gab den Eifersüchteleien Nahrung.

Nun schon über achtzig und in der Obhut Marías, kam Borges nicht mehr zu den Diners bei den Bioys, er ließ den Kontakt zu vielen seiner alten Bekannten einschlafen, und all das wurde María angelastet, niemals seiner Wandelbarkeit. Keiner erinnerte sich daran, daß Borges im Lauf der Jahre des öfteren Widmungen seiner Gedichte ausgelöscht und durch andere Namen ersetzt hatte, einem kindlichen Wechsel seiner Zuneigung gefolgt war und sich einen neuen Empfänger seiner Gunst erkoren hatte. Seine neuen Widmungsänderungen wurden ebenfalls María angelastet. Selbst für den Umstand, daß er in Genf gestorben war, weit entfernt von Buenos Aires, der Stadt seines Lebens, mußte Marías Eifersucht herhalten. Vermutlich am Tag vor seinem Tod rief Borges aus

Genf seinen Freund Bioy in Buenos Aires an. Bioy versicherte, Borges habe unendlich traurig geklungen. »Was machst du in Genf?« fragte ihn Bioy. »Komm nach Hause!« – »Ich kann nicht«, antwortete Borges. »Und außerdem: Zum Sterben ist jeder Ort gut genug.« Bioy sagte, daß er als Schriftsteller Hemmungen empfunden habe, an einer so guten Abgangszeile zu rütteln.

Aber es gab auch andere – zum Beispiel Héctor Bianciotti, Borges' Lektor bei Gallimard, und Cortázars Witwe Aurora Berárdez –, die María Kodama lediglich als hingebungsvolle und eifrige Gefährtin sahen. Ihnen zufolge hat Borges in ihr doch noch seine stahlharte, eifersüchtige, unnahbare, beschützende Beatrice gefunden. Zu Bianciotti hatte Borges gesagt: »Ich sterbe am Leberkrebs, und ich möchte meine Tage in Japan beschließen. Aber ich spreche nicht japanisch oder nur ein paar Worte, und ich möchte gern in der Lage sein, meine letzten paar Stunden im Gespräch zu verbringen.« Von Genf aus bat er Bianciotti, ihm Bücher zu schicken, die er in seinen Schriften nie erwähnt hatte: die Komödien von Molière, die Gedichte von Lamartine, die Werke von Rémy de Gourmont. Dann erinnerte sich Bianciotti an eine frühere Auskunft von Borges: Das waren die Bücher, die er als junger Mann in Genf gelesen hatte. Sein letztes Buch war *Heinrich von Ofterdingen* von Novalis, das ihm die deutschsprachige Krankenschwester in der langen, schmerzhaften Wartezeit vorlas. Am Tag vor seinem Tod besuchte ihn Bianciotti, blieb die Nacht über an seinem Bett und hielt ihm die Hand, bis der Morgen kam.

Borges starb am 14. Juni 1986. Zehn Jahre später las ich ihm zum Gedenken *Das Aleph* erneut und fragte mich, wo mir die Idee des allumfassenden Raums in Borges' Werk schon begegnet war – Hobbes' *Nunc-stans* oder *Hic-stans*, zitiert als Motto zur Erzählung *Das Aleph*.* Ich sah meine zwei Reihen mit Borges-Ausgaben durch: die zerlesenen, von Druckfehlern strotzenden Erstausgaben des Verlags Emecé; die nicht weniger fehlerstrotzenden zwei dicken Bände der unkompletten *Obras Completas* und der *Obras Completas en Colaboración*, die glanzvolle und etwas umfassendere Ausgabe von Alianza, die lückenhaft-zufälligen englischen Übersetzungen, die hervorragende französische Gesamtausgabe von Pléiade, die Bernès so liebevoll ediert hat, daß sie für meine Begriffe das spanische Original fast übertrifft. (Borges hätte vielleicht zugestimmt: Über die engli-

* Anmerkung Manguel: Zwei frühe Quellen für das Aleph könnten sein: 1) Die Vision des heiligen Benedikt von Nursia, der kurz vor seinem Tod (um 547) vom Gebet aufschaute und sah, daß draußen vor seinem Fenster im Dunkel »die ganze Welt in einen Sonnenstrahl gebündelt schien und ihm so vor Augen gebracht wurde«. (T. F. Lindsay: St. Benedict. His Life and Work, London 1949). 2) In einem Märchen des Rabbi Nachman von Bratzlav aus dem späten 18. Jahrhundert ist eine Landkarte beschrieben. Sie zeigt die »Welten zu allen Zeiten, und was irgend je geschah und geschehen wird, steht auf ihr verzeichnet zu lesen, die Schicksale der Länder, Städte und Menschen und alle Wege auf dieser Welt und die verborgenen Wege zu fernen Welten in fernen Zeiten. […] Da steht jeglich Ding, wie es gewesen ist zur Stunde, da die Welt erschaffen ward, wie es heute ist und wie es dereinst sein wird.« (Martin Buber, Die Geschichten des Rabbi Nachman)

sche Fassung des auf französisch geschriebenen Beckford-Romans *Vathek* sagte er einmal: »Das Original ist der Übersetzung untreu.«)

Roger Caillois, der Borges in Frankreich bekannt gemacht hat (»Ich bin eine Erfindung von Caillois«, bemerkte Borges dazu), äußerte die Ansicht, daß Borges' zentrales Thema das Labyrinth sei, und wie zur Bestätigung dessen erhielt die bekannteste englischsprachige Sammlung der etwas unbeholfen übersetzten Borges-Texte den Titel *Labyrinths*. Zu meinem Erstaunen (hatte ich doch geglaubt, mit seinem Werk besonders gut vertraut zu sein) fand ich beim Wiederlesen seiner Bücher heraus, daß nicht das Labyrinth im Mittelpunkt steht, sondern viel öfter und durchgängiger die Vorstellung eines Gegenstands, eines Orts, einer Person oder eines Moments, in denen alle Gegenstände, Orte, Personen und Momente enthalten sind.

Ich machte mir eine Liste auf den leeren Seiten am Ende der Pléiade-Ausgabe, aber ich bin mir sicher, daß sie unvollständig ist. An ihrer Spitze steht das eindeutigste Beispiel: *Der Zahir*, das Gegenstück zum *Aleph*. Das Wort *zahir* heiß »unsichtbar« auf arabisch, und bei Borges ist es ein Gegenstand (eine Münze, aber auch ein Tiger, ein Astrolab), den man, hat man ihn einmal erblickt, nicht mehr vergißt. Borges bezieht sich auf Tennysons Zeile über die Blume in der Mauerspalte und schreibt dazu: »Vielleicht meinte er, daß nichts so unscheinbar ist, daß es nicht das Werden des Alls und die unendliche Verkettung von Ursache und Wirkung in sich birgt.«[8]

Dann kommt die vielgerühmte *Bibliothek von Babel*, »die manche das Universum nennen« und die jedes denkbare Buch enthält, auch den »wahrheitsgemäßen Bericht über meinen Tod«. Diese unendliche Bibliothek wird in ein einziges Buch mit unendlich dünnen Seiten komprimiert, in einer Fußnote zur Geschichte gleichen Namens erwähnt und in der späten Geschichte *Das Sandbuch* in erweiterter Form behandelt. Die Universalenzyklopädie, auf die der Erzähler der langen Geschichte *Der Kongreß* aus ist, ist kein Ding der Unmöglichkeit: Sie existiert bereits und ist das Universum selbst – wie die Landkarte der Kartographen-Nation (in *Borges und ich*), die Lewis Carroll in *Sylvie und Bruno* voraussah und die in Borges' kurzer Fabel mit dem Land, die sie kartographieren soll, identisch ist.

Nicht nur Orte und Gegenstände, auch Gestalten können in Borges' Texten allumfassend sein. Der von Borges geliebte Sir Thomas Brown hatte es für alle Zeiten formuliert: »Jeder Mann ist nicht nur er selbst; es hat viele Diogenes gegeben, genauso viele Timons, wenn auch nur wenige ihres Namens: Menschen leben ihr Leben erneut, die Welt ist jetzt, wie sie in alten Zeiten war; danach war es mit ihnen vorbei, doch darauf gab es einen, der ihm gleichkommt, und ist füglich sein wiederbelebtes Selbst.« Borges fand großen Genuß an dieser Passage, und ich mußte sie mehrere Male vorlesen. Ihm gefiel vor allem das scheinbar naive »... wenn auch nur wenige ihres Namens«: »Das macht ihn uns lieb und teuer, nicht wahr?« Und er kicherte dazu, ohne wirklich eine Antwort zu erwarten.

Einer von Borges' frühesten Vertretern des »wiederbelebten Selbst« ist der »unwahrscheinliche Hochstapler Tom Castro« in der gleichnamigen Erzählung des Bandes *Universalgeschichte der Niedertracht* (1935). Castro, ein analphabetischer Schwachkopf, gibt sich als Erbe der englischen Adelsfamilie Tichborne aus, dem Diktum vertrauend, daß ein Mensch in Wirklichkeit alle Menschen umfaßt. Andere Spielarten dieser proteischen Gestalt sind der unvergeßliche und des Vergessens unfähige Funes (in *Das unerbittliche Gedächtnis*), dessen Gedächtnis eine gewaltige Müllhalde all dessen darstellt, was er in seinem kurzen Leben gesehen hat; der arabische Philosoph Averroes (in *Averroes auf der Suche*), der Aristoteles über die Jahrhunderte hinweg zu verstehen versucht, so wie Borges sich um das Verständnis des Averroes bemüht und der Leser um das Verständnis Borges'; der Mann, der Homer war (in *Der Unsterbliche*), der ebenfalls ein Querschnitt durch alle Menschen der Geschichte ist und einen Mann schuf, der Odysseus heißt und sich Niemand nennt; Pierre Menard, der sich in Cervantes verwandelt, um den *Don Quijote* noch einmal in der heutigen Zeit zu schreiben.

Schon der Vorspruch seines ersten Gedichtbands *Buenos Aires mit Inbrunst*, der 1923 erschien, lautete: »Wenn die Seiten dieses Buchs den einen oder anderen glücklichen Vers erdulden, so möge mir der Leser die Unhöflichkeit verzeihen, daß ich mir ihn als erster angemaßt habe. Unsere Nichtigkeiten unterscheiden sich kaum; es ist ein bedeutungsloser und zufälliger Umstand, daß du der Leser dieser Übungen bist und ich ihr Verfasser.«[9]

In *Everything and Nothing* fleht Shakespeare Gott an, ihn, der so viele Menschen war, wieder ein und denselben sein zu lassen. Gott beichtet Shakespeare, daß auch er nichts ist: »Ich habe die Welt geträumt [sagt Gott], wie du, mein Shakespeare, dein Werk geträumt hast, und unter den Gebilden meines Traums bist du, der du wie ich viele und niemand ist.«[10]

In *Die Lotterie in Babylon* ist jedermann Prokonsul gewesen und jedermann auch Sklave, und das heißt, jeder ist jeder gewesen. Meine Liste enthält auch einen Satz, mit dem Borges seine Kritik des Films *Dr. Jekyll und Mr. Hyde* von Victor Fleming abschließt: »Aber jenseits der dualistischen Parabel Stevensons und verwandt dem *Kolloquium der Vögel*, (im zwölften Jahrhundert unserer Zeitrechnung) von Farid al-Din Attar verfaßt, können wir uns einen pantheistischen Film vorstellen, dessen zahlreiche Personen sich am Ende auflösen in Einen, welcher ewig ist.«[11] Die Idee wurde zum Drehbuch, das Borges mit Bioy schrieb, und dann zum Film (*Les Autres*) unter der Regie von Hugo Santiago.

Selbst in Borges' Alltagsgesprächen war das Thema des Alles-in-einem ständig präsent. Als ich ihn einmal kurz traf, es war während des Falklandkriegs, redeten wir wie gewöhnlich über die Literatur und kamen auch auf das Thema der Doppelheit zu sprechen. Borges sagte traurig zu mir: »Was glaubst du, warum hat wohl niemand bemerkt, daß General Galtieri und Mrs. Thatcher ein und dieselbe Person sind?« Ein anderes Mal, als er Silvina Ocampo über den Tod eines geliebten Hundes trösten mußte, versuchte er es mit einer platonischen Wendung: »Du hast keinen Hund verloren, ein Hund ist alle Hunde, und alle Hunde sind dein toter Hund ...« Silvina gab ihm mit weitaus entschiedeneren Worten Bescheid, was sie von seiner metaphysischen Tröstung hielt.

Aber diese Vielheit der Gestalten und Orte, diese Erfindung eines ewigen Wesens und eines ewigen Orts reicht nicht zur Erlangung des Glücks aus, das Borges als einen moralischen Imperativ betrachtete. Dem Band *Borges und ich* hängte er (unter dem Namen Gaspar Camerarius) einen apokryphen Zweizeiler an, der den *regret d'Héraclite* intoniert:

> Ich, der so viele Männer war, bin nie gewesen
> der, in dessen Armen Mathilde Urbach schmolz.

Vier Jahre vor seinem Tod veröffentlichte Borges ein weiteres Buch, *Neun Essays über Dante*, das aus überarbeiteten Texten der vierziger und fünfziger Jahre zusammengestellt war. Im ersten Absatz seiner Einführung imaginiert er einen alten Stich, der in einer imaginären orientalischen Bibliothek gefunden wird und auf dem alle Dinge der Welt getreulich verzeichnet sind. Borges vergleicht Dantes Dichtung mit dieser alles umfassenden Darstellung, die *Göttliche Komödie* wird zum Aleph.

Wenn ich in den Essays blättere, höre ich Borges' langsame, präzise, asthmatische Aussprache, ich höre sein gewolltes Zögern, den ironisch fragenden Ton, in dem er seine ureigensten Gedanken gern ausklingen ließ, das feierliche Rezitativ, mit dem er lange Passagen aus dem Gedächtnis vortrug. Sein neunter Essay über Dante, *Beatrice' letztes Lächeln*, beginnt mit einer Feststellung, die er mit entwaffnender Schlichtheit vorgebracht hätte. »Mein Anliegen ist es, über die bewegendsten Verse zu schreiben, welche die Literatur jemals hervorgebracht hat. Sie sind enthalten im einunddreißigsten Gesang des *Paradiso*, und obwohl sie berühmt sind, scheint niemand das in ihnen verborgene Leiden zu bemerken, hat niemand sie in ihrer Gänze erhört. Es ist wahr, daß die tragische Substanz weniger dem Buche angehört als dem Autor des Buches, weniger Dante, dem Protagonisten, als Dante, dem Dichter oder Erfinder.«

Dann erzählt Borges die Geschichte, wie er sie sieht. Hoch oben auf dem Gipfel des Läuterungsbergs verliert Dante Vergil aus den Augen. Geführt von Beatrice, deren Schönheit zunimmt, während sie die Himmel durchqueren, erreicht er das Empyreum, den Feuerhimmel. In dieser entgrenzten Sphäre sind die entfernten Dinge nicht weniger klar zu erkennen als die nahen (»wie auf einem präraffaelitischen Gemälde«, merkt Borges an). Dante sieht hoch oben einen Strom aus Licht, himmlische Heerscharen und die Himmelsrose, die sich in ringförmigen Rängen aus den Seelen der Gerechten zusammensetzt. Dante wendet sich Beatrice zu, um zu fragen, was sie gesehen hat, doch sie ist verschwunden. An ihrer Stelle erblickt er einen ehrwürdigen Greis. »Und sie? Wo ist sie?« schreit Dante. Der Alte heißt ihn hinaufzublicken, er sieht sie hoch oben im dritten Rang der Rose, und er widmet ihr sein Dankgebet:

So flehte ich, und jene aus der Ferne
Hat, wie ich glaube, lächelnd mich betrachtet,
Dann hat sie sich zum ewigen Quell gewendet.[12]

Borges (als Fachmann) bemerkte, daß der Einschub, »wie ich glaube«, der großen Entfernung geschuldet ist, aber trotzdem Beatrice' Lächeln aufs schrecklichste verunstaltet.

Wie können wir diese Verse erklären? fragt Borges. Die allegorischen Deuter haben in der Vernunft (Dante) ein Mittel zur Erlangung des Glaubens gesehen und den Glauben (Beatrice) als Mittel zur Erlangung der Göttlichkeit. Beide verschwinden, als das Ziel erreicht ist. »Diese Erklärung«, fügt Borges hinzu, »ist zwar absolut unantastbar, aber nicht minder frigide; Dantes Verse wurden niemals aus einer so armseligen Gleichung geboren.«

Vom Dante-Interpreten Guido Vitali (den Borges gelesen hatte), stammte die Vermutung, daß Dante sich bei der Schaffung seines Paradieses getrieben sah, ein Königreich für die Dame seines Herzens zu gründen. »Aber ich würde weiter gehen«, sagt Borges. »Ich habe den Verdacht, daß Dante das größte Buch der Literatur so konstruiert hat, daß er ein paar Begegnungen mit der unwiederbringlichen Beatrice einschieben konnte. Oder vielmehr, daß die Höllenkreise und der südliche Läuterungsberg und die neun Himmelskreise und der Greif und Bertrand de Born Einschübe sind. – Ein Lächeln und eine Stimme, die er verloren weiß, das ist das Wesentliche.«

Dann gewährt Borges uns die Andeutung eines Bekenntnisses: »Daß ein Unglücklicher sich das Glück vorstellt, ist in keiner Weise außergewöhnlich; wir alle tun das Tag für Tag. Dante tut es ebenso wie wir, aber irgend etwas gestattet uns jedesmal, den Horror hinter diesen Glücksgebilden zu erahnen.« Er fährt fort: »Der alte Mann zeigt hinauf zu einem Rang der erhabenen Rose. Dort, in einer Aureole, sitzt Beatrice; Beatrice, deren Augen ihn mit einer unerträglichen Glückseligkeit erfüllten, Beatrice, die sich in rote Gewänder kleidete, Beatrice, die er so vergötterte, daß er eines Morgens über einige Pilger in Florenz staunte, weil sie nie von ihr gehört hatten, Beatrice, die ihm einst die kalte Schulter zeigte, Beatrice, die mit vierundzwanzig Jahren starb, Beatrice de Folco Portinari, die Bardi geheiratet hatte.« Dante sieht sie und betet zu ihr wie zu Gott, aber auch wie zu einer begehrten Frau:

> O Herrin, die du meine Hoffnung nährest
> Und die du gütig bis zur Hölle nieder
> Zu meinem Heile deine Spuren führtest …[13]

Beatrice bedenkt ihn darauf mit einem einzigen Blick, einem kurzen Lächeln, dann wendet sie sich endgültig dem ewigen Lichtquell zu.

Borges schlußfolgert: »Halten wir eine unbezweifelbare Tatsache fest, die eine einfache, bescheidene Tatsache, daß Dante sich diese Szene *eingebildet* hat. Für uns ist sie sehr real, für ihn weniger. (Seine Realität war es, daß ihm Beatrice erst durch das Leben, dann durch den Tod entrissen wurde.) Für immer von ihr getrennt, einsam und möglicherweise gedemütigt, schuf er sich diese Szene, um sich mit ihr zusammen vorzustellen. Zu seinem Unglück, zum Glück aber für die Jahrhunderte, die ihn lasen, verzerrte ihm das Wissen, daß seine Begegnung eine eingebildete war, den Blick. Das ist der Grund für die Abscheulichkeiten – die natürlich um so infernalischer sind, als sie in der höchsten Himmelssphäre, im Empyreum stattfinden: Beatrice' Verschwinden, der alte Mann, der an ihre Stelle tritt, ihr Aufstieg in die Rose, das flüchtige Lächeln zu ihm hinab, die endgültige Abwendung von ihm.«

Ich hüte mich, in der Lesart eines Textes, mag sie noch so brillant sein, das Spiegelbild des Lesenden zu erblicken, hätte Borges sicherlich eingewendet und damit das Recht des Lesers verteidigt, seine Lektüre nach Belieben zu wählen und zu verwerfen. Nicht jedes Buch ist ein tauglicher Spiegel für jeden Leser. Anders im Falle der *Neun Essays.* Und Borges' Verständnis Dantes und seines Schicksals hilft mir, Borges und sein Schicksal zu verstehen. In einem kurzen Essay, den er 1926 in *La Prensa* veröffentlichte, schrieb er: »Ich habe immer gesagt, daß es das dauernde Ziel der Literatur ist, unsere Schicksale zu offenbaren.«

Borges unterstellte, daß Dante die *Göttliche Komödie* schrieb, um Beatrice nahe zu sein – wenigstens für einen Augenblick. Es ist nicht undenkbar, daß Borges, um einer Frau nahe zu sein, die er begehrte; um in ihr Geheimnis einzudringen; um mehr zu sein als nur ein Worteschmied; um sich als Liebhaber zu bewähren und um seiner selbst und nicht um seiner Erfindungen willen geliebt zu werden, in dieser oder jener Weise das Aleph immer von neuem schuf, sein ganzes Werk hindurch. An diesem imaginären allumfassenden Ort, wo alles Mögliche und Unmögliche geschieht, oder in den Armen des Mannes, der alle Männer ist, konnte sie, die Unerreichbare, die Seine werden – oder wenn schon nicht die Seine, dann eine Unerreichte unter weniger schmerzlichen Umständen, weil er sie ja nur erfunden hatte.

Aber er, der Meister der Erfindungen, wußte nur zu genau, daß die Gesetze der Erfindung nicht weniger streng sind als die Gesetze der sogenannten Realwelt. Teodelina Villar im *Zahir*, Beatriz Viterbo im *Aleph* lieben den geistvollen Ich-Erzähler Borges, der in sie verliebt ist, keineswegs. Im Interesse der Geschichte ist die eine wie die andere Frauengestalt eine unwürdige Beatrice: Teodelina ist blasiert, eine Sklavin der Mode, »weniger um Schönheit bemüht als um Perfektion«; Beatriz ist eine Illustriertenschönheit, die obszönerweise für ihren anrüchigen Cousin entflammt war. Damit die Geschichte aufgeht, muß sich das Wunder (die Erscheinung des Aleph respektive des denkwürdigen Zahir) unter blinden und unwürdigen Sterblichen ereignen, zu denen auch der Erzähler gehört.

Borges bemerkte einmal, der moderne Held sei verurteilt, Ithaka oder den heiligen Gral zu *verfehlen*. Vielleicht war seine Trauer am Lebensende von der Erkenntnis genährt, daß seine Meisterschaft, statt die heißersehnte und sublime erotische Begegnung herbeizuführen, von ihm das Scheitern verlangte. Beatriz durfte nicht Beatrice sein, er durfte nicht Dante sein, sondern mußte Borges bleiben, ein täppischer Traumliebhaber, der selbst in der Phantasie unfähig ist, die beglückende und fast vollkommene Frau seiner Wachträume ins Leben zu rufen.

Der Tod Che Guevaras

Ich glaube an den letztendlichen Anstand der Dinge.

ROBERT LOUIS STEVENSON,
23. August 1893

Am 8. Oktober 1967 kreiste eine kleine bolivianische Armeeeinheit einen Trupp Guerilleros in einer zugewachsenen Schlucht östlich von Sucre, nahe dem Dorf La Higuera ein. Zwei Guerilleros fielen den Soldaten lebend in die Hände: ein Bolivianer, der nur unter dem Namen Willy bekannt war, und Ernesto »Che« Guevara, der Held der kubanischen Revolution, Anführer der vom Präsidenten Boliviens, General René Barrientos, so genannten »ausländischen Invasion von Agenten des Castro-Kommunismus«. Als Oberstleutnant Andrés Selich darüber unterrichtet wurde, zwängte er sich in einen Hubschrauber und flog nach La Higuera. Im baufälligen Schulgebäude führte Selich ein dreiviertelstündiges Gespräch mit dem Gefangenen. Bis vor kurzem war wenig über Ches letzte Stunden bekannt; nach neunundzwanzig Jahren stellte Selich' Witwe schließlich dem amerikanischen Journalisten Jon Lee Anderson Selich' Notizen dieses ungewöhnlichen

Gesprächs zur Verfügung. Diese Aufzeichnungen sind ein wertvolles historisches Dokument, doch es liegt etwas Bitteres in der Tatsache, daß die letzten Worte eines Mannes getreulich von seinen Feinden aufgezeichnet wurden.

»Comandante, ich finde Sie etwas bedrückt«, sagte Selich. »Können Sie erklären, warum ich zu diesem Eindruck komme?«

»Ich bin gescheitert«, erwiderte Che. »Es ist alles vorbei, und das ist der Grund, weshalb Sie mich in diesem Zustand sehen.« …

»Sind Sie Kubaner oder Argentinier?« fragte Selich.

»Ich bin Kubaner, Agentinier, Bolivier, Peruaner, Ekuadorianer und so weiter … Sie verstehen.«

»Was hat Sie dazu veranlaßt, in unserem Land zu operieren?«

»Sehen Sie nicht, in welchem Zustand die Bauern leben?« fragte Che. »Sie sind fast wie Wilde, leben in einer Armut, die das Herz bedrückt, haben nur einen Raum, in dem sie schlafen und kochen, und keine Kleidung, im Stich gelassen wie Tiere …«

»Aber dasselbe passiert doch auch in Kuba«, setzte Selich dagegen.

»Nein, das ist nicht wahr«, gab Che zurück. »Ich leugne nicht, daß es in Kuba Armut gibt, aber [zumindest] die Bauern dort haben die Illusion eines Fortschritts, während der Bolivier ohne Hoffnung lebt. So wie er geboren wird, stirbt er auch, ohne jemals eine Besserung seiner Lebensbedingungen zu erleben.«[14]

Der CIA wollte Che lebend haben, aber vielleicht haben die entsprechenden Anweisungen den ex-kubanischen CIA-Agenten Félix Rodriguez, der mit der Überwachung des Einsatzes betraut war, nie erreicht. Che wurde am nächsten Tag exekutiert. Um den Anschein zu erwecken, daß Che im Gefecht umgekommen war, schoß der Ausführende auf seine Arme und Beine. Dann, als Che sich am Boden krümmte, »sich offenbar ins Handgelenk biß, um das Schreien zu unterdrücken«, trat eine letzte Kugel in seinen Brustkorb ein und führte zur Lungenblutung. Die Leiche wurde nach Vallegrande geflogen, wo sie ein paar Tage zur Schau gestellt wurde, besichtigt von Regierungsbeamten, Journalisten und der Bevölkerung. Selich posierte für den Fotografen mit anderen Offizieren hinter der Leiche, bevor sie an einem geheimgehaltenen Ort in der Nähe des Landeplatzes von Vallegrande begraben und somit »beseitigt« wurde.

Die Fotos des toten Che, die unweigerlich an den toten Christus erinnern (der halbnackte, magere Leib, das bärtige Leidensgesicht), wurden zu einer der bedeutsamsten Ikonen meiner Generation, einer Generation, die kaum zehn Jahre alt war, als 1959 die kubanische Revolution stattfand.

Die Nachricht vom Tod Che Guevaras erreichte mich gegen Ende meines ersten und einzigen Studienjahres an der Universität von Buenos Aires. Es war ein warmer Oktober (der Sommer 1967 hatte früh begonnen), und ich plante, mit meinen Freunden nach

Süden zu fahren und in den patagonischen Anden zu zelten. Das war eine Gegend, die wir gut kannten. In der Oberschulzeit hatten wir die meisten Sommer damit verbracht, in Patagonien zu wandern, angeführt von enthusiastischen linken Gruppenleitern, deren politische Ansichten vom orthodoxen Stalinismus bis zum freidenkerischen Anarchismus reichten, vom melancholischen Trotzkismus bis zum argentinisch gefärbten Sozialismus Alfredo Palacios und in deren Bücherpacken wir, am Lagerfeuer sitzend, die Gedichte von Mao, Blas de Otero und Neruda fanden, die Erzählungen von Saki und Juan Rulfo, die Romane von Alejo Carpentier und Robert Louis Stevenson. Eine Erzählung von Cortázar, die als Motto eine Zeile aus dem Tagebuch Che Guevaras trug, regte uns dazu an, die Ideale der kubanischen Revolution zu diskutieren. Wir sangen Lieder aus dem spanischen Bürgerkrieg und italienische Partisanenlieder, den aufwühlenden »Gesang der Wolgatreidler« und den schlüpfrigen Rumba »Die fetten Schenkel meiner Puchungita«, verschiedene Tangos und zahlreiche argentinische Sambas. Es konnte gar nicht bunt genug zugehen.

Das Zelten im Süden war nicht nur ein touristisches Vergnügen. Unser Patagonien war ein anderes als Chatwins Patagonien. Mit jugendlichem Eifer bemühten sich die Gruppenleiter, uns die Kehrseite der argentinischen Gesellschaft vorzuführen, die wir in unserem komfortablen Buenos Aires nie zu sehen bekamen. Wir hatten vage Vorstellungen von den Slums, die an die besseren Viertel grenzten – *villas miserias*, wie wir sie nannten, »Elendsdörfer« –, aber wir wußten nichts von den sklavereiähnlichen Lebensbedingungen, unter denen, wie von Che beschrieben, noch immer viele Bauern auf den riesigen Landgütern vegetierten, auch nichts vom Genozid an den Indios, den die Armee noch in den dreißiger Jahren mit aller Offenheit und Gründlichkeit betrieb. Unsere Betreuer wollten uns, mit mehr oder weniger guten Absichten, das »wahre Argentinien« zeigen.

Eines Nachmittags führten sie uns in eine tiefe, felsige Schlucht in der Nähe der Stadt Esquel. Wir liefen im Gänsemarsch und fragten uns, wo dieser unwirtliche, staubige Felskorridor hinführte, als wir oben in der Wand Öffnungen wie Höhleneingänge erblickten und in den Öffnungen die abgezehrten, kränklichen Gesichter von Männern, Frauen, Kindern. Die Betreuer führten uns schweigend durch die Schlucht und wieder zurück, und erst beim abendlichen Lagerfeuer erzählten sie uns von den Menschen, die dort oben in den Felsen hausten wie Tiere, sich als Tagelöhner durchschlugen und deren Kinder selten das siebente Lebensjahr überschritten. Am nächsten Morgen baten zwei meiner Mitschüler um Aufnahme in die kommunistische Partei. Etliche kämpften in den siebziger Jahren gegen die Militärdiktatur, und einer, Mario Firmenich, wurde der blutrünstige *capo* der Montoneros-Guerillabewegung und genoß jahrelang den zweifelhaften Ruhm, den Spitzenplatz auf der Fahndungsliste des Militärs zu besetzen.

Die Nachricht vom Tod Ches schlug ein wie eine Bombe und kam doch fast erwartet. Für meine Generation war Che die heroische Persönlichkeit schlechthin, etwas, was wir selbst niemals werden konnten. Die seltsame Mischung aus Entschlossenheit und Leichtfertigkeit, die meine Generation und die nachfolgende so faszinierte, fand in Che ihre ideale Verkörperung. Für uns war er schon zu Lebzeiten eine Legende, sein Heldentum, das wußten wir, würde über seinen Tod hinaus fortwirken. Wir waren nicht überrascht zu hören, daß der verräterische CIA-Agent Rodriguez nach Ches Tod plötzlich an Asthma zu leiden begann, als wäre die Krankheit des Toten auf ihn übergegangen.

Che hatte dasselbe gesehen wie wir, er hatte dasselbe empfunden wie wir, nämlich Wut über die abgrundtiefe Ungerechtigkeit der »menschlichen Verhältnisse«, aber im Unterschied zu uns hatte er etwas unternommen. Daß seine Methoden zweifelhaft waren, seine politische Philosophie oberflächlich, seine Moral unbarmherzig, seine Erfolgschancen gleich Null, war uns weniger wichtig (und ist es vielleicht noch immer) als der Umstand, daß er den Kampf gegen das aufgenommen hatte, was ihm als Unrecht erschien, obwohl er nie ganz sicher war, wie das Recht, das er an dessen Stelle setzen wollte, auszusehen hatte.

Ernesto Guevara de la Serna (so hieß er, bevor der Ruhm seinen Namen zu »Che« verkürzte) wurde am 14. Mai 1928 in der argentinischen Stadt Rosario geboren. Die Geburtsurkunde gibt zwar den Juni an, aber das nur, um die Gründe für die überstürzte Heirat der Eltern zu kaschieren. Sein Vater führte seinen Stammbaum bis auf die Konquistadoren zurück und besaß eine Pflanzung in der subtropischen Provinz Misiones. Wegen Ernestos Asthma, das ihn lebenslang plagte, zog die Familie in das klimatisch günstigere Córdoba und später, im Jahr 1947, nach Buenos Aires. Dort studierte Ernesto Medizin. Bewaffnet mit dem Doktortitel, machte er sich auf, den lateinamerikanischen Kontinent »mit all seinen Schrecken und Wundern« zu erkunden. Diese Erfahrungen prägten ihn tief, und es fiel ihm danach schwer, das Vagabundenleben aufzugeben: Aus Ekuador schrieb er seiner Mutter, daß er ein »hundertprozentiger Abenteurer« geworden sei. Unter den vielen Menschen, die er in seinen Wanderjahren kennenlernte, schien ihn einer besonders beeindruckt zu haben: ein alter Marxist, der den Stalinschen Pogromen entkommen war und den Ernesto in Guatemala traf. »Du wirst mit geballter Faust und mit gefletschten Zähnen sterben«, sagte dieser ins Exil versprengte Teiresias, »in der Haltung von Haß und Kampf, denn du bist kein Symbol, sondern das leibhaftige Mitglied einer sterbenden Gesellschaft: Die Unrast des Bienenstocks spricht aus deinem Mund und bestimmt deine Taten; du bist so nützlich wie ich, aber du verkennst den Nutzen deiner Hilfe für die Gesellschaft, die dich opfert.« Ernesto konnte nicht ahnen, daß der alte Mann ihm seinen Grabspruch verkündet hatte.

In Guatemala kam Ernesto direkt mit dem politischen Kampf in Berührung, und er entschied sich erstmals für die Revolution. Dort und bald darauf in Mexiko lernte er die kubanischen Emigranten kennen, die den Kampf gegen Fulgenio Batista anführten – jenen Diktator, dessen korruptes Regime Hemingway und Graham Greene so fasziniert und abgestoßen hatte. Der CIA-Agent David Atlee Phillips, der eine Spürnase für Unruhestifter hatte und damals in Mittelamerika spitzelte, legte eine Akte über den jungen argentinischen Arzt an – eine Akte, die beim CIA immer weiter anschwoll und im Lauf der Jahre einen Rekordumfang erreichte. Im Juni 1955 trafen Ernesto Guevara und Fidel Castro in Mexiko erstmals aufeinander. Castro, der schon 1948 als einundzwanzigjähriger Jurastudent den Kampf gegen das Batista-Regime aufgenommen hatte, faßte sofort Zuneigung zu dem Argentinier, den die anderen Kubaner – gemäß der in Argentinien üblichen Anrede – »Che« nannten. »Ich glaube, es besteht eine wechselseitige Sympathie zwischen uns«, schrieb Che in sein Tagebuch. Er hatte recht.

Nach dem Sieg der kubanischen Revolution im Jahr 1959 strebte Che ein ehrgeiziges Folgeunternehmen an. Wir wissen nicht, ob er Castro aus Treue zur Revolution weiter unterstützt hätte, als dieser dazu überging, sein Regime mit tyrannischen Maßnahmen zu verteidigen. Ches Blick war weit in die Zukunft gerichtet. Nach dem Bürgerkrieg in Kuba, so glaubte er, würden die Revolutionäre in die benachbarten Länder ausschwärmen (Bolivien war als erster Kandidat ausersehen). Hier würden sie den Kampf gegen die Oligarchie und die imperialistischen Bosse aufnehmen und damit schließlich den Erzfeind, die Vereinigten Staaten, zum Eingreifen zwingen – mit dem Ergebnis, daß sich Lateinamerika gegen die »ausländischen Invasoren« nach dem Vorbild Vietnams zusammenschließen und den Imperialismus auf dem Kontinent besiegen würde. Ches Kampf richtete sich nicht gegen alle Formen der Macht, nicht einmal gegen die Klassengesellschaft als solche, und mit Sicherheit war er kein Anarchist. Er glaubte an die Notwendigkeit einer geordneten Macht und stellte sich ein panamerikanisches Staatswesen unter einer starken, aber gerechten Regierung vor. In einem kleinen Buch über die griechische Freiheitsidee, *La Grèce à la découverte de la liberté*, führte die französische Historikerin Jacqueline Romilly aus, daß Antigones Protest nicht aus der Ablehnung der Autorität erwuchs, sondern aus der Befolgung eines Moralgesetzes, das der Willkürherrschaft entgegenstand. Auch Che fühlte sich einem solchen Moralgesetz verpflichtet, er war bereit, ihm alles und jeden zu opfern, eingeschlossen natürlich sich selbst. Wie wir wissen, gelangte sein Vorhaben nie über den bolivianischen Feldzug hinaus. Ob sich Che die Sinnlosigkeit seines Opfers jemals vor Augen führte, werden wir wohl nie erfahren.

Und doch hat etwas von Ches Idealismus die politische Niederlage überlebt, und das bis heute, da die Gier schon fast den Status einer Tugend erlangt hat und wirtschaftliche Interessen alle sozialen (und schon gar die sozialistischen) Maßstäbe entkräften. Er ist auch ein bunter lateinamerikanischer Mythos geworden – wie Zapata oder Pancho Villa. In Bolivien bietet das staatliche Reisebüro jetzt Ausflüge zu Ches letztem Kampfschauplatz und zum Krankenhaus an, in dem seine Leiche zur Schau gestellt war. Aber das ist nicht alles, was von ihm bleibt. Sein Gesicht – lebendig mit Barett und Stern oder tot mit einem Blick, als würden seine Augen einen Punkt hinter unserer Schulter fixieren, wirbt immer noch für eine heroische

Mission des Menschen, für eine Befreierrolle, die heute weit jenseits unserer Möglichkeiten und Interessen zu liegen scheint.

Ohne Zweifel hatte er die Statur für diese Rolle. Die epische Literatur bedarf der Ikonographie. Zorro und Robin Hood (vertreten durch Douglas Fairbanks und Errol Flynn) liehen dem lebenden Che ihre Züge, und in der Volksphantasie war er ein jüngerer Don Quijote, ein jüngerer Garibaldi. Der tote Che ähnelte, wie die Nonnen des Krankenhauses von Vallegrande, die ihm heimlich Locken abschnitten, um sich Reliquien zu sichern, sehr wohl wußten, dem aufgebahrten Christus, Offiziere in dunklen Uniformen umgaben ihn wie römische Söldner in moderner Tracht. Bis zu einem gewissen Punkt hat das Foto des toten Che das des lebenden Che überdeckt. Die Passage in dem vierstündigen Dokumentarfilm *Die Stunde der Öfen* von Fernando Solana (einer brillanten Chronik der argentinischen Geschichte von den Anfängen bis zum Tod Ches), in der die Kamera mehrere Minuten lang sein lebloses Gesicht festhält, hat Berühmtheit erlangt. Sie zwingt die Zuschauer zu einer visuellen Huldigung an den Mann, der im Angesicht des Unrechts zur Tat schritt, wie wir es hätten tun müssen, der für uns die Last des Handelns, das *Agenbite of Inwit** trug. Wir starren auf das Gesicht und fragen uns: Welches war der Punkt, an dem er aufhörte, das Elend der Welt nur zu beklagen, das Schicksal der Armen zu

* Wortspielhafte Prägung von James Joyce in »Ulysses« – sinngemäß: wiederholte Selbstverletzung durch Introspektion, Selbstanalyse – oder kurz: Gewissensqual.

bedauern und die Gier der Mächtigen routiniert anzuprangern, der Punkt, an dem er dazu überging, etwas zu tun, in Aktion zu treten?

Vielleicht ist es wirklich möglich, den Moment, in dem dieser Wandel eintrat, zu benennen. Am 22. Januar 1957 tötete Che Guevara im kubanischen Dschungel zum erstenmal einen Menschen. Es war um die Mittagszeit, als ein Soldat aus einer Hütte, die nur zwanzig Meter entfernt war, das Feuer auf sie eröffnete. Che gab zwei Schüsse ab. Der zweite Schuß traf. Bis zu diesem Moment hatte sich seine Empörung über die ungerechte Welt in romantischen Gesten erschöpft, in schwülstigen Versen voller abgedroschener Metaphern. Nach diesem ersten Toten, der auf sein Konto ging, änderte sich das. Che, der temperamentvolle, aber konventionelle Intellektuelle, wurde unwiderruflich ein Mann der Tat. Vielleicht war das von Anfang an seine Bestimmung gewesen, obwohl sich alles in ihm dagegen verschworen hatte. Gequält vom Asthma, das seine Reden zerhackte, und erschöpft von den langen Märschen, sich des Paradoxes bewußt, daß er gegen eine Klasse der Nutznießer antrat, der er selbst entstammte, plötzlich zum Handeln getrieben, statt länger über den Zweck seines Tuns nachzugrübeln, nahm Che mit sturer Entschlossenheit die Rolle des romantischen Helden auf sich und wurde die Gestalt, die meine Generation brauchte, um ihr Gewissen zu beschwichtigen.

Von Thoreau stammt die berühmte Erklärung: »Das Handeln aus Prinzip, die Wahrnehmung und Ausübung des Rechts, ändert die Dinge und die Verhältnisse, es ist im Wesen revolutionär und nie gänzlich mit dem Gewesenen vereinbar. Es entzweit nicht nur Staaten und Kirchen, es entzweit Familien, ja, es entzweit auch das Individuum, indem es das Teuflische in ihm vom Göttlichen scheidet.« Che (der wie alle argentinischen Intellektuellen seiner Zeit *Ziviler Ungehorsam* von Thoreau gelesen haben muß) hätte dieser Paraphrase der Verse 10/34-35 des Matthäus-Evangeliums sicherlich zugestimmt.

Die Phantasie an die Macht!

Zur Erinnerung an Julio Cortázar

Jeder, der Cortázar nicht liest, ist verloren.
Ihn nicht zu lesen ist eine ernsthafte verborgene
Krankheit,
die irgendwann schreckliche Folgen zeitigen kann.
Ähnlich einem Mann, der niemals den Geschmack
von Pfirsichen erfuhr, würde er allmählich immer
trauriger werden,
spürbar blasser, und wahrscheinlich würden ihm
nach und nach alle Haare ausgehen.

Pablo Neruda

Es war im Jahr 1963. Wir waren fünfzehn und besuchten seit drei Jahren das Colegio Nacional de Buenos Aires. Das wuchtige, mausoleumartige Gebäude brütete schon seit über einem Jahrhundert die Politiker und Intellektuellen für den Staatsdienst aus. Hier lernten wir argentinische Geschichte und Spanisch, Latein und Chemie, die Geographie Asiens anhand langer Listen mit den Namen der Flüsse, Seen und Berge, und ein Fach, das sich Hygiene nannte und uns Bruchstücke der Anatomie sowie eine rudimentäre sexuelle Aufklärung bot. Für uns war es das Zeitalter der Entdeckungen: Sozialismus, Metaphysik, die Kunst der Bestechung und der

Fälschung, Freundschaften, Surrealismus, Ezra Pound, Gruselfilme, die Beatles und der Sex. Unter der Einwirkung einer Borges-Erzählung, die uns suggerierte, daß die Wirklichkeit nur eine Fiktion sei, fragten wir in den Läden im Umkreis der Schule, ob sie *fiulsos* hätten (das Wort hatten wir zu diesem Zweck erfunden). Und zu unserem größten Entzükken erklärte man uns bei einem altmodischen Herrenausstatter, daß im Moment keine da wären, aber bald wieder welche hereinkämen. Mit diesem aufnahmebereiten Geist entdeckten wir eines Nachmittags Cortázar.

Einer von uns hatte im Buchladen gegenüber der Schule ein kleines Buch namens *Bestiario* aufgestöbert. Es war quadratisch, so groß wie eine Brusttasche, und der Umschlag zeigte das solarisierte Schwarzweißfoto einer Frau oder einer Katze. Wir lasen abwechselnd die Geschichten: ein Haus, von einem älteren Geschwisterpaar bewohnt, wird allmählich von ungenannten Eindringlingen okkupiert; zwei junge Leute im Bus entdecken eine Verschwörung der Blumenstraußträger; ein lebender Tiger durchstreift eine ansonsten völlig unauffällige Wohnung in Buenos Aires. Was diese Geschichten bedeuteten, warum sie geschrieben wurden, welche allegorischen oder satirischen Anspielungen sich in ihnen verbargen, wußten wir nicht, und es spielte keine Rolle. Ihr Witz entsprach exakt unserer eigenen Stimmungslage: absurd, respektlos, Dingen nachtrauernd, die noch nicht geschehen waren.

> Ich fuhr mit dem Aufzug nach oben, und just zwischen dem ersten und dem zweiten Stock spürte ich, daß ich ein kleines Kaninchen erbrechen mußte. Ich habe dir das nie zuvor erzählt, was wohl nicht unbedingt auf mangelnde Wahrheitsliebe zurückzuführen ist; naturgemäß wird man nicht jedem erzählen, daß man von Zeit zu Zeit ein kleines Kaninchen erbricht.

Wir wurden Cortázar-Fans. Wir lasen die Erzählungen in *Spielschluß*, *Die Geheimen Waffen*, *Alle Feuer im Feuer*. Wir verstanden genau, was er meinte, wenn er von den Gefahren sprach, die es mit sich brachte, ein tabuisiertes Tier durch die Straßen zu führen, im Theater zu sitzen und sich plötzlich auf der Bühne zu finden, auf einem unschuldigen Operationstisch zu liegen und dann zum Opferaltar eines alten aztekischen Priesters geschleppt zu werden. Diese Alpträume kamen uns keineswegs abwegig vor. Noch wußten wir nicht, daß sie auch so etwas wie die Seele der Zeit beschrieben.

Cortázar wurde 1914 in Brüssel als Sohn argentinischer Eltern geboren und wuchs in Buenos Aires auf. Mit Anfang Zwanzig, als Lehrer in der Provinz, schrieb er seine ersten Kurzgeschichten. *Das besetzte Haus*, ein Meisterstück der phantastischen Literatur, wurde 1948 von dem bewunderungsvollen Jorge Luis Borges in einem kleinen städtischen Magazin veröffentlicht. 1951, unter der Perón-Diktatur, aber ausdrücklich nicht aus politischen Gründen, zog Cortázar nach Paris, wo er bis zu seinem Tod blieb und in seinen Geschichten ein Buenos Aires beschwor, das es nicht mehr gab (ein Emigrantenprivileg).

Soviel zur Biographie.

Als ich ihm begegnete, war er schon ein gefeierter Schriftsteller, der verspielte Geschichtenerzähler, der die Logik Lewis Carrolls mit einem surrealistischen Humor verband. Aber er war auch ein *écrivain engagé*, wie das die Franzosen nennen, ein Sympathisant und »Weggefährte« der revolutionären Bewegung. Bei manchen Schriftstellern (wie dem Mexikaner Juan Rulfo oder dem Argentinier Rodolfo Walsh) bilden beide Haltungen ein unauflösliches Ganzes. Nicht so bei Cortázar.

1968, kurz nach der Pariser Mai-Revolte, in deren Verlauf die französischen Studenten die Stadt erobert hatten, traf ich in Paris ein und machte ihm, mit der Empfehlung der Dichterin Alejandra Pizarnik versehen, einen Besuch. Vor mir stand ein Riese mit Kindergesicht (er war fast zwei Meter groß), er war von überströmender Herzlichkeit und grimmigem Humor. Cortázar erbot sich, mir die Stadt zu zeigen. Er führte mich zur Toreinfahrt, in der Pierre Curie von einem Wagen überfahren worden war und wo Marie Curie die Reste seines kostbaren Gehirns vom Pflaster aufgelesen hatte; er brachte mich zur Place Dauphine, der dreieckigen Öffnung an der Spitze der Île de la Cité, die Aragon »das Geschlecht von Paris« genannt hat; er zeigte mir Picassos Apollinaire-Büste gegenüber dem Café Bonaparte; er schlug mir vor, ihn vor seinem Lieblingsgraffito aus dem Mai 68 zu fotografieren: »*L'imagination au pouvoir*« – »Die Phantasie an die Macht«.

1963, fünf Jahre vor unserer Begegnung, hatte er *Rayuela* (*Himmel und Hölle*) veröffentlicht, den Roman, durch den, wie Mario Vargas Llosa erklärte, die lateinamerikanischen Schriftsteller »erfuhren, daß Literatur eine geistvolle Methode ist, sich zu vergnügen, daß es möglich war, die Geheimnisse der Welt und der Sprache zu erkunden und sich dabei zu amüsieren und daß man im Spiel geheimnisvolle Lebenswelten erforschen konnte, die unserem Alltagsverstand und unserer logischen Intelligenz verborgen sind, Abgründe der Erfahrung, in die niemand schauen kann, ohne ernsthaft zu riskieren, daß er den Verstand oder das Leben verliert«.

Heute wissen die meisten (selbst die, die den Roman nie gelesen haben), daß *Rayuela* uns gestattet, die Kapitel in beliebiger Reihenfolge zu lesen; Cortázar schlägt eine vor (nicht die im Buch angelegte) und scheint damit zu signalisieren, daß alle denkbaren Kombinationen möglich werden, wenn die vom Autor festgelegte Hierarchie der Kapitel einmal durchbrochen ist. Ein Vorläufer dieser Spielform war *Das Museum des ewigen Romans* von Macedonio Fernández, dem Mentor Borges'. Fernández bietet seinen Lesern eine ganze Serie von Vorworten und ersten Kapiteln, aber kein Ende. »Meine Leser«, hatte Fernández erklärt, »sind die Leser von Anfängen – und das heißt, sie sind die perfekten Leser.« Ein weiterer Vorläufer könnte auch Borges' Erzählung *Untersuchung des Werkes von Herbert Quain* sein, die den Leser auffordert, nicht eine beliebige Folge von Kapiteln, sondern eine ganze Reihe von Romanen zu lesen, die verschiedene Entwicklungsmöglichkeiten ein und derselben Ausgangssituation darstellen. In diesen Beispielen geht es vor allem darum, dem Leser die Illusion der geistigen Freiheit zu gewähren (was der große Laurence Sterne schon mit seinem *Tristram Shandy* demonstriert hatte). Die Computerexperimente mit dem Hypertext schreiben diese Illusion fort und erweitern sie.

Aber während Cortázar seine literarischen Spiele betrieb, versuchte er, auch auf die politischen Kämpfe in Lateinamerika zu reagieren. Die Revolution in Kuba erschien den meisten Künstlern und Intellektuellen wie ein großes Zukunftsversprechen, und Cortázar machte sich – entgegen den Warnungen der Pariser Exilkubaner – zum Fürsprecher Castros. Ihm, der sich aus eigenem Entschluß von dem Ort entfernt hatte, den er nach wie vor seine Heimat nannte, kam eine künstlerische Reaktion nicht angemessen vor, gefragt war ein politisches Bekenntnis, eine *prise de position*, ein Zeichen seiner Treue. Statt weiter die phantastischen Geschichten zu erzählen, die ihn berühmt gemacht hatten, versuchte er es mit einer realistischen, sogar dokumentarischen Form des Schreibens – und scheiterte. Jene anklagenden Erzählungen und der Roman *Album für Manuel* bleiben trotz (oder gerade wegen) seiner guten Absichten auf der Strecke. Cortázar wußte sehr gut, wie gefährlich es ist, aus Pflichtgefühl zu schreiben. In einer Rede, die er 1962 in Havanna hielt, erklärte er, er glaube fest an die Zukunft der kubanischen Literatur.

> Aber diese Literatur wird nicht aus einer Verpflichtung heraus entstehen, den Losungen des Tages zu folgen. Ihre Themen werden dann geboren, wenn ihre Zeit gekommen ist, wenn der Autor die Notwendigkeit verspürt, sie zu Romanen und Erzählungen, Dichtungen oder Dramen zu formen. Die Themen dieser Literatur werden dann eine tiefe und überzeugende Botschaft transportieren, weil sie nicht für didaktische oder propagandistische Zwecke gewählt wurden; sie werden gewählt werden, weil der Schriftsteller von einer unwiderstehlichen Macht gepackt wird und diese Macht unter Nutzung all seiner künstlerischen und handwerklichen Kräfte, ohne irgend jemandem oder irgendeiner Sache Opfer zu bringen, an den Leser weitergeben wird, in einer Weise, wie alle entscheidenden Dinge weitergegeben werden: von Blut zu Blut, von Hand zu Hand, von Mensch zu Mensch.

Plötzlich kehrte Cortázar in den siebziger Jahren mit seinem letzten Erzählband *Unzeiten* zur phantastischen Schreibweise zurück – ohne seine politischen Überzeugungen aufzugeben, aber befreit von der Illusion, sie mit literarischen Mitteln gestalten zu können, »ohne irgend jemandem oder irgendeiner Sache Opfer zu bringen«. Wundersamerweise erwiesen sich einige dieser Erzählungen – *Satarsa*, *Die Schule bei Nacht* und vor allem der meisterhafte Text *Alpträume* – nicht nur als glanzvolle Beispiele seiner phantastischen Erzählkunst, sondern auch als die stärksten politischen Texte, die in jenen Jahren auf spanisch entstanden – Jahre, die angesichts der lateinamerikanischen Militärdiktaturen durch eine Literatur der Empörung gekennzeichnet waren. In *Satarsa* ist ein Trupp Guerilleros vor dem Militär in ein abgelegenes Dorf geflüchtet, wo der Anführer in den Wortspielen, denen er nachgeht, kurz vor seinem Tod die Erklärung für das Böse entdeckt, das er bekämpft. *Die Schule bei Nacht* folgt der ehrwürdigen Tradition des Warnmärchens: Der Held steigt in die Unterwelt hinab, wo ihm neben anderen Schrecken auch das Furchtbare der kommenden Zeiten vor Augen geführt wird. *Alpträume*, vielleicht Cortázars letzte Erzählung, ist in vieler Hinsicht ein Nebenstück zu *Das besetzte Haus*, nur daß diesmal die Besetzung im Kopf einer bewußtlosen Frau stattfindet, während ihre Angehörigen zu ohnmächtigen Zuschauern der wirklichen Besetzung werden. Der Moment des Verstehens fällt mit dem Moment der Zerstörung zusammen, als die Vision der bewußtlosen Frau durch den Einbruch der Realwelt bestätigt wird. Jeder, der den Bericht über die »Verschwundenen« Argentiniens kennt (erschienen unter dem Titel *Nunca Más*), wird diese Verquickung der beiden Katastrophen genau verstehen.

Was ist das Bleibende an Cortázar? Ich wage die Vermutung, daß er, wie eine seiner Gestalten, eine Metamorphose durchlaufen wird. Die Alltagswirklichkeit, die sich um ihn legte wie eine zweite Haut – die politischen Kämpfe, die komplizierten Herzensaffären, der wirre Literaturbetrieb mit seiner Sucht nach Klatsch und Neuigkeiten –, wird allmählich von ihm abfallen, und was bleibt, ist eine glanzvolle Palette unheimlicher Geschichten, Geschichten, die eine behutsame Balance wahren zwischen dem Unsagbaren und dem, was gesagt werden muß, zwischen den Schrecken des Tages, deren wir fähig zu sein scheinen, und den magischen Geschehnissen, denen wir Nacht für Nacht in den labyrinthischen Verästelungen unseres Bewußtseins begegnen.

IV

Sex

Diese Frage erstaunte den Ritter. »Was tut's, wo sich mein Körper gerade befindet?« sagte er. »Mein Verstand arbeitet trotzdem weiter. In der Tat, je länger ich kopfstehe, um so mehr Sachen erfinde ich.«
Alice hinter den Spiegeln, 8. Kapitel

Die Pforten des Paradieses

»Aha, jetzt wird es lustig«, dachte Alice.
Alice im Wunderland, 7. Kapitel

Das Märchen von der Schönen und dem Tier kennt viele Varianten; eine der ältesten stammt von Apuleius, der sie irgendwann im 2. Jahrhundert auf lateinisch niederschrieb. Es ist die Geschichte einer Prinzessin, die durch das Orakel bestimmt wurde, einen Drachen zu ehelichen. Um ihr Leben fürchtend, in Trauer gewandet, von den Ihren im Stich gelassen, saß sie auf einem Bergesgipfel und harrte ihres geflügelten Bräutigams. Doch das Ungeheuer blieb aus. Statt dessen trug sie ein Windstoß fort und entführte sie in ein liebliches Tal, wo sie sich vor einem Haus aus Gold und Silber wiederfand. Dort wurde sie von körperlosen Stimmen willkommen geheißen, mit Speis und Trank bewirtet und mit Gesang bedacht. Bei Einbruch der Nacht wurden keine Lichter angezündet, und in der Finsternis spürte sie jemanden neben sich. »Ich bin dein Liebhaber und dein Gatte«, sagte eine Stimme, und wie durch ein Wunder verlor sie alle Angst. Die Prinzessin lebte fortan mit ihrem unsichtbaren Gemahl.

Doch eines Abends vermeldeten die Stimmen, daß

ihre Schwestern auf der Suche nach ihr seien und sich dem Hause näherten. Sie spürte große Sehnsucht, wollte ihre Schwestern wiedersehen und ihnen von all dem Wunderbaren erzählen, das ihr widerfahren war. Die Stimmen warnten sie inständig vor den Schwestern, aber ihr Verlangen war stärker. Ihre Namen rufend, eilte sie ihnen entgegen. Das anfängliche Glück der Schwestern verwandelte sich in Wehklage, als sie ihre Geschichte vernahmen, und sie nannten ihre Schwester töricht, weil sie sich von einem Gatten täuschen ließ, der des Schutzes der Dunkelheit bedurfte. »Es muß etwas Abstoßendes an ihm sein, daß er das Licht des Tages scheut«, sagten sie und bedauerten ihre Schwester.

Auf eine schreckliche Offenbarung gefaßt, stahl sich die Prinzessin in der folgenden Nacht vom Lager fort, entzündete eine Öllampe und leuchtete in das Gesicht ihres schlafenden Gemahls. Was sie erblickte, war kein Drache, sondern ein Jüngling von überirdischer Schönheit, der sanft in die Kissen atmete. Voller Glück wollte sie die Flamme löschen, da fiel ein Tropfen heißen Öls auf die linke Schulter des Schlafenden. Er wachte auf, sah das Licht und floh ohne ein Wort.

Der Eros entweicht, wenn Psyche ihn ergründen will.

Ich las die Geschichte von Amor und Psyche als Halbwüchsiger eines heißen Nachmittags in unserem Haus in Buenos Aires, aber ihrer Moral schenkte ich keinen Glauben. Vielmehr war ich überzeugt, daß ich in der fast unbenutzten Bibliothek meines Vaters, wo ich so viele heimliche Freuden genossen hatte, wie durch ein Wunder auf das erregende und unaussprechliche Etwas stoßen würde, das sich in meine Träume einschlich und den Urgrund der Schulhofwitze bildete. Ich wurde nicht enttäuscht. Durch die Verschleierungen des Romans *Forever Amber*[15] konnte ich immer wieder einen Blick auf Eros erhaschen, auch in einer zerlesenen Übersetzung von *Peyton Place*[16], in gewissen Gedichten von García Lorca, im Schlafwagen-Kapitel des Moravia-Romans *Der Konformist*, durch den ich als Dreizehnjähriger hindurchstolperte, in den *Heimlichen Freundschaften* von Roger Peyrefitte. Und Eros entfloh nicht.

Ein paar Jahre später fand ich Gelegenheit, meine Leseeindrücke an dem realen Gefühl zu messen, das sich einstellte, als meine Hand zum erstenmal über einen geliebten Leib strich, und ich mußte mir eingestehen, daß diesmal die Literatur hinter der Wirklichkeit zurückblieb. Doch der Reiz der verbotenen Bücher blieb. Zwar half mir deren schamlos hechelndes und stöhnendes Vokabular nicht, meine eigene Gefühlsverwirrung zu beschreiben, aber sie übermittelten mir damals, als ich sie las, den Eindruck des Gewagten, des Erstaunlichen, des Einzigartigen.

Diese Einzigartigkeit, so entdeckte ich später, kennzeichnet alle unsere Grunderfahrungen. Aldous Huxley schrieb in *Die Pforten der Wahrnehmung*:

> »Wir leben miteinander, wir wirken eins auf das andre ein und reagieren aufeinander; aber immer und unter allen Umständen sind wir einsam. Die Märtyrer schreiten Hand in Hand in die Arena; gekreuzigt werden sie allein. In

> ihren Umarmungen versuchen Liebende verzweifelt, ihre isolierten Ekstasen zu einer einzigen Selbsttranszendenz zu verschmelzen: vergebens. Schon von Natur ist jeder verkörperte Geist dazu verurteilt, Leid und Freud in Einsamkeit zu erdulden und zu genießen.«[17]

Selbst im Augenblick der intensivsten Vereinigung ist der erotische Akt ein einsamer Akt.

Zu allen Zeiten haben die Dichter versucht, diese Einsamkeit mit ihren Lesern zu teilen. Mit Hilfe umständlicher Regelwerke (Traktate über die Geschlechtsetikette, Texte mittelalterlicher Liebeskonzile), mit Hilfe der Mechanik (Liebeshandbücher, anthropologische Untersuchungen), mit Hilfe von Beispielen (Fabeln und Geschichten aller Art) versucht jede Kultur, den Eros begrifflich einzugrenzen – in der Hoffnung, daß es den Lesern vielleicht gelingt, das mit gewählten Worten Beschriebene im Geist zu beleben oder sich gar anzueignen, so wie wir bestimmte Gegenstände aufheben, um eine Erinnerung zu bewahren, oder von einem Denkmal erwarten, daß es dem geehrten Toten ein ewiges Leben beschert.

Es ist erstaunlich, aus welchen erlauchten Werken eine solche erotische Wunschbibliothek bestehen würde. Ich denke etwa an die Platonischen Dialoge aus dem antiken Griechenland, in denen Sokrates die Spielarten und die Vorzüge der Liebe erörtert; an Ovids *Liebeskunst* aus dem Rom der Kaiserzeit, in der dem Eros eine ähnliche soziale Funktion zugewiesen wird wie den Tischsitten; an das Hohelied Salomo, in dem die besungene Königin von Saba zum

Spiegelbild ihrer Welt wird; an *Kamasutra* und *Ananga Ranga*, denen die Lust als Bestandteil der Ethik gilt; an das *Buch von rechter Liebe* des Arcipreste de Hita aus dem Spanien des 14. Jahrhunderts, das vorgibt, seine Erkenntnisse aus der Volksweisheit zu beziehen; an die *Duftenden Gärten* des Schejk al-Nefzawi, der den Liebesakt den Gesetzen des Koran unterwirft; an den deutschen Minnesang oder an mittelalterliche Diskurse, in denen der Liebe wie der Politik eine eigene Rhetorik eingeräumt wird; an dichterische Allegorien wie den *Roman der Rose* von Guillaume de Lorris in Frankreich und Spensers *Feenkönigin* in England, die das Abstraktum »Liebe« in menschlicher oder göttlicher Gestalt auftreten lassen wie einst den Eros.

Diese imaginäre Bibliothek würden weitere, noch seltsamere Werke zieren: der zehnbändige Roman *Clélie* (erschienen 1654–1660) von Mademoiselle de Scudéry, in dem die *Carte de Tendre* enthalten ist, eine Landkarte der Erotik mit ihren Freuden und Gefahren; dazu kämen die Schriften des Marquis de Sade, der in ermüdender Eintönigkeit alle Varianten der Sexualität auflistet, denen eine Gruppe von Menschen unterworfen werden kann; die theoretischen Werke seines Beinahe-Zeitgenossen Charles Fourier, der komplette Utopieentwürfe aus den sexuellen Praktiken seiner Zukunftsbürger ableitet; die intimen Tagebücher von Giacomo Casanova, Ihara Saikaku, Benvenuto Cellini, Frank Harris, Anaïs Nin, Henry Miller, John Rechy, die sich allesamt bemühten, den Eros in ihren Erinnerungen erneut aufleben zu lassen.

Im Sessel der väterlichen Bibliothek und in vielen

anderen Sesseln späterer Zeiten der Lektüre hingegeben, fand ich heraus, daß manche dieser fremden Erlebnisse mich trotz ihrer Singularität berührten und erregten, daß sie mir ihre Geheimnisse zuflüsterten. Und Eros blieb mir treu, zeigte sich auch dort, wo ich ihn nicht erwartete.

Unser Erleben können wir mit niemandem teilen, wohl aber die Symbole. Übertragen in eine andere Sinnebene, losgelöst von ihrem Gegenstand, verwandelt sich die erotische Dichtung manchmal selbst in einen zutiefst intimen Vorgang, etwa wenn der Taumel und die Zuckungen der erotischen Lust zu metaphorischen Vokabeln für das Erlebnis des mystischen Augenblicks werden. Ich erinnere mich an die Erregung, die mich ergriff, als ich das erste Mal las, wie Juan de la Cruz sein Erlebnis der erotischen Vereinigung beschrieb.

Nacht, ohne Sterne scheinend,
Nacht, tiefer als das Morgenrot geliebte,
Nacht, zu Vermählung einend
Geliebten und Geliebte,
In den Geliebten wandelnd die Geliebte.

Hin lag ich, Lust-Verzückte,
Geneigt das Antlitz auf den Liebevollen,
Da sich das All entrückte,
Und Wähnen, Wünschen, Wollen
War unter weißen Lilien verschollen.[18]

Und dann John Donne, für den der erotische/mystische Akt ebenfalls ein Akt der Erkundung ist:

Dem Drang der trunkenen Hände gib dich hin,
Vorn, hinten, unten, oben, zwischendrin.
O mein Amerika, mein Neu-Fundland![19]

Zur Shakespeare-Zeit waren die erotischen Anleihen beim Vokabular der Geographie bereits geläufig genug, um parodiert zu werden. In der *Komödie der Irrungen* beschreibt der Sklave Dromio aus Syrakus seinem Herrn die zweifelhaften Qualitäten der Dirne, die ihm nachstellt. »Sie ist kugelförmig wie ein Globus; ich wollte Länder auf ihr entdecken« – Er berichtet weiter, daß er Irland zwischen ihren Hinterbacken fand, Schottland auf ihrer schrundigen Handfläche, Amerika auf ihrer Nase, »die über und über mit Rubinen, Saphiren und Karfunkeln staffiert ist und ihren reichen Glanz nach dem heißen Atem Spaniens wendet.«

William Cartwright (1611–1643), der fast vergessene Autor des Dramas *Der Königliche Sklave* aus dem 17. Jahrhundert (ein Stück, das sowohl von Karl I. als auch von Ben Jonson gelobt wurde), verdient schon wegen der nachfolgenden Zeilen, in denen die geistige Liebe auf ihre wahren Ursprünge zurückgeführt wird, ein wenig mehr Beachtung:

Ich war das töricht' Ding, das einst bestimmt ward,
zu üben diese dürre Art der Liebe.
Vom Fleisch stieg ich zur Seele auf, der Seele folgte der Gedanke.
Doch sinnend auf den nächsten Schritt
rollt köpflings ich zur Seel' zurück und endete,

die Seel' verlierend, im Fleische wieder.

Gelegentlich fiel mir bei meinen Leseausflügen auf, daß schon ein einziges Bild ein Gedicht zu einem geglückten machen kann. Diese Verse wurden vor etwa 3700 Jahren von einer sumerischen Dichterin verewigt:

Geh ich zu meinem jungen Gatten
werde ich zum Apfel.
Geklammert an den Zweig,
umschließe ich den Stengel
mit meinem süßen Fleisch.

In manchen Fällen genügt schon eine Auslassung, eine Beschreibungslücke, um erotische Wirkungen entstehen zu lassen. Ein unbekannter englischer Dichter schrieb diese Quatraine irgendwann im späten Mittelalter:

Westlicher Wind, wann bläsest du,
auf daß ein kleiner Regen ströme?
Ach läg sie doch in meinen Armen
und ich in meinem Bette schon!

Die Erzählkunst aber hat es von allen Genres der erotischen Literatur am schwersten, so glaube ich. Eine erotische Geschichte zu erzählen, deren eigentlicher Gegenstand außerhalb des Erzählten liegt, scheint nicht nur sinnlos, auch unmöglich zu sein. Man könnte argumentieren, daß kein Gegenstand in seiner ganzen Komplexität und Simplizität erzählt werden kann, daß die Beschreibung eines Stuhls oder einer Wolke oder einer Kindheitserinnerung genauso unvollkommen bleiben muß wie die Beschreibung eines Liebesakts, eines Traums, eines Musikerlebnisses. Doch dem ist nicht so.

Die meisten Sprachen bieten uns einen reichen und variablen Wortschatz – ein erfahrener und geübter Umgang vorausgesetzt –, um alle gesellschaftlich akzeptierten Vorgänge und Tatsachen benennbar zu machen: das sprachliche Rüstzeug des Alltagsmenschen. Aber alles, was in dieser Gesellschaft gefürchtet oder nicht verstanden wird, was mich zwang, die Tür der väterlichen Bibliothek wachsam im Auge zu behalten, alles, was verboten und aus der Öffentlichkeit verbannt ist, bekommt auch keine Bezeichnungen zugewiesen, mit deren Hilfe es angemessen erfaßt werden könnte. »Einen Traum aufzuschreiben, der dem realen Verlauf eines Traums mit all seiner Widersprüchlichkeit, Absonderlichkeit, Ziellosigkeit ähnelt«, so beklagte sich Nathaniel Hawthorne in seinen *American Notebooks*, »bis in dieses hohe Weltalter ist nichts dergleichen je geschrieben worden.« Dasselbe hätte er über die Erotik sagen können.

Die englische Sprache macht es uns besonders schwer, weil sie einfach kein erotisches Vokabular besitzt. Die einschlägigen Bezeichnungen werden den Biologiebüchern oder der Vulgärsprache entlehnt. Wörter, mit denen wir die Schönheiten des menschlichen Körpers und die Verzückungen der sinnlichen Lust preisen wollen, verurteilen, töten ab oder ziehen in den Schmutz, was der Gegenstand unseres Staunens und unserer Bewunderung sein sollte. Das Spanische, das Deutsche, Italienische und Portugiesische leiden ebenfalls unter diesem Mangel. Die Franzosen hingegen sind ein wenig besser dran. »*Baiser*« in der Wortbedeutung von »Kuß« steht für den Geschlechtsakt, »*verge*« für den Penis, ein Wort, das unter anderem »Birke« bedeutet und sich über die Bedeutung »Baum« mit »*verger*« – »Obstgarten« – assoziieren läßt. »*Petite mort*«, der »kleine Tod«, bezeichnet den ekstatischen Moment des Orgasmus, wobei das zärtliche Diminutiv dem Sterbeerlebnis die Endgültigkeit nimmt, aber einen glückseligen Abschied von der Welt suggeriert. Diese Bezeichnungen haben nur noch wenig mit dem zotigen Beiklang von »Ficken«, »Schwanz« und »Kommen« gemein. Der Vagina wird im Französischen überraschenderweise genauso wenig Respekt gezollt wie im Englischen oder Deutschen; »*con*« ist kaum freundlicher als »*cunt*« oder »Fotze«. Eine erotische Geschichte auf englisch zu schreiben oder ins Englische zu übersetzen verlangt Erfindungsreichtum im Umgang mit der Sprache, damit der Leser angehalten wird, zwischen den Zeilen zu lesen und dem Text eine Bedeutung abzugewinnen, für die keine erlaubten Wörter zur Verfügung stehen. »Wir haben das Geschlechtliche ins Reich des Schweigens verbannt«, sagte der weise Montaigne.

Aber warum behaupten wir, daß Psyche keinen Blick auf Eros werfen darf?

Die Verbannung des Eros aus der jüdisch-christlichen Welt findet ihren ersten kanonischen Fürsprecher in Augustinus, dessen Geist das ganze Mittelalter prägte und noch heute in den Köpfen der Zensoren spukt. Nachdem er in jungen Jahren der

Minne und der Fleischeslust gefrönt hatte (um es in angemessen frommen Worten auszudrücken), kam er zu dem Schluß, daß sein Streben nach Lebensglück nur dann zum Ziel, zur Eudaimonia, führen kann, wenn er den Körper dem Geist unterwerfen und seinen Geist unter Gottes Gebot stellen würde. Die körperliche Liebe, der Eros, ist verwerflich, und nur *amor*, die geistige Liebe, führt zur Beglückung durch Gott, zur *agape*, zum göttlichen Liebesmahl, das den menschlichen Körper und Geist transzendiert. Zwei Jahrhunderte nach Augustinus faßte es der heilige Maximus von Konstantinopel in diese Worte: »Liebe ist die gute Verfassung der Seele, in welcher sie nichts Existierendes der Erkenntnis Gottes vorzieht. Aber kein menschliches Wesen, das den irdischen Dingen verhaftet bleibt, kann zu diesem Stadium der Liebe gelangen. Die Liebe«, so schlußfolgert Maximus, »erwächst aus dem Fehlen der erotischen Leidenschaft.« Mit dieser Ansicht war er Welten entfernt von den Zeitgenossen Platons. Im antiken Athen definierte man den Eros als eine Bindekraft (im physikalischen Sinn), die das Universum zusammenhielt.

Die Ächtung der erotischen Leidenschaft, des Fleisches gar, machte es in den meisten patriarchalischen Gesellschaften möglich, die Frau als Versucherin zu brandmarken, als eine Eva, die Adams Sündenfall täglich neu verschuldet. Daraus leitet der Mann das Recht ab, über sie zu herrschen, und jede Verletzung dieses Rechts – ob durch den Mann oder die Frau – wird als Sünde und Verrat geahndet. Daraus folgend werden Misogynie und Homophobie gerechtfertigt und geschürt, und ein gewaltiger Zensurmechanismus wird in Gang gesetzt, um die von Männern diktierten heterosexuellen Klischees zu verteidigen und sowohl den Frauen als auch den Homosexuellen mindere und verachtete Rollen zuzuweisen. (Auch den Kindern: Wir verbannen die Sexualität der Kinder aus dem gesellschaftlichen Leben, und zugleich wird sie in scheinbar harmloser Maskierung auf den Bildschirmen und den Modeseiten präsentiert – wie Graham Greene in einer Besprechung der Shirley-Temple-Filme bemerkte.)

Diese Doppelmoral ist der Nährboden der Pornographie. Für ihre Zwecke darf das Erotische kein Bestandteil der Welt sein, in der Mann und Frau, Hetero- und Homosexuelle, nach einer vertieften Wahrnehmung ihrer selbst und des anderen streben. Um pornographisch zu wirken, muß das Erotische von seinem Kontext abgeschnitten werden und sich einer klinisch strengen Definition des Verbotenen unterwerfen. Die Pornographie muß getreulich die offiziellen Begriffe der Normalität beachten, um sie zum Zweck der sexuellen Erregung zu unterlaufen. Die veraltete englische Bezeichnung »*licentiousness*« für Pornographie verweist auf den Zusammenhang, denn es leitet sich von »*license*« ab – der »Erlaubnis« (von einem Gesetz abzuweichen). Die Gesellschaft räumt also der Pornographie, die sich an den gültigen Standards von Anstand und Moral orientiert, um sie zu durchbrechen, sauber abgesteckte Freiräume ein, aber sie verfolgt eifrig jeden künstlerischen Ausdruck auf dem Gebiet der Erotik, der die Gültigkeit der herrschenden Standards direkt oder indirekt in Frage stellt. Während die Verleger des *Ulysses* der Obszönität angeklagt wurden, konnte man unbehelligt Schmuddelmagazine kaufen, wenn sie nur diskret in eine braune Tüte verpackt waren. Während Kinos, in denen Filme wie *Die letzte Versuchung Christi* oder *How to Make Love to a Negro Without Getting Tired* liefen, von Protestierern abgeriegelt wurden, konnte man im Kino nebenan ungestört die härtesten Pornofilme sehen.

Die erotische Literatur ist subversiv, die Pornographie dagegen ist reaktionär. In seinem Nachwort zu *Lolita* schreibt Nabokov: »So muß in pornographischen Romanen die Handlung auf die Kopulation von Klischees beschränkt werden. Stil, Struktur, Bilder dürfen den Leser nie von seiner dumpfen Lust ablenken.«[20] Die Pornographie folgt den Gesetzen der dogmatischen Literatur – in gleicher Weise wie die religiösen Traktate, der politische Schwulst, die Sprache der Werbung. Die erotische Literatur hingegen muß, wenn sie Erfolg haben will, neue Konventionen errichten, ihre Wörter aus einer Sphäre beziehen, die sich gegen die neue Verwendung dieser Wörter empört, und sie muß ihren Lesern eine Welt nahebringen, die ihrer Natur nach intim ist und bleibt. Die Erkundung der Welt aus dieser zentralen und zutiefst persönlichen Perspektive verleiht der erotischen Literatur ihre unvergleichliche Kraft.

Für den Mystiker ist das ganze Universum ein erotischer Gegenstand und der ganze Körper ein Gefäß erotischer Erfüllung. Dasselbe kann von jedem Menschen gesagt werden, der nicht nur Penis und Klitoris als Orte der Lust entdeckt, sondern auch Hände, Anus, Mund, Haare, Fußsohlen und jeden Zentimeter unseres erstaunlichen Körpers. Das geheimnisvolle Etwas, das unsere Sinnlichkeit erregt und uns die – wie William Blake es formulierte – Pforten des Paradieses öffnet, wird sein Rätsel nie enthüllen, und sein Wirken unterliegt Gesetzen, die wir irgendwann akzeptieren, aber nicht verstehen. Wir bekennen uns dazu, eine Frau zu lieben, einen Mann, ein Kind. Warum nicht eine Gazelle, einen Stein, einen Schuh, den nächtlichen Himmel?

Im Roman *Liebende Frauen* von D. H. Lawrence macht Rupert Birkin die Vegetation zum Objekt seiner Begierde:

> Sich niederlegen und in den klebrigen, kalten, eben aufgeblühten Hyazinthen wühlen, auf dem Bauch liegen und den Rücken mit feinem, nassem Gras zudecken, das leicht war wie ein Hauch und weich und viel zarter und schöner als die Berührung irgendeiner Frau – und dann den Schenkel von den lebendigen dunklen Borsten der Kiefern stechen lassen, den leichten Schlag der Haselgerte wie einen Stich auf der Schulter fühlen und den silbernen Stamm der Birke an die Brust zu drücken, den glatten, harten mit all seinen lebendigen Knorren und Rissen – das tat gut, das alles war sehr gut und tat sehr wohl.[21]

In *His Monkey Wife* von John Collier erscheint Eros in Gestalt eines Schimpansenweibchens, das Emily heißt und in das sich der englische Schulmeister Mr. Fatigay rasend verliebt:

»Emily!« sagte er. »Mein Engel! Meine Einzige! Meine Liebe!«

Bei diesem letzten Wort blickte Emily zu ihm auf und streckte ihm die Hand entgegen.

Durch ihr langes und schütteres Haar hindurch sah er pflaumenblaue Haut glänzen. Seine Seele stürzte sich kopfüber in das schimmernde Schwarz ihrer Augen. Sie äußerte leise ein paar hastige Worte in ihrer Muttersprache. Die Kerze, die neben dem Bett flackerte, wurde von einem gelenkigen Fuß erstickt, und die Dunkelheit empfing, wie eine Falte im Samt, den letzten, beglückten Seufzer.

Im Roman *Der heidnische Rabbi* von Cynthia Ozick ist Eros eine Eiche:

Ich zwängte meine Finger in die keilschriftartigen Rillen der Borke. Dann preßte ich die Stirn an den Stamm und umarmte ihn, um seine Dicke zu messen. Meine Hände trafen sich auf der anderen Seite. Es war ein junger, schlanker Baum, ich wußte nicht, von welcher Sorte. Ich pflückte mir ein Blatt vom untersten Zweig und fuhr mit bedächtig-neugieriger Zunge an den Rändern entlang, um seine Umrisse zu ertasten. Eine Eiche. Das Blatt schmeckte klebrig und überraschend bitter. Darauf legte ich eine Hand (die andere hielt weiter den Stamm umklammert) auf die Stelle, wo der unterste Ast vom schlanken, festen Torso abzweigte, und liebkoste diese wundersame Gabelung mit

> einer gewissen Hingebung, die sich allmählich zur Heftigkeit steigerte.

So beschreibt Marian Engel in *Bear* die amouröse Begegnung zwischen einer Frau und einem Tier.

> Er schleckte, er schmeckte. Sie hätte ein Floh sein können, den er vernaschen wollte. Er leckte ihre Brustwarzen, bis sie steif waren, vergrub sich in ihren Bauchnabel. Mit sanften Schubsern dirigierte sie ihn südwärts.
>
> Sie reckte die Hüfte, um ihm entgegenzukommen.
>
> »Bär, Bär«, flüsterte sie und spielte mit seinen Ohren. Die Zunge, die muskulös und lang war wie ein Aal, fand ihre geheimsten Winkel. Und wie sie es bei keinem menschlichen Wesen je erlebt hatte, steigerte sich beständig ihre Lust. Als sie kam, wimmerte sie, und der Bär leckte ihr die Tränen ab.

Die Liebe zu seinem Hund Tulip beschreibt der englische Autor J. R. Ackerley folgendermaßen:

> Ich gehe früh zu Bett, um dem mißratenen Tag ein Ende zu machen, aber sie ist auf der Stelle bei mir, sitzt aufrecht an mein Kissen gedrückt, den Rücken zu mir. Sie schiebt sich zurecht, leckt sich, hechelt, dreht sich um, blickt mir ins Gesicht und zupft mich am Arm. Mein süßes Wesen, was tue ich dir an? Ich strecke die Hand im Dämmerlicht aus und streichle ihre kleinen

> Zitzen ... Sie keucht, läßt sich sacken, während meine Hand sie liebkost, ihr Kopf sinkt nach unten, die Ohren liegen flach, und sie starrt mit leerem Blick in die Nacht hinter den Fenstern. Allmählich entspannt sie sich, erschlafft sie, und langsam, unter meiner Hand, schläft sie ein ...

Selbst das abgetrennte Haupt des Geliebten kann zum erotischen Objekt werden wie bei Stendhal in *Rot und Schwarz,* als Mathilde die Überreste des toten Julien aufsucht.

> Er hörte, wie Mathilde durch das Zimmer schritt. Sie zündete mehrere Kerzen an. Als es Fouqué über sich gewann hinzuschauen, hatte sie Juliens Haupt vor sich auf einen kleinen Marmortisch gestellt und küßte es auf die Stirn.[22]

Vor der Aufgabe stehend, aus einer verwirrenden Vielfalt von Gestalten und Gegenständen, Themen und Variationen, Ängsten und Empfindungen ein Kunstwerk zu erschaffen, eingeschränkt durch einen Wortschatz, der für andere Zwecke gedacht ist, balancierend auf dem gefährlich schmalen Grat zwischen Pornographie und Sentiment, Anatomie und Schwulst, Zurückhaltung und Überdeutlichkeit; bedroht durch die von den etablierten Mächten eingesetzten Zensurinstrumente der Politik, Bildung und Religion, hat die erotische Literatur wundersamerweise nicht nur überlebt, sondern ist sogar wagemutiger, bunter, selbstbewußter geworden und widmet sich einer schier unerschöpflichen Vielfalt von Lustobjekten.

Eine Nachbemerkung: Ich bin überzeugt, daß der Akt des Lesens wie auch der erotische Akt eigentlich ein anonymer sein müßte. Wir müßten fähig sein, in ein Buch einzutreten oder in ein Bett zu steigen wie Alice, die den namenlosen Wald jenseits des Spiegels betritt, unbelastet von den Vorurteilen der Vergangenheit für diesen Moment der Vereinigung die gesellschaftlichen Zwänge abzuwerfen. Beim Lesen und beim Lieben müßten wir fähig sein, uns im anderen zu verlieren, in den wir uns – um ein Bild von Juan de la Cruz zu gebrauchen – hineinverwandeln: Der Leser in den Autor, Liebende in den Liebenden in die Liebende. *Jouir de la lecture*, »Das Lesen genießen«, sagen die Franzosen, die den Orgasmus und das Auskosten der Lust mit ein und demselben Wort bezeichnen.

Wühlen im Knochenkeller

Das eigentliche Thema der Pornographie ist nicht der Sex, sondern der Tod.
SUSAN SONTAG

Eines Samstagnachmittags, es ist schon ein Weilchen her, besuchte mich eine Freundin und stellte fest, daß ich aussah, als wäre mir entsetzlich schlecht. So fühlte ich mich auch, erklärte ich ihr. Meiner Erinnerung nach hatte ich mich nur ein einziges Mal so gefühlt – als ich einen überfahrenen Hund sah. Meine Freundin fragte, was mir passiert sei. Und ich sagte ihr, ich hätte gerade das Buch *American Psycho* von Bret Easton Ellis ausgelesen.

Die Umstände, die zur Veröffentlichung dieses Buches führten, sind wohlbekannt. Ellis hatte schon zwei Romane vorgelegt, von denen einer, *Less Than Zero*, ein beträchtlicher Verkaufserfolg war. Der amerikanische Verlag Simon & Schuster kaufte *American Psycho* für einen Vorschuß von dreihunderttausend Dollar, ließ das Manuskript setzen und entschied sich dann in letzter Minute (manche sagen, aufgrund von Protesten einiger Lektoren), das Buch nicht zu veröffentlichen. Sonny Mehta von der Verlagsgruppe Random House übernahm es sofort für die angesehene

Reihe Vintage Contemporaries, die sich immerhin mit Namen wie Don DeLillo und Richard Ford schmücken konnte. Der nationale Frauenverband Amerikas drohte mit dem Boykott aller Bücher von Random House – mit Ausnahme der Werke feministischer Autorinnen. Die Zeitschrift *Spy* machte sich den Spaß, Auszüge aus dem Buch bei Porno-Magazinen wie *Hustler* und *Penthouse* zum Abdruck anzubieten, doch alle lehnten ab – die dargestellten Szenen seien zu gewaltsam. Der kanadische Zoll versuchte ein Einfuhrverbot zu erwirken, zum Glück vergeblich. Für das Recht von Bret Easton Ellis, ein Buch zu veröffentlichen, würde ich auf die Straße gehen. Ich würde aber auch für mein Recht auf die Straße gehen, gegen dieses Buch zu polemisieren.

American Psycho beschreibt den Alltag des New Yorker Geschäftsmanns Patrick Bateman. Er ist jung, reich und psychotisch. Über endlose Seiten sitzt er mit seinen Bekannten (Freunde hat er nicht) und redet über Markennamen – für Lebensmittel, Kleidung, modischen Kram, alles, was man kaufen kann –, und danach, ohne sich erst in einen Mr. Hyde zu verwandeln, fängt er mit dem Morden an. Obwohl er auch Hunde, Stadtstreicher und Kinder nicht verschmäht, sind seine Opfer zumeist Frauen, die er genüßlich foltert, dann zerlegt und verspeist. Ellis beschreibt alles bis ins plumpe Detail.

Natürlich steht *American Psycho* nicht einzig da. Bücher dieser Art existieren bereits – gewöhnlich unter dem Markenzeichen »Splatter-Punk« (in der Tradition blutrünstiger Groschenromane) oder »Hardcore-Thriller« (nach dem Mickey-Spillane-Muster) –, aber meist tragen sie grelle Umschläge, die keinen Zweifel daran lassen, was der geneigte Leser zu erwarten hat.

Die Verpackung von *American Psycho* ist eine seltsame Angelegenheit. Auf dem Umschlag der ersten Auflage sieht man ein Foto aus der *Vogue*, das Gesicht eines Robert-Redford-Doubles. Dem Text vorangestellt sind Zitate von Dostojewski (aus *Aufzeichnungen aus einem Kellerloch*) über die Notwendigkeit, gewisse Gestalten, »die in unserer Gesellschaft existieren«, literarisch darzustellen, aus einem Benimm-Buch über die Selbstbeherrschung (»Wenn wir jedem Impuls folgen würden, würden wir uns gegenseitig umbringen«), aus einem Song der Rockgruppe Talking Heads (»Und als alles auseinanderfiel, / guckte nicht mal einer hin«). Der erste Satz des Textes ist Dantes Inschrift über dem Höllentor: »Die ihr eintretet, laßt alle Hoffnung fahren.« Dies alles signalisiert literarischen Anspruch. Das Umschlagfoto steht für Gegenwartsbezogenheit, der Anstandsspruch für Ironie, die Talking Heads fürs Trendige, Dostojewski und Dante suggerieren Tiefsinn und philosophischen Gehalt.

Die ersten 128 Seiten (brutal wird es ab Seite 129) sind ein Schlafmittel für jeden, der es nicht gewöhnt ist, Modezeitungen zu lesen: »Er trägt einen Leinenanzug von Canali Milano, ein Baumwollhemd von Ike Behar, eine Seidenkrawatte von Bill Blass und lederne Schnürstiefel mit Kappe von den Brooks Brothers. Ich trage einen extraleichten Leinenanzug mit Bügelfalte, ein Baumwollhemd, eine getüpfelte Seidenkrawatte, alles von Valentino Couture, und Lederschuhe mit Kappen und Lochmuster von Allen-Edmonds.«

Man könnte das für eine Sozialsatire halten, wenn es sich als eine solche lesen ließe. Doch Ellis tut nichts weiter, als das zu kopieren, was er entlarven will. Das kann nicht als Schreiben bezeichnet werden, nur als ein Aufzählen, die Zusammenstellung eines Katalogs.

Auch die Gruselszenen werden mit Markennamen gewürzt, damit der Leser nicht vergißt, daß es sich um Satire handelt. Der Bauch einer geschlachteten Frau wird mit der »Auberginen-Ziegenkäse-Lasagne vom Il Marlibro« verglichen; die Schreie einer Gefolterten werden mit einem Kamelhaarmantel von Ralph Lauren erstickt, die Greuel mit einer »Handycam von Sony« festgehalten. Frauen, das Hauptziel der Exzesse Batemans, werden in ähnlicher Weise behandelt wie die Markenwaren, die sein Leben und seine Sprache beherrschen. Aber der kritische Ansatz wird von der Monstrosität der Beschreibungen und der peinlich flachen Prosa an die Wand gedrückt. Mir ist unerklärlich, wie jemand darauf verfallen kann, diese Art des Schreibens »geistvoll« zu finden, doch so steht es im Werbeprospekt des Verlages: »*American Psycho* ist ein explosiver Roman, der die amerikanische Kultur von heute bloßstellt – brillant, geistvoll, aber in gefährlicher Weise alarmierend.« Alarmierend ist nicht der Stil des Buches, sondern der Umstand, daß ein literarischer Verlag diesen gewaltpornographischen Musterkatalog in sein Programm aufgenommen und als Literatur ausgegeben hat. Denn egal, wie ich das Buch zu lesen versuche; der Stil ist zu schwach, das Vokabular zu dürftig, Dialoge und Beschreibungen sind zu unbeholfen konstruiert, als daß man in ihm etwas anderes als Pornographie sehen könnte. Denn wenn die Gewaltszenen dieses Buches beim Leser keinen Kitzel auslösen, bleibt als einzig denkbare Reaktion das Grauen, aber kein geistiges Grauen, das dazu zwingt, das Universum in Frage zu stellen, sondern ein rein körperliches Grauen – eine Verstörung der Sinne und des Magens, die man auch erzeugen kann, indem man sich den Finger in den Rachen schiebt. Ann Radcliffe, die Verfasserin eines der ersten Schauerromane, war so klug, zwischen einem Grauen zu unterscheiden, das die Seele packt und alle unsere Sinne in Aufruhr versetzt, und einem Grauen, das die Sinne lähmt, gefrieren läßt und in gewisser Weise abtötet. *American Psycho* ist ein Roman des pornographischen Grauens.

Natürlich sind Grausamkeit und Schrecken in der Literatur so alt wie die menschliche Phantasie. Die Gattung Mensch will nicht ruhiggestellt und besänftigt sein, mehr als die Blüte interessiert uns der Wurm, der an ihr nagt. Sterben und Todesqual ziehen sich durch die Literatur, seit sie ihre ersten Krächzer von sich gab. Als würden wir auf die Magie der Worte bauen, erwarten wir von den Dichtern, daß sie unsere schlimmsten Alpträume auf dem Papier zum Leben erwecken, daß sie zu Kartographen eines unentdeckten Kontinents werden und uns in Versen und Phantasien erfahrbar machen, was wir für undenkbar hielten. Seit Jahrhunderten sind Dichter wie Vergil oder Dante unsere Führer durch die finstersten Ecken der menschlichen Phantasie.

In der abendländischen Welt geschah dies zu verschiedenen Zeiten mit unterschiedlichen Vorzeichen. Die antiken Literaturen Roms und Griechenlands bevorzugten die Reisen in die Unterwelt und illustrierten sie mit Bildern schauerlicher Geisterwesen; die Hagiographie des Mittelalters ist voll von detaillierten Berichten über die Leiden gefolterter Märtyrer; die Tragödien der Shakespeare-Zeit kommen nicht ohne Kindesmord, Kannibalismus und Vergewaltigung aus; die Schauerromane des 18. und 19. Jahrhunderts schwelgen in Vampirismus und Nekrophilie – ohne Zweifel also gehört der Horror zur literarischen Tradition. Aber erst 1773 wurde dem literarischen Horror akademische Anerkennung zuteil, und zwar in zwei Aufsätzen des Geschwisterpaars John und Anna Laetitia Aikin, die in London erschienen. Die beiden Abhandlungen, *Über das Vergnügen an schrecklichen Dingen* und *Untersuchung jener Arten der Pein, welche angenehme Empfindungen hervorrufen*, suchten zu ergründen, warum in der europäischen Literatur der romantischen Epoche die düsteren Motive immer mehr in den Vordergrund traten – Ruinen, Tote, dunkle Schatten und finstere Wesen –, und verliehen damit der ganzen illustren Traditionslinie ästhetische Geltung. Etwa zur selben Zeit traf der deutsche Romantiker Novalis eine kühne Feststellung über den verlockenden Reiz des Grauens: »Sonderbar, daß der eigentliche Grund der Grausamkeit Wollust ist.«[23] Aber worauf richtet sich die Wollust?

Ein anderer Zeitgenosse, Donatien Alphonse François de Sade, lieferte eine mögliche Antwort: Lust auf Ablehnung der Zivilisation, Lust darauf, ein

»Naturkind« zu werden, sich den Naturgesetzen zu verbinden. »Die Grausamkeit«, schrieb de Sade, »ist alles andere als ein Laster, vielmehr das ursprünglichste Gefühl, das uns die Natur eingepflanzt hat; das Kind zerbricht seine Rassel, beißt die Amme in die Brust, erwürgt seinen Vogel, lange bevor es das vernünftige Alter erreicht hat.« Als Sohn der Französischen Revolution ersetzte Sade den Gott Abrahams (»Die Idee Gottes ist der einzige Fehler, den ich meinen Mitmenschen nicht verzeihen kann«) nicht durch den Gott der Vernunft, sondern durch die Natur – durch eine andere, primitivere Gottheit. Die menschlichen Leidenschaften sind für de Sade nichts als »die Instrumente, mit denen die Natur ihre Zwecke verfolgt«. Die Natur schleudert uns blind in ein schwindelerregendes Geschehen, das von der Geburt bis zum Tod dauert, etabliert eine Ordnung, in der wir nur die Rädchen einer verhängnisvollen Maschinerie sind, die uns schließlich zerstört. Folglich erscheinen auch de Sades monströse Sexualphantasien als mechanische und emotionslose Instrumente, ihre minutiöse Beschreibung dient nicht so sehr der Erzeugung von Lust als vielmehr der klinischen Unterweisung. Roland Barthes verneint in einem umstrittenen Essay die erotische Qualität de Sades, weil »Erotik nur durch eine Sprache definiert werden kann, die in der Andeutung verharrt«, und er stellt fest, daß dieses Streben nach der Herrschaft der Natur das ganze Werk de Sades in allen seinen Exzessen bestimmt.

Sades Protagonisten entäußern in der Lust an der Grausamkeit ein Verlangen nach der natürlichen Ordnung. Andere, zum Beispiel Poe, Kafka, die Surrealisten, suchen die Unordnung, sie zerlegen die Wirklichkeit in der Hoffnung, den Geheimnissen des Universums auf die Spur zu kommen – sie gleichen Kindern, die eine Uhr auseinandernehmen. Die Grausamkeit – etwa das mit dem Rasiermesser aufgeschlitzte Auge in dem surrealistischen Filmklassiker *Der andalusische Hund* – wird aus dem unbändigen Verlangen nach Anarchie geboren.

Diese Bezugsrahmen, diese Zusammenhänge, diese Hintergründe, die uns ermöglichen, die beschriebenen Grausamkeiten als Ausdruck einer ästhetischen oder philosophischen Theorie zu verarbeiten, fehlen im Buch von Ellis. Bei Sade, bei Poe, bei Hunderten anderen Schriftstellern gibt es Passagen, die, aus dem Zusammenhang gerissen, entweder erregend oder abstoßend wirken (in der Schule nannten wir sie die »schweinischen Stellen«), doch als Teile eines größeren Ganzen eine ganz andere Bedeutung erlangen. Wenn Marsyas in Ovids *Metamorphosen* bei lebendigem Leibe gehäutet wird, wenn Lukians Hexe in den *Bürgerkriegen* dem Toten, den sie küßt, in die Zunge beißt, wenn Lady Macbeth davon spricht, ihrem Säugling die Brust zu entreißen und den Kopf zu zerschmettern, wenn Kafkas Delinquent in der *Strafkolonie* langsam zu Tode gefoltert wird, indem ihm eine Nadel das ungenannte Verbrechen in den Leib eingraviert, wenn Winston in Orwells *1984* unter der Drohung, von Ratten angefallen zu werden, schreit: »Macht es mit Julia! Reißt ihr das Gesicht ab, nagt sie ab bis auf die Knochen!«, wenn Dr. Noyes in Timothy Findleys *Not Wanted on the Voyage* seine Schwiegertochter mit dem Horn eines Einhorns vergewaltigt, ist es zwar möglich, dies aus dem Kontext herauszulösen, zu lesen wie einen pornographischen Text, aber der Kontext ist trotzdem vorhanden, er verleiht der Gewaltszene Färbung und Hintergrund, erlaubt eine Lösung oder Bewältigung, führt zum Verstehen. Die Gewalt mit ihrem Vorgeschmack auf die Hölle ist der Ausgangspunkt, den Yeats vielleicht im Sinn hatte, als er in seinem Gedicht *Die Flucht der Zirkustiere* über die Quellen der Inspiration schrieb:

> Ich muß mich niederlegen, wo alle Leitern fußen,
> im fauligen Knochenkeller des Herzens

Der Knochenkeller ist eine Realität, und die verschiedensten Dichter stiegen schon, mit mehr oder weniger Talent begabt, in ihn hinab. Viele scheitern, aber Mangel an Talent ist kein Verbrechen, und schlecht geschriebene Bücher werden uns immer begleiten, um unsere Langmut auf die Probe zu stellen. Was die Verleger und die irreführende Werbung betrifft, ist der Etikettenschwindel, ein Buch in der Verpackung eines anderen zu verkaufen, nichts weiter als eine läßliche Sünde, und für solche Fälle haben wir ein Gewissen. Wir, die Leser sind es, die letztlich die Verantwortung tragen. Die erstaunlichste Eigenschaft der Sprache ist ihre vielseitige Verwendbarkeit: Sie kann dem Geschwätz dienen, der Schmähung, sie kann beten, scherzen, fabulieren. Sie kann uns Offenbarungen und Ekstasen bieten, oder sie kann pornographisch sein und uns ummauern. Und es kann nicht schaden, daran zu erinnern, daß wir jedesmal, wenn wir uns ein Buch fürs Bett aussuchen, zugleich unseren Weg durch die Verheißungen des Paradieses und die Versprechungen der Hölle bahnen.

V

Wortspiele

»Die Frage ist, ob man die Wörter so viel Verschiedenes
bedeuten lassen kann«, sagte Alice.
»Die Frage ist, wer die Macht hat«,
erwiderte Humpty-Dumpty. »Das ist alles.«
Alice hinter den Spiegeln, 6. Kapitel

Der blinde Fotograf

»Können Sie sich denn vom Weinen abhalten, indem Sie an etwas anderes denken?« fragte Alice. »Genau so wird es gemacht«, sagte die Königin mit größter Enschiedenheit. »Keiner kann zweierlei Dinge auf einmal tun, mußt du wissen.«
Alice hinter den Spiegeln, 5. Kapitel

Im September 1963 erschien im Verlag Seix-Barral, Barcelona, der Erstlingsroman eines jungen, unbekannten Peruaners. Der Autor hieß Mario Vargas Llosa, sein Buch trug den Titel *La ciudad y los perros – Die Stadt und die Hunde*. Noch vor dem Ende des Schuljahrs erreichte uns der Roman in Buenos Aires. Mein Spanischlehrer bezeichnete ihn in privater Runde als Meisterwerk, und in seiner amtlichen Eigenschaft erklärte er, der Roman dürfe niemals einer Klasse hechelnder Halbstarker in die Hände fallen: zuviel Rebellion und Gewalt, zuviel düstere Erotik, zuviel Autoritätsverachtung. Das hatte es in der spanischsprachigen Literatur noch nicht gegeben. Das Buch, eine erbitterte Anklage gegen das peruanische Militär, voller Wut auf die Heuchelei der herrschenden Ordnung, wie sie sich an der renommierten (und vom Autor besuchten) Militärakademie von

Lima offenbarte, beschrieb die Vorbereitung von Halbwüchsigen auf ihre Rolle als Angehörige der herrschenden Offizierskaste. Es brachte die Regierenden so sehr in Rage, daß sie, ganz in der Tradition der Gründerväter Limas, ein Autodafé anordneten und Dutzende von Exemplaren im Hof der Militärakademie verbrennen ließen. Erschienen zu Beginn einer literarischen Entwicklung, die von wendigen Kulturmanagern als »lateinamerikanische Welle« bezeichnet wurde, galt der Roman *Die Stadt und die Hunde* schnell als moderner Klassiker, als ein Werk, das in glanzvoller Prosa Empörung schürte und zugleich aus kluger Erwägung mehrdeutig blieb, indem es wechselnde Perspektiven wählte und sich dem Thriller-Genre, dem es so nahe kam, konsequent verweigerte.

Zuvor hatte allein Émile Zola als Vorbild des lateinamerikanischen »Protestromans« gegolten. Im Schlagschatten so großer Werke wie *Germinal* und *Die Erde* hatte der Ekuadorianer Jorge Icaza seinen Roman *Huasipungo* geschrieben, der Peruaner Ciro Alegría seinen Roman *Die Welt ist groß und fremd.* Beide Bücher prangerten das Elend der ausgebeuteten Indios an, aber ihre künstlerischen Schwächen standen dem humanistischen Anliegen ein wenig im Wege. Erfolgreicher waren der große mexikanische Erzähler Juan Rulfo, der ebenso große Peruaner José María Arguedas. Aus ihren Büchern erfuhren wir etwas über das Leben von Menschen, die unsere europäisch orientierte Kultur einfach ausblendete, über Menschen, deren Geschichte sich auf Geschichten über mordgierige Horden und primitive Bräuche reduzierte, über Zivilisationen, die unter dem Siegeszug der Konquistadoren zu Staub zerfallen waren. Wir waren blind für die kupferfarbenen Gesichter gewesen, die uns täglich auf der Straße begegneten und die immer zahlreicher wurden, je weiter wir uns von der Stadt entfernten – bis uns die Literatur auf sie aufmerksam machte.

Vargas Llosa folgte nicht dem Vorbild Zolas und seiner Adepten, sondern entschied sich für Flaubert. In Flaubert (dem er 1975 den brillanten Essay *Die dauernde Orgie* widmete) sah er den Vater des modernen Romans, der den »objektiven« Erzähler etabliert hatte, selbst unsichtbar blieb und, auf Belehrung verzichtend, die Illusion vermittelte, eine wahre Geschichte zu erzählen. Zolas Schreibweise war nach der Ansicht von Vargas Llosa zu nahe am Journalismus, Flaubert hingegen nennt eine fiktionale Wirklichkeit, die jeder Leser selbst erkunden und deren Geschehnissen er die Wahrheit entnehmen konnte. 1989 stellte Varga Llosa folgende Fragen:

> Was ist der Unterschied zwischen der Literatur und einem Zeitungsartikel oder einem Geschichtsbuch? Bestehen sie nicht alle aus Wörtern? Sperren sie nicht alle den unabsehbaren Strom der Zeit in ein künstlich gesetztes Zeitmaß ein? Meine Antwort darauf ist, daß es sich um gegensätzliche Methoden handelt, sich der Wirklichkeit zu nähern. Während der Roman gegen das Leben rebelliert und über es hinwegschreitet, können diese anderen Genres nur die Sklaven des Lebens sein.

Als *Die Stadt und die Hunde* gerade erschienen war, hatten wir vom Autor nur die Vorstellung eines wortgewaltigen Anklägers. Er blieb, wie Flaubert es vorgemacht hatte, unsichtbar, und wir lebten in der felsenfesten Überzeugung, daß er die Wahrheit sagte, daß sein Text in jeder Hinsicht objektiv war. Dann folgten die mit Spannung erwarteten nächsten Romane, *Das grüne Haus* und *Gespräch in der Kathedrale*, und wir quälten uns weiter mit der Frage, wer dieser Vargas Llosa eigentlich war. Erst irgendwann in den achtziger Jahren wurde mir allmählich seine politische Statur bewußt. Ich las, was er zu den drängenden Problemen Lateinamerikas zu sagen hatte, und verfolgte sein Engagement, das 1990 schließlich in seiner Kandidatur für das Amt des peruanischen Präsidenten gipfelte. Und ich war völlig verblüfft über den Gegensatz, der zwischen seiner literarischen Haltung und seinen in der Presse verbreiteten Ansichten bestand. Er kam mir vor wie ein blinder Fotograf, der die menschliche Realität, die seine Kamera so meisterhaft porträtiert hatte, selbst nicht sah.

Ich gelangte zu dem Schluß, daß es zwei Männer seines Namens geben mußte: den großen Romancier und Erzähler mit so viel Gefühl für seine Mitmenschen, daß er seine Geschichten aus ihren ureigenen Erfahrungen heraus entstehen lassen konnte, daß er Wirklichkeit mit Hilfe einer gemeinsamen (oder gemeinsam imaginierten) Erfahrung in Literatur übersetzte. »Schreiben heißt immer einen Dialog führen«, befand dieser erste Vargas Llosa, »Schreiben heißt, den ›*hypocrite lecteur, mon semblable, mon frère*‹, von dem Baudelaire spricht, immer im Auge zu haben. Adam und Robinson Crusoe hätten keine Dichter, keine Erzähler sein können.«

Der zweite Vargas Llosa jedoch ist unfähig zum Dialog, weil er wie Robinson Crusoe blind für seinen Nächsten ist, in ihm nichts anderes sehen kann als die Karikatur dessen, was er auf keinen Fall sein möchte. Er weist feministische und ethnische Argumentationen zurück, weil sie »politisch korrekt« seien, was gleichbedeutend ist mit der Ablehnung der Gebote »Du sollst nicht töten« und »Du sollst nicht stehlen«, weil sie jüdisch-christlichen Ursprungs sind. Dieser zweite Vargas Llosa möchte die Welt »mit einer zornigen Handbewegung« von allem »Geschmeiß« befreien.

Der Romancier Vargas Llosa nannte sich und seine Kollegen »professionell Unzufriedene, wissentliche oder unwissentliche Störenfriede der Gesellschaft, die Rebellen und unerlösten Revolutionäre dieser Welt.« Der Politiker Vargas Llosa bezeichnete sich als Anti-Revolutionär, als Anhänger des Thatcherismus, als Befürworter der beschämenden Amnestie, mit der Präsident Menem die Generäle, unter deren Diktatur Tausende Argentinier »verschwanden«, auf freien Fuß setzte, als Verfechter einer Modernisierung Perus, die nur durch die »Opferung der indianischen Kulturen« zu ermöglichen sei. (Wie Ronald Wright in seiner Erwiderung auf Vargas Llosas Artikel in der Zeitschrift *Harper's* schrieb, ist »dies natürlich die Opferung, auf die viele weiße Peruaner scharf waren, seit sie erstmals mit Pizarro an Land gingen.«)

Eine solche gespaltene Haltung provoziert eine

Frage, die unbeantwortbar (oder sogar unerlaubt) scheint – die Frage nach der Verantwortung des Autors als Künstler und als Mensch. Schon diese Zweiteilung ist verdächtig: Wir können die *Odyssee* lesen, ohne etwas über Homer zu wissen. Aber die Zeitumstände und Schauplätze hängen dem Werk an wie Kletten und verleihen dem Autor, dessen wirkliche Biographie längst zu Staub zerfallen ist, eine imaginäre Gestalt. Man sollte immer im Auge behalten, daß eine Geschichte nicht unbedingt die Geschichte des Autors ist, daß seine Gestalten nicht unbedingt seine Worte sprechen oder seine Ansichten zum Ausdruck bringen, daß selbst die Autobiographie eine Form der Fiktion ist und daß Schriftsteller nur sehr unbeholfene Vorstellungen von ihren eigenen Werken haben. Wir wollen, daß Literatur und Wirklichkeit übereinstimmen, und sind verstört, wenn Aristoteles Argumente zur Rechtfertigung der Sklaverei beisteuert oder wenn Virginia Woolf, die Autorin der *Mrs. Dalloway*, ihrem Gatten »Füttere die Juden!« zuruft, während der die Schüssel an ihre angeheirateten Verwandten weiterreicht; oder wenn der »unerlöste Revolutionär«, der uns mit seinem Roman *Die Stadt und die Hunde* so sehr aufwühlte, eine Amnestie für Folterer befürwortet und die Auslöschung der indianischen Kulturen vorschlägt. Wir wollen, daß der Künstler seinem Werk gerecht wird und der Edelmensch ist, der wir selber gern sein würden.

Aber sollte ein literarisches Werk im Lichte dessen gelesen werden, was wir über den Autor wissen oder zu wissen glauben? Vargas Llosa scheint dafür zu plädieren, indem er uns mit den Parallelen zwischen seinem Werk und seinem Leben quält, indem er sich mit seinem Buch *Ein Fisch im Wasser* von 1993 selbst auf den Prüfstand stellt, eine Spielart der Autobiographie darbietet, die zugleich ein politisches Manifest ist und sich liest wie eine seltsame Kumpanei zwischen den beiden Vargas Llosa, wobei aber der politische Vargas Llosa die Oberhand behält. Das Buch ist eine Sammlung aus Kindheitsszenen, pubertären Erweckungserlebnissen und Passagen aus dem Notizbuch des Schriftstellers, die seine literarischen Wurzeln offenlegen, und das Ganze ist durchsetzt von den Tiraden des gescheiterten Präsidentschaftskandidaten. Es beginnt bezeichnenderweise mit einem Motto aus einem Buch Max Webers, das *Politik als Beruf* heißt:

> Auch die alten Christen wußten sehr genau, daß die Welt von Dämonen regiert sei und daß, wer mit der Politik, das heißt: mit Macht und Gewaltsamkeit als Mitteln, sich einläßt, mit diabolischen Mächten einen Pakt schließt und daß für sein Handeln es nicht wahr ist: daß aus Gutem nur Gutes, aus Bösem nur Böses kommen könne, sondern oft das Gegenteil.

Es ist verlockend, dies als einen Vorwurf zu lesen: Der Romancier führt Max Weber gegen den Politiker ins Feld.

Wenn ein Autor zusammen mit seinen anderen Figuren auch die fiktive Gestalt zu Papier bringt, die scheinbar all das geschaffen hat, und dann schreibt: »Im bin der derjenige, der diese Geschichten erträumt hat. Ich bin der, als der ich mich ausgebe«, fällt es den meisten Lesern schwer, diese Stimme aus dem brennenden Busch zu ignorieren. Vargas Llosa selbst besteht darauf, daß seine Interpretationsmethoden von Fairneß getragen sind. In einem klugen Essay über den peruanischen Schriftsteller Sebastián Salazar Bondy schlägt er zum Beispiel vor, das Werk dieses Schriftstellers einzig als Ausdruck seiner sozialen Lebensumstände zu deuten. Die Argumentation ist raffiniert: Wenn es nach Vargas Llosa geht, wird der soziale Protest in Peru für den Schriftsteller die sichtbare Form des Protests gegen seine Unsichtbarkeit als Künstler.

> Schriftsteller ohne Verleger und ohne Leser, ohne Publikum, das sie anregt und Forderungen an sie erhebt oder sie zu Konsequenz und Verantwortung zwingt, werden sich bald nach den Gründen für ihre mißliche Lage umtun. Dann entdecken sie, daß daran jemand schuld ist, daß man diese Schuld bestimmten Leuten zuschieben muß. Der frustrierte Schriftsteller, zu Einsamkeit und der Rolle eines Paria verurteilt, kann, wenn er nicht blind und dumm ist, die Vernachlässigung und den traurigen Zustand der Literatur kaum den Bewohnern des Landes und der Vorstädte anlasten, die sterben, ohne je lesen gelernt zu haben, und für die die Literatur natürlicherweise nicht lebensnotwendig oder auch nur am Rande wichtig ist, weil sie für diese Menschen gar nicht existiert. Der Schriftsteller kann den Mangel an Nationalkultur nicht denen anlasten, die niemals die

> Möglichkeit hatten, sie hervorzubringen, weil sie im Zustand permanenter Unterdrückung und Knebelung laben. Ihr Groll, ihre Wut richtet sich logischerweise gegen die privilegierte Schicht Perus, die lesen kann und trotzdem nicht liest, gegen die Familien, die sich Bücher leisten können und sie trotzdem nicht kaufen, gegen die Klasse, die alle Mittel besaß, aus Peru ein kultiviertes und anständiges Land zu machen, und es trotzdem nicht tat. (...) Schon durch den Umstand, daß man hier ein Schöpfer ist, gehört man zu den Opfern der Bourgeoisie. Von dort ist es für den Schriftsteller nur ein Schritt, sich seiner Lage bewußt zu werden, die Verantwortung dafür zu übernehmen und sich zum Anwalt der Entrechteten Perus zu erklären, zum Feind ihrer Herren.

Die Argumentation wird so elegant vorgetragen, daß man ihre Kurzschlüssigkeit leicht übersieht. Ein aufmerksames Publikum führt nicht automatisch zu literarischer Ernsthaftigkeit und Verantwortung (man denke an das Œuvre des Londoner Möchtegern-Bürgermeisters). Und die Unterstellung, daß Schriftsteller sich nur aus Trotz und persönlicher Rache mit den Entrechteten verbünden, spricht ihnen die politischen Überzeugungen ab, aus welchen Quellen sie auch stammen mögen, und verrät weniger über die Aufmüpfigkeit von Schriftstellern, die sich als Sozialisten bezeichnen, als über die fragwürdige Ethik eines Mario Vargas Llosa.

Folgt man seiner Methode, dann ist es ebenso fair

zu behaupten, daß seine politische Rolle zum überraschenden Scheitern seines Romans *Tod in den Anden* (1993) beitrug. Hier erstarren seine Figuren, insbesondere die indianischen, zu Karikaturen, zu Klischees, die genauso leblos sind wie Agatha Christies schwärzliche Bösewichte oder Rider Haggards wilde Afrikaner. In seinem Erstlingsroman *Die Stadt und die Hunde* stammten die Kadetten aus dem Dschungel und den Bergen, aus allen Landesteilen, Rassen und Schichten, und der Konflikt (einschließlich Mord, Verrat, Rache) erwuchs nicht aus der Benachteiligung von Klassen oder Hautfarben, sondern aus dem Konflikt zwischen Individuen und einem militärischen Unterdrückungsapparat, der ihnen grenzenlose Leidensfähigkeit und blinden Gehorsam abverlangte. Keine Einzelperson, sondern die Schule selbst (oder, in weiterem Sinne, die ganze peruanische Gesellschaft) war für die Tragödie verantwortlich. Der Autor erkannte klar, daß kein Einzelindividuum die Wurzel allen Übels ist, sondern die alles umfassende Sozialstruktur, die darüber entscheidet, wer dazugehört und wer ausgegrenzt wird, und sich selbst durch ihre von Angst und Vorurteil bestimmten Feindbilder definiert. Der Roman *Tod in den Anden* hingegen scheitert nicht daran, daß er rassistisch ist, sondern der Rassismus hindert Vargas Llosa daran, einen guten Roman zu schreiben – er hält den Autor davon ab, seinen Gestalten, selbst denen, die er verabscheut, eine Seele einzuhauchen, wie es ihm in *Die Stadt und die Hunde* gelang.

Vargas Llosas Haß gegen die Indianer der Anden ist sowohl in seinen literarischen als auch in seinen politischen Schriften unverkennbar. Bei der Analyse der Vorurteile, in die sich die »teilfarbige« Gesellschaft Perus verstrickt hat, schreibt er in *Ein Fisch im Wasser*:

> Es ist ein schwerwiegender Irrtum, in der Diskussion der rassischen und sozialen Vorurteile in Peru davon auszugehen, daß sie nur von oben nach unten wirken. Parallel zur Verachtung, die der Weiße dem Mestizen entgegenbringt, dem Indio und dem Schwarzen, gibt es auch die Erbitterung des Mestizen gegen den Weißen und den Indio und den Schwarzen und der letzteren Gruppen gegen alle anderen, Gefühle – oder vielleicht ist es angemessener, von Impulsen oder Affekten zu sprechen –, die hinter den politischen, beruflichen, kulturellen und persönlichen Rivalitäten verborgen liegen und sich in einen Ablauf einfügen, den man nicht einmal heuchlerisch nennen kann, da er kaum rational ist und selten offenkundig wird.

Herbert Morote führte in seinem Essay *Vargas Llosa, Tal Cual* (San Sebastian, 1997) aus, daß dies bedeutet, den Haß der Täter auf ihre Opfer mit dem Haß der Opfer auf die Täter gleichzusetzen, den Opfern, die seit Jahrhunderten ihrer Identität, ihrer Sprache, ihrer Kultur und ihrer Grundrechte beraubt sind, Fehlverhalten vorzuwerfen, wenn sie ihre Erbitterung gegen die Unterdrücker zum Ausdruck bringen. Aber der Schriftsteller Vargas Llosa weiß es besser: »In der Mehrzahl der Fälle ist das Vorurteil unbewußt, entstammt es einem Ego, das versteckt und blind für die Vernunft ist; es wird mit der Muttermilch eingesogen und nimmt mit dem Geburtsschrei und dem ersten Gestammel des Peruaners bereits Gestalt an.«

Dies rechtfertigt natürlich die Vorurteile Vargas Llosas nicht, aber es erklärt sie zum Teil. Wenn Vargas Llosa über Indianer anderer Regionen schreibt, über die Amazonas-Indianer zum Beispiel, schwindet das Vorurteil, und der Romancier wird wieder erkennbar: Diese Indianer sind interessante und interessierte Charaktere, exotisch, aber lebendig, respektiert und respektgebietend. So geschieht es in *Der Geschichtenerzähler*, einem der besten Vargas Llosas, vergleichbar dem *Herz der Finsternis* von Joseph Conrad, doch sein Kurtz findet im Herzen des peruanischen Dschungels nicht den Horror, sondern die Beglückung, indem er sich ganz der Kultur hingibt, von der er lernt, indem er ihr die Stimme leiht, um ihre Geschichten zu erzählen. In den Worten von Vargas Llosa: »Zu reden, wie ein Geschichtenerzähler redet, bedeutet, fähig zu sein, mitten im Herzen dieser Kultur zu leben und zu empfinden, bedeutet, ihr Wesen durchdrungen zu haben, ins Mark ihrer Geschichte und Mythologie vorgestoßen zu sein, ihre Tabus, Bilder, urtümlichen Sehnsüchte und Schrekken mit Inhalt gefüllt zu haben.« Der zweite Vargas Llosa sollte sich dies mit feurigen Lettern vor Augen halten.

Während der Politiker Vargas Llosa seinen Teufelspakt besiegelte, setzte der Romancier Vargas Llosa den Dialog mit der Menschheit fort, und nachdem er die Leiden seiner Mitmenschen dokumentiert hatte, wandte er sich der Beschreibung ihrer Freuden zu. 1988 begann er »erotische Literatur« zu schreiben und veröffentlichte *Das Lob der Stiefmutter* in der einschlägigen Buchreihe »Das vertikale Lächeln«, die von Esther Tusquets in Barcelona herausgegeben wurde. *Die Notizbücher des Don Rigoberto* folgten ein paar Jahre später.

Vargas Llosa hat die erotische Liebe einmal als »*complicidad de fantasmas*« beschrieben, als »Verschwörung der Geister«, als »Komplizenschaft der Phantasien«. Diese Geister oder Phantasien haben in seinen Büchern nie gefehlt, und in den *Notizbüchern des Don Rigoberto* und im *Lob der Stiefmutter* steigen sie lediglich an die Oberfläche. Es gibt nur wenige zeitgenössische erotische Romane (und das trifft, so vermute ich, auf alle Sprachen zu), die diese sinnliche Oberfläche erkunden, ohne in Verzweiflung oder Pathos zu verfallen, nur wenige bringen den Mut zu einer spielerischen Haltung auf. Von Georges Bataille bis Nicholson Baker bleibt der erotische Romancier normalerweise dem Prinzip der Versündigung verhaftet; Vargas Llosa bietet statt dessen seine Liebestollereien ohne Vorbedingungen, ohne Einschränkungen und ohne Kleiderordnungen an.

Das Lob der Stiefmutter ist eine heitere Variation des Phädra-Motivs mit ein paar unbedeutenden Abwandlungen: Der gerade mal halbwüchsige Foncho verführt seine Stiefmutter, die schöne Lucrecia, während ihr Ehemann Don Rigoberto sie mit Hilfe raffinierter erotischer Phantasien zu halten versucht. Obwohl der Roman ein böses Ende nimmt (Lucrecia wird hinausgeworfen, und der eifersüchtige Don

Rigoberto leidet fürchterlich unter ihrer Abwesenheit), liest er sich wie ein erotisches Prachtepos; ein Eindruck, der sich im nachfolgenden Band, den *Notizbüchern des Don Rigoberto*, bestätigt. *Das Lob der Stiefmutter* bietet eine Reihe von lebenden Bildern, die auf verschiedenen Gemälden – von Jordaens *Candaules, König von Lydien* bis zu Fra Angelicos *Verkündigung* – basieren und anhand deren Don Rigoberto und sein vorwitziger Sohn den Glanz der schönen Lucrecia beschreiben. In den *Notizbüchern* beschränken sich diese Beschreibungen auf das Werk Egon Schieles, dessen gequält-spannungsgeladene Gemälde und Zeichnungen diese dionysische Familie dazu benutzt, ihre phantasierten Gelüste auszumalen. Welche Szenen sind real, und welche sind Tagträumereien? Das ist natürlich unwichtig. Die erotische Lust ist nur zum Teil eine körperliche. Das meiste daran sind Worte und Bilder, Geschichten und Phantasien des Liebhabers, der sich als Romancier und Maler betätigt.

Vargas Llosas Sprache, immer von einem diesseitigen Barock getragen, spielt in den *Notizbüchern* all ihre Nuancen aus, sie reicht von der kalten Beschreibung bis zum kindischen Gestammel, vom mystisch-amourösen Spanisch des 17. Jahrhunderts bis zum heutigen peruanischen Jargon der Politik und Werbung – und der Übersetzer hat es nicht leicht. Verglichen mit dem Spanischen ist das erotische Vokabular des Englischen sehr beschränkt. Der spanische Überschwang gerinnt in der englischen Prosa schnell zur Schwülstigkeit, sexuelle Metaphern klingen sofort grobschlächtig oder klinisch. Selbst den gewöhnlichsten süßen Nichtigkeiten fehlt im kargen Englisch die Entsprechung. Doch auch mit verminderten Schattierungen und Tönen behalten Vargas Llosas erotische Geschichten ihre Leuchtkraft, bleiben sie eine äußerst lustvolle Beschreibung dessen, wie sich unser Körper das Paradies ausmalt.

Es könnte sein, daß die große Literatur, von der Northrop Frye sagte, ihre Spannweite sei größer als die ihrer besten Leser, irgendwie ohne das moralisch Häßliche des Vorurteils auskommt, daß große Literatur nicht zugleich Haßliteratur sein kann. Es könnte sein, daß ein Autor, der sich dem Vorurteil beugt, die Gewalt über sein Metier verliert, daß die Wörter ihm entgleiten, daß ihm nur noch die Versatzstücke und Hülsen der Sprache bleiben. So ergeht es Neruda in seinen Anti-Nixon-Gedichten, Chesterton in seinen antisemitischen oder rassistischen Ausrutschern, Strindberg in seinen Ausfällen gegen die Frauen, Peter Handke in seinen Rechtfertigungen für die serbischen Greueltaten, so ergeht es auch Ezra Pound, Céline und vielen anderen.

Für Frye ist ein großer Autor daran erkennbar, daß die Leser in sein Werk hineinwachsen können, ohne jemals an Grenzen zu stoßen. Ich glaube, daß das auf den Romancier Vargas Llosa zutrifft, dessen unauslotbare Bücher, die so ehrgeizig, klug, arrogant, ausladend, intim, pathetisch, zornig, verspielt, widersprüchlich, erleuchtend sind, immer noch weiter wachsen, weit über die Grenzen des anderen Vargas Llosa hinaus, ihren untauglichen Leser.

Aus Schwarz mach Weiß

Und was soll ich von jenen sagen, welche man füglicher Verräter denn Übersetzer nennt, da sie jene betrügen, die sie zu offenbaren trachten, ihren Glanz trüben und die unwissenden Leser dazu verführen, Schwarz für Weiß zu lesen?

JOACHIM DU BELLAY, *Défense et illustration de la langue française*, 1549

Wir können nur verbieten, was wir benennen können.

GEORGE STEINER, *Nach Babel*, 1973

In den Jahren 1992/93 übersetzte ich drei Short stories der 1987 verstorbenen Marguerite Yourcenar. Sie trugen den französischen Titel *Conte Bleu*, und es handelte sich um sehr frühe Texte einer Autorin, die erst später zu einer vollendeten Stilistin reifte. Es ist nur zu verständlich, daß die Erzählungen, da sie im Überschwang und in der Selbstüberschätzung der Jugend entstanden waren, ab und zu vom nüchternen Blau ins schwülstige Lila hinübergliitten. Und da Übersetzer im Unterschied zu Schriftstellern die Möglichkeit haben, alte Schwächen zu korrigieren, schien es mir ein pedantisches Unterfangen, eher angemessen für literarische Urologen als für Literaturliebhaber, jede Verzierung und jeden Schnörkel ihrer jugendlichen Prosa zu konservieren. Zudem hat die englische Sprache viel weniger Geduld mit schwärmerischen Anwandlungen als die französische. Und so kam es, daß ich – *mea culpa, mea maxima culpa* – stillschweigend ein Adjektiv unterschlug oder ein überzogenes Bild zurechtstutzte.

Vladimir Nabokov, dem sein Freund Edmund Wilson vorwarf, er habe den *Eugen Onegin* »mit Warzen und allem drum und dran« übersetzt, erwiderte darauf, daß es nicht Aufgabe des Übersetzers sei, das Original zu verbessern oder zu kommentieren, sondern dem Leser der Übersetzung einen Text zu liefern, der sich aus *allen* gleichwertigen Wörtern des Originals zusammensetzt. Nabokov glaubte offenbar (obwohl ich mir nur schwer vorstellen kann, daß dieser Meisterschriftsteller es wirklich so meinte), daß die unterschiedlichen Sprachen in Sinn und Klang »gleichwertige« Wörter aufweisen und daß die in einer Sprache entstandenen Vorstellungen in einer anderen Sprache genauso wiedergegeben werden können – ohne daß dabei eine völlige Neuschöpfung vonnöten wäre. Aber die Wahrheit ist, daß (wie jeder Übersetzer schon auf der ersten Seite feststellt) der Phönix des Originals in der Übersetzung leicht zu einem traurigen Suppenhuhn verkümmern kann und daß es anderer Ausdrücke oder einer anderen Metapher mit ähnlicher gehobener Symbolkraft bedarf, um diesen einzigartigen Vogel mit der Majestät des aus der Asche geborenen Fabeltiers auszustatten. Im

Englischen zum Beispiel hat das Wort *phoenix* noch einen wilden, aufregenden Klang, während der spanische *ave fénix* schon in der bombastischen Rhetorik des 17. Jahrhunderts seinen Glanz verlor.

Im frühen Mittelalter bedeutete das Wort »Übersetzung« (gebildet aus dem Partizip Präteritum des lateinischen *transferre* – übertragen) die Verbringung von Heiligenreliquien an einen anderen Ort. Manchmal waren diese Transfers illegal, wenn etwa die heiligen Überreste in einer Stadt geraubt wurden, um dem höheren Ruhm einer anderen Stadt dienstbar gemacht zu werden. Auf diese Weise gelangten die Gebeine des heiligen Markus von Konstantinopel nach Venedig, versteckt unter einer Wagenladung Schweinefleisch, von der sich die türkischen Wachen an den Toren Konstantinopels mit Grausen abwandten. Etwas Wertvolles zu entführen und es sich mit allen verfügbaren Mitteln zu eigen zu machen – diese Definition beschreibt den Akt der literarischen Übersetzung wahrscheinlich treffender als Nabokovs Forderung.

Keine Übersetzung ist jemals ohne Schuld. Jede Übersetzung erfordert eine Deutung, die Entscheidung für einen bestimmten Gegenstand und eine bestimmte Interpretation, die Vernachlässigung anderer Lesarten, eine Neudeutung nach den vom Übersetzer festgelegten Maßstäben, der diese Gelegenheit nutzt, sich die Vorrechte des Autors anzumaßen. Da eine Übersetzung nicht unparteiisch sein kann, bringt sie Verantwortung für den Text mit sich, die weit über die jeweils übersetzte Seite hinausgeht, und das trifft nicht nur für Übersetzungen in andere Sprachen zu, sondern auch für Übersetzungen in andere Genres, wenngleich letztere nicht immer als solche erachtet werden. Als Charles und Mary Lamb die Shakespeare-Dramen in Kindergeschichten verwandelten oder als Virginia Woolf die Turgenjew-Übersetzungen von Constance Garnett in großzügiger Manier in den »Pferch der englischen Literatur«[24] eintrieb, wurde der Transfer dieser Texte ins Kinderzimmer oder in die Britische Bibliothek nicht als Übersetzung gewertet. Schwein, Lamb oder Woolf: Jeder Übersetzer überzieht den Text mit einer anderen, mehr oder weniger attraktiven Deutung.

Wäre die Übersetzung einfach nur ein Austauschvorgang, würde sie der Entstellung und der Zensurierung (oder Verbesserung und Erhellung) nicht mehr Möglichkeiten bieten als die Anfertigung einer Fotokopie oder einer Abschrift. Leider, Nabokov möge mir verzeihen, ist dem nicht so. Wenn wir davon ausgehen, daß jeder Text schon durch die simple Übertragung in eine andere Sprache, Sphäre oder Zeit wohl oder übel verändert wird, müssen wir auch einräumen, daß jede Übersetzung – oder Transkription, Nacherzählung, Umwidmung – dem Original eine vorgefertigte Lesart hinzufügt, eine implizite Textdeutung. Und hier tritt auch der Zensor in Aktion.

Daß eine Übersetzung das Original entstellen, verfälschen, kastrieren oder gänzlich abschaffen kann, ist eine Tatsache, die der Leser stillschweigend in Kauf nimmt, wenn er die Übersetzung als »Version« des Originals akzeptiert. Im Register des bahnbrechenden Buchs von John Boswell über die Homosexualität im Mittelalter steht unter dem Eintrag »*Translation*« »siehe *Mistranslation*« – worunter

Boswell die »vorsätzliche Verfälschung historischer Aufzeichnungen« versteht. Die Beispiele für »gereinigte« Übersetzungen antiker Autoren sind zu zahlreich, um hier benannt zu werden, und sie reichen von der Änderung des Personalpronomens und damit des Geschlechts einer Gestalt bis zur Unterschlagung ganzer Texte wie zum Beispiel der *Amores* von Pseudo-Lukian, die Thomas Francklin 1781 aus der englischen Werkausgabe strich, weil sie einen Männerdialog enthielt, in dem es um die Frage ging, ob Knaben erotisch anziehender seien als Frauen. »Da das ein Punkt ist, welcher in dieser Nation seit langem zugunsten der Damen entschieden ist, bedarf er folglich keiner weiteren Diskussion«, schrieb der um die Sittlichkeit seiner Landsleute besorgte Francklin.[25]

Noch im 19. Jahrhundert wurden die antiken Klassiker für die moralische Bildung der Frauen nur dann empfohlen, wenn sie in zensierter Form vorlagen. Reverend J. W. Burgon machte dies unmißverständlich deutlich, als er 1884 von der Kanzel des Oxforder New College gegen die Zulassung von Frauen zum Universitätsstudium wetterte, weil sie andernfalls in die Verlegenheit kämen, die Klassiker im Original zu studieren.

> Wenn sie denn erfolgreich mit den Männern um die »akademischen Würden« wetteifern will, muß man ihr zwangsläufig die klassischen Autoren der Antike vorbehaltlos an die Hand geben – mit anderen Worten, man muß sie in die Obszönitäten der griechischen und römischen Literatur einführen. Kann man das ernst-

> lich beabsichtigen? Es wird dann Teil unseres Lehrprogramms, dieses zarte Gemüt mit dem Schmutz der alten Zivilisationen zu besudeln und Jungfrauen in ihrer Blüte mit hundert abscheulichen Dingen bekannt zu machen, auf welche die Frauen jeden Alters (und auch die Männer, wenn es nur möglich wäre) tausendmal lieber verzichten würden.[26]

Es ist möglich, bei der Übersetzung nicht nur Wörter und Zeilen zu zensieren, sondern auch ganze Kulturen, wie es im Lauf der Jahrhunderte immer wieder geschehen ist. Gegen Ende des 16. Jahrhunderts zum Beispiel wurden die spanischen Jesuiten durch den Gegenreformator Philipp II. ermächtigt, den Franziskanern nachzueifern und sich ebenfalls in den Dschungeln des heutigen Paraguay niederzulassen. Von 1609 bis zu ihrer Vertreibung im Jahr 1767 bauten die Jesuiten Siedlungen für die Guaranís, ummauerte Gemeinden, die *reducciones* hießen, weil die Männer, Frauen und Kinder, die in ihnen wohnten, auf die Dogmen des Christentums »reduziert« worden waren. Die Gegensätze zwischen den Eroberern und den Eroberten waren indessen nicht leicht zu überwinden. »Was mich in deinen Augen zum Heiden macht«, sagte ein Guaraní-Schamane zu einem der Missionare, »ist dasselbe, was dich in meinen Augen daran hindert, ein Christ zu sein.«[27]

Die Jesuiten wußten, daß eine wirksame Bekehrung den Austausch erforderte und daß es notwendig war, einander zu verstehen, um die Heiden in »verkappter Gefangenschaft« zu halten, wie es in der christlich-mystischen Literatur genannt wird. Der erste Schritt zum Verständnis der Heiden war das Erlernen und Übersetzen ihrer Sprache.

Eine Kultur wird durch das definiert, was sie benennen kann. Um Zensur auszuüben, muß sich die Kultur der Eroberer auch die Benennungen der Eroberten aneignen. Daher trägt die Übersetzung in die Sprache der Eroberer immer die Gefahr der Assimilation oder Auslöschung in sich, das Übersetzen in die Sprache der Eroberten die Gefahr der Überwältigung und Unterminierung. Diese der Übersetzung innewohnenden Begleiterscheinungen tragen zu allen Formen des politischen Ungleichgewichts bei. Das Guaraní (das heute noch, wenn auch in sehr abgewandelter Form, von über einer Million Paraguayer gesprochen wird) war bis zum Einzug der Jesuiten eine schriftlose Sprache gewesen. Dann stellte der Franziskaner Fray Luis de Bolaños, den die Guaraní wegen seiner Sprachbegabung den »Weisen Gottes« nannten, das erste Wörterbuch des Guaraní zusammen. Seine Bemühungen wurde vom Jesuiten Antonio Ruiz de Montoya in mehrjähriger harter Arbeit vollendet, und das fertiggestellte Buch erhielt den Titel *Thesaurus der Guaraní-Sprache*.

In seinem Vorwort zu einem Buch über die Geschichte der Jesuitenmission in Südamerika stellte der paraguayische Romancier Roa Bastos[28] fest, daß die Eingeborenen, um den Christenglauben anzunehmen, vor allem in die Lage versetzt werden mußten, ihre alten Vorstellungen von Leben und Tod aufzugeben oder zu revidieren. Die Jesuiten bedienten sich des Guaraní-Wortschatzes und nutzten gewisse Koinzidenzen zwischen dem Christentum und der Guaraní-Religion, um die Guaraní-Mythen so zu übersetzen, daß sie auf eine Verkündigung Christi hinausliefen. Der aller-allererste Vater Ñamandú, der sich selbst und alle seine Attribute aus den Urnebeln schuf, wurde zum Christengott aus dem ersten Buch Mose; Tupá, der erste Erzeuger, eine mindere Gottheit im Pantheon der Guaraní, verwandelte sich in Adam, den ersten Menschen; die gekreuzten Stöcke *yvyrá yuasá*, die in der Guaraní-Kosmologie das irdische Reich abstützen, wurden zum heiligen Kreuz umgewidmet. Und da Ñamandús zweite Tat die Erschaffung des Wortes gewesen war, fiel es den Jesuiten nicht schwer, die ins Guaraní übersetzte Bibel mit dem ganzen Gewicht der göttlichen Autorität auszustatten.

Beim Übersetzen der Guaraní-Sprache ins Spanische versahen die Jesuiten gewisse Begriffe, die ein akzeptiertes oder gar löbliches Verhalten der Eingeborenen bezeichneten, mit spanischen Benennungen, die eine Anerkennung durch die Kirche oder den spanischen Hof implizierten. Die Ehrbegriffe der Guaraní, ihr übliches Stillschweigen beim Empfang von Geschenken, das Beharren auf ihrem eigenen Wissen, das sich nicht ins Weltbild der Spanier fügte, ihr Umgang mit dem Wandel der Jahreszeiten und Lebensalter wurden der Bequemlichkeit halber mit grobschlächtigen Begriffen wie »Stolz«, »Undankbarkeit«, »Unwissenheit« und »Unbeständigkeit« übersetzt. Dieses Vokabular ermöglichte es dem Wiener Weltreisenden Martin Dobrizhoffer im Jahr 1783, sechzehn Jahre nach der Vertreibung der Jesuiten, in seiner *Geschichte der Abiponer* über die verdorbene Natur der Guaraní zu berichten:

> Ihre vielen Tugenden, wie sie vernünftigen Wesen gewiß zu eigen sind, sie zur Kultur und Ausbildung befähigen, dienen als Bemäntelung sehr ungeordneter Charakterkompositionen in den Wesen selbst. Sie erscheinen wie Automaten, die sich aus Stolz, Undankbarkeit, Unwissenheit und Unbeständigkeit zusammensetzen. Vornehmlich aus diesen Quellen speisen sich die Trägheit, die Trunksucht, die Aufsässigkeit und das Mißtrauen, zusammen mit vielen anderen Lastern, die ihre moralischen Qualitäten zunichte machen.[29]

Im Gegensatz zur Behauptung der Jesuiten machte die neue Religion die Eingeborenen nicht glücklich. Der französische Forschungsreisende Louis Antoine Bougainville beschrieb das Volk der Guaraní 1769 folgendermaßen:

> Diese Indianer sind ein trauriges Völkchen. Immer zitternd unter der Knute eines pedantischen und strengen Herrn, besitzen sie kein Eigentum und sind einem Leben der Mühsal unterworfen, dessen Monotonie allein einen Menschen umbringen kann. Das ist der Grund, weshalb sie beim Sterben nicht bedauern, dieses Leben hinter sich zu lassen.[30]

Zur Zeit der Vertreibung der Jesuiten aus Paraguay fand der spanische Chronist Fernández de Oviedo Anlaß zur gleichen Feststellung, die schon (durch Tacitus) vom Briten Calgacus über die römischen Besatzer Britanniens überliefert ist: »Die Männer, die sich hier mit ihren Taten verewigt haben, bezeichnen die eroberten Gebiete als ›befriedet‹. Ich denke, sie sind mehr als befriedet – sie sind zerstört.«

Immer auch wurde mit Hilfe der Übersetzung eine subtilere Form der Zensur ausgeübt, nach wie vor ist in vielen Ländern die Übersetzung das probate Mittel, die Werke »gefährlicher« Autoren einer »Reinigung« zu unterziehen. (So erging und ergeht es der Brasilianerin Nélida Piñon in Kuba, dem dekadenten Oscar Wilde in Rußland, indianischen Chronisten in den USA und Kanada, dem französischen *enfant terrible* George Bataille im Spanien Francos, sie alle sind in verstümmelter Form veröffentlicht worden. Und kann nicht auch meine Yourcenar-Übersetzung trotz aller guten Absichten als zensiert bezeichnet werden?) Oft werden Autoren mit unwillkommenen politischen Ansichten gar nicht erst übersetzt, und künstlerisch schwierige Werke stellt man entweder zugunsten leichterer Ware zurück oder begnügt sich mit mangelhaften Übertragungen.

Aber nicht alles Übersetzen ist Verfälschung und Verrat. Manchmal lassen sich Kulturen mit Hilfe der Übersetzung retten, und die Übersetzer tun mit ihrer mühevollen Kärrnerarbeit ein gutes Werk. Im Januar 1976 sank der amerikanische Lexikograph Robert Laughlin vor dem Bürgermeister der südmexikanischen Stadt Zinacantán in die Knie und überreichte ihm ein Buch, dessen Zusammenstellung ihn vierzehn Jahre gekostet hatte: das große Wörterbuch des Tzotzil, das die Sprache der Maya und der 120 000 Ureinwohner von Chiapas (auch bekannt als »Volk der Bat«) ins Englische übertrug.[31] Bei der Präsentation des Wörterbuchs sagte Laughlin in der Sprache, die er so gewissenhaft aufgezeichnet hatte: »Wenn irgendein Ausländer kommt und behauptet, daß ihr dumme, begriffsstutzige Indianer seid, zeigt ihm dieses Buch, zeigt ihm die 30 000 Wörter, die euer Wissen, euer Denken fassen.«

Das, so meine ich, sollte genügen, muß genügen.

Der Mitwisser

Es ist absolut unmöglich, einem Lektor
klarzumachen, daß er ein Niemand ist.
William Hazlitt, *Über Lektoren*, 1819

Timothy Findley reiste 1969 nach New York, um mit seinem Verlagslektor an den Fahnen seines zweiten Romans *Die Schmetterlingsplage* zu arbeiten. Die kanadischen Verleger zweifelten noch an ihrem vom Schauspieler zum Schriftsteller gewandelten Landsmann, doch der illustre New Yorker Verlag Viking hatte Interesse an dem hoffnungsvollen Kanadier bekundet. Der Lektor, der Findleys Buch betreute, war Corlies M. Smith, »Cork« genannt und bekannt als Herausgeber der Briefe von James Joyce. Smith las *Die Schmetterlingsplage*, die Chronik des Niedergangs einer Hollywood-Familie vor dem Hintergrund des faschistischen Deutschland, und meldete, obwohl ihm das Buch sehr gefiel, einen Einwand an: Er vermißte die Aufklärung darüber, was die Schmetterlinge im Roman zu bedeuten hatten, und gab Findley den eindringlichen Rat, dies den Lesern klarzumachen. Findley war jung, unerfahren und hatte Angst, den Verlag, dem er sich so verbunden fühlte, zu verärgern.

Kurz, er beugte sich dem Wunsch. Er schrieb das Buch um, damit die Schmetterlinge eine Erklärung fanden, und der Roman erschien wie geplant beim Viking Verlag.

Das Besondere an dieser Anekdote ist, daß man in Nordamerika darin nichts Besonderes sieht. Selbst die ahnungslosesten Autoren wissen, daß ihr Text, wenn er denn überhaupt veröffentlicht wird, zuvor durch die Hände von Fachleuten geht, die als »Lektoren« bekannt sind und vom Verleger dafür bezahlt werden, daß sie die Manuskripte aufmerksam lesen und Änderungen empfehlen, wenn sie diese für angebracht halten. (Der Absatz, den Sie gerade lesen, wird nicht mit dem Absatz identisch sein, den ich ursprünglich geschrieben habe, da er der Prüfung durch einen Lektor unterzogen werden wird; tatsächlich ist eine ältere Version dieses Essays im Magazin *Saturday Night* gänzlich ohne diesen Absatz erschienen, weil er von der Redaktion gestrichen wurde.)

Schriftsteller, die bekanntermaßen empfindlich sind, was ihr Handwerk betrifft, sprechen nur ungern über diese obligatorische Hilfestellung durch die Verlage, und wenn sie darüber sprechen, dann nur hinter vorgehaltener Hand. Die heutige Literatur ist voll von Eingriffen – zerstörerischen und heilsamen –, aber die Autoren ziehen es vor, darüber zu schweigen, und das ist gut so. Am Ende gehört das literarische Werk dem Autor allein. Die Nähte und die Flicken, die der Text nach der Zusammenarbeit mit dem Lektor aufweist, gehen die Öffentlichkeit nichts an, der Autor will der alleinige Schöpfer seines Werks sein, und jeder Lektor wird ihm da zustimmen.

Und doch liegt hier ein Paradox verborgen. Der Autor, der sich als alleiniger Hervorbringer seines Texts versteht, der noch ein wenig staunt, daß er überhaupt zustande gekommen ist, und sich über die Rätsel, die er enthält, den Kopf zerbricht, weiß zugleich, daß der Text noch vor der Veröffentlichung von Fachleuten auf Herz und Nieren überprüft wird, daß er als Autor Rede und Antwort stehen muß, daß er sich Einwänden beugen muß und damit teilweise seine alleinige Autorenschaft einbüßt. Bevor er seine Weltkarriere antritt, erhält jeder Schriftsteller einen Soziusfahrer zugeteilt. Zumindest in den meisten englischsprachigen Ländern ist das so.

Der Beruf des Lektors ist nicht so alt und auch nicht so verbreitet, wie man vermuten sollte. In anderen Weltgegenden existiert er praktisch nicht, und selbst in England kam er erst zweihundertfünfzig Jahre nach der Einführung der Druckerpresse auf. Laut dem *Oxford English Dictionary* wurde der »*editor*« erstmals 1712 erwähnt und bezeichnet jemanden, der »literarische Werke eines anderen bearbeitet«, Joseph Addison in *The Spectator* benannte damit einen, der sich mit den fertigen oder unvollendeten Manuskripten eines Autors befaßt. Der Lektor im heutigen Sinn als ein Fachmann, der in Zusammenarbeit mit dem Autor die Druckfassung eines literarischen Werkes herstellt, trat erst viel später in Erscheinung, in den zwanziger Jahren dieses Jahrhunderts. In der Zeit davor finden sich nur hin und wieder Verweise auf eine editorische Mitwirkung: Erasmus von Rotterdam beriet Thomas Morus bei der Fertigstellung von *Utopia*, Charles Dickens assistierte als Herausgeber der Zeitschrift *Household Words* seinem Kollegen Wilkie Collins bei der Arbeit an einem Buch.

Um den ersten Lektor im heutigen Wortsinn zu finden, müssen wir uns ins New York der zwanziger Jahre begeben, an die Wirkungsstätte des inzwischen legendären Maxwell Perkins, Lektor von Scott Fitzgerald, Ernest Hemingway, Erskine Caldwell und Thomas Wolfe. Perkins war ein großzügiger Mann und stets darauf bedacht, die vermuteten Intentionen des Autors zu respektieren, doch dank seiner Hilfsbereitschaft werden wir nie erfahren, wie die Manuskripte von Thomas Wolfe wirklich aussahen, bevor sein Lektor sie auf ein publizierbares Maß zurückschnitt. Mit Perkins erhielt der Lektorenberuf Respektabilität und einen Schutzheiligen. (Manche behaupten, der Schutzheilige der Lektoren sei Prokrustes, der seine Gäste auf ein Bett zerrte und alles abschnitt, was überstand, bis das Produkt seinen Vorstellungen entsprach.)

Dem normalen Leser bleibt es ein Rätsel, was der Lektor im einzelnen tut. Einen Versuch zur Erhellung des Berufsbilds unternahm 1983 der kanadische Lektor Rick Archbold: »Lektoren haben verschiedene Aufgaben«, schrieb er, »die je nach Größe und Struktur des Verlages variieren. Dazu kann auch der Erwerb von Publikationsrechten gehören, der Verkauf von Nebenrechten, die Entwicklung von Werbe- und Verkaufsstrategien, das Verfassen von Klappentexten …, das Überwachen der Herstellung, das Korrekturlesen. Und natürlich das Lektorieren.«[32]

Archbold hilft uns also nicht weiter. Was genau tun nun die Lektoren literarischer Werke, wenn sie lektorieren? Zumindest ein Teil ihrer Arbeit (die manchmal auch von technischen Redakteuren erledigt wird) ist die Prüfung der Fakten, der Rechtschreibung, der Grammatik, der im jeweiligen Verlag gebräuchlichen Interpunktion und das Anbringen von Fragen wie: »Ist Ihnen bewußt, daß Ihre Hauptfigur auf Seite 21 fünfzehn und auf Seite 34 achtzehn Jahre alt ist?« Wie hoch das Gehalt des Lektors auch immer sein mag: Es wird kaum reichen, um ihn für all die unbedankte Mühe des Prüfens und Gegenprüfens zu entschädigen.

Trotzdem ist auch dieser Alltagsaspekt der Lektorenarbeit voller Tücken. Ein Autor, der schon weiß, daß sein Text gründlich durchgesehen wird, könnte irgendwann darauf verzichten, ihm den letzten Schliff zu geben, weil ihm der Lektor diese Mühe abnimmt und den Text ohnehin so bearbeitet, wie er mit seinem fachlichen Verstand es für richtig hält. Thomas Wolfe ging in seinem Vertrauen auf Perkins' Lektorat so weit, daß er die beschriebenen Seiten auf den Boden warf, seine Sekretärin sammelte sie auf, tippte sie ab, und Perkins machte mit Schere und Klebstoff ein Buch daraus. Allmählich läuft der Autor dann Gefahr, den Text nicht mehr bis an die Grenzen seines Könnens zu treiben (der wackere Valéry bemerkte dazu, man vollende den Text nicht, man gebe ihn auf), sondern ihn nur bis zum Katheder zu tragen, wo der Schulmeister die Fehler herausfischt.

Die Textredaktion also gehört unbestritten zu den Aufgaben des Lektors. Aber an irgendeinem Punkt der Geschichte, wahrscheinlich lange vor der Zeit eines Maxwell Perkins, ging der Lektor von der Prüfung der Rechtschreibung zur Prüfung des Sinns über und begann nach der Bedeutung der Schmetterlinge zu fragen. Heimlich, still und leise rückte der *Gehalt* eines Textes in die Zuständigkeit des Lektors.

William Trag, selbst Lektor, Buchhändler und Autor, äußert sich dezidierter zu der Frage, was einen Lektor zum Lektor macht:

> Ein tüchtiger, qualifizierter Buchlektor muß lesen. Von Kindesbeinen an muß er lesen. Er muß lesen ohne Unterlaß. Die *Lust* am Gedruckten ist biologische Veranlagung, geistige Notwendigkeit und seelische Notdurft; der Drang dazu muß in den Genen stecken.[33]

Kurz gesagt, der Lektor muß ein Leser sein. Wohl wahr. Ansonsten möge er seinen Beruf an den Nagel hängen. Aber kann man überhaupt Bücher lesen, wenn man keine persönliche Neigung für sie empfindet? Denn um Eingriffe in einen jungfräulichen Text zu rechtfertigen, darf man ganz bestimmt kein Felix Lachmund sein, der Wert darauf legt, daß das Buch glücklich ausgeht, oder eine Dolores Tränenreich, die ein trauriges Ende angemessener findet. Der Lektor muß so etwas wie die platonische Vorstellung des Lesers sein, er muß die Leser in ihrer Gesamtheit verkörpern.

Aber selbst dann: Kann ein idealer Leser dem Autor von Nutzen sein? Wie jeder Leser weiß, ist die Literatur ein Akt geteilter Verantwortung. Doch anzunehmen, daß dieser gegenseitige Akt uns das Ziel enthüllt, das sich der Autor mit seinem Text gesetzt hat, ein Ziel, das er in den meisten Fällen selbst nicht genau kennt, zeugt entweder von Einfalt oder von hoffnungsloser Arroganz. Um einen anderen Autor zu paraphrasieren: Im Buch steht nur drin, was drinsteht. Ob eine Autorin ihr Ziel erreichte oder auch nur wußte, was sie wollte, oder ob sie alles andere anstrebte als das, was zwischen den Buchdeckeln steht, ist eine Frage, die niemand, auch die Autorin selbst nicht, wahrheitsgemäß beantworten kann.

Daß diese Frage am Wesen der Sache vorbeigeht, hängt mit der Vielschichtigkeit und Ambivalenz der Literatur zusammen, mit jenen Eigenschaften, die, wie ich glaube, den wahren Wert eines Buches ausmachen. »Ich behaupte nicht, daß es nicht in meinem Buch drin ist«, sagte der italienische Romancier Cesare Pavese in Erwiderung auf einen Kritiker, der in seinem Roman ein metaphysisches Thema ausgemacht hatte. »Ich sage nur, ich habe es nicht hineingetan.«

Wenn Lektoren die »Intention« eines Autors (ausgedacht hat sich diese Vorstellung der Philosoph Thomas von Aquino im 13. Jahrhundert) zu erraten versuchen, wenn sie den Autor nach der Bedeutung bestimmter Passagen oder nach den Gründen für bestimmte Ereignisse fragen, gehen sie davon aus, daß dem literarischen Werk eine Art Rezept zugrunde liegt oder daß man es genausogut in einer Kurzfassung wiedergeben kann. Dieses Herumstochern im Text, dieses reduktionistische Vorgehen ist in der Tat eine Bedrohung für den Autor, der sich (wie es Findley tat) den Wünschen des Lektors beugen und die empfindliche Balance seiner Schöpfung zerstören könnte. Als Findley älter und erfahrener war und keine Angst mehr hatte, seine Verleger zu brüskieren, probte er endlich den Aufstand. 1986 überarbeitete er *Die Schmetterlingsplage*, strich die nachträglich eingefügten Erklärungen, und das Buch wurde in neuer Fassung vom Verlag Viking Penguin herausgebracht.

Solche Gefahren für das Buch drohen allerdings nicht überall. Das Lektorieren als »Suche nach der Intention des Autors« wird fast ausschließlich in der anglophonen Welt praktiziert und in Großbritannien weniger als in Nordamerika. Überall sonst auf der Welt ist das Lektorieren nicht viel mehr als eine technische Redaktion, und selbst die wird mit einer Zurückhaltung ausgeübt, die in Chicago oder Toronto Hunderte von Lektoren zur Suche nach einer aufregenderen Karriere animieren würde. Ich habe in argentinischen, spanischen, französischen, italienischen und tahitianischen Verlagen gearbeitet, ich habe Verlage in Brasilien, Uruguay, Japan, Deutschland und Schweden kennengelernt. Nirgends gab es einen solchen Job, wie ihn unsere nordamerikanischen Lektoren ausüben, und die Literaturen dieser anderen Länder haben sich, soweit ich es übersehen kann, auch so recht gut gehalten.

Warum gibt es in Nordamerika so viele Lektoren? Ich vermute, es liegt am merkantilen Zuschnitt der amerikanischen Gesellschaft. Weil Bücher verkäufliche Ware sein müssen, braucht man Fachleute, die sicherstellen, daß die Produkte marktgerecht und profitabel hergerichtet sind. Im schlimmsten Fall kommt dabei seichte Massenware heraus, im günstigsten Fall wird Thomas Wolfe aufs rechte Maß gestutzt. In Lateinamerika, wo Bücher selten Gewinne einfahren, ist der Autor sich selbst überlassen, und er darf den Roman zu beliebiger Dicke anschwellen lassen, ohne die Schere des Lektors zu fürchten.

Unglückseligerweise macht der amerikanische Einfluß allmählich Schule. In Deutschland und Frankreich zum Beispiel setzt sich der Programmchef, der die Bücher und Buchprojekte bislang nur auswählte, schon mal mit den Autoren zusammen und spricht mit ihnen über das im Werden begriffene Manuskript. Manchmal stellt sich der Autor auf die Hinterbeine und verbittet sich derartige Einmischungen, doch wenige haben den Mut oder das literarische Ansehen eines Graham Greene, der, als sein amerikanischer Verleger den Titel seines Romans *Reisen mit meiner Tante* ändern wollte, mit einem knappen Telegramm reagierte: »Wechsle lieber den Verleger als den Titel«.

Es kommt auch vor, daß der Autor selbst um fachliche Beratung nachsucht und den Lektor bittet, ihm seine eigenen Intentionen klarzumachen. Das Resultat ist dann eine eigenartige Form der Zusammenarbeit. Über den berühmtesten Fall einer Bearbeitung moderner Dichtung durch einen Lektor, gemeint ist *Das wüste Land* von T. S. Eliot und die Bearbeitung durch Ezra Pound, bemerkte Borges: »Beide Namen hätten auf der Titelseite stehen müssen. Wenn der Autor zuläßt, daß andere seinen Text ändern, ist er nicht mehr der Autor – er ist ein Autor neben anderen, und ihre Kooperation sollte als solche kenntlich gemacht werden.«

Unter den vielen Versen, die Pound (mit Zustimmung Eliots) gestrichen hat und die dieser Dichtung für immer entzogen sind, finden sich auch die folgenden:

> Something which we know must be dawn –
> A different darkness, flowed above the clouds,
> And dead ahead we saw, where sky and sea should meet,
> A line, a white line, a long white line,
> A wall, a barrier, towards which we drove.*

Das wüste Land in der von Pound bearbeiteten Fassung wurde als das »größte Poem der englischen Sprache« bezeichnet; trotzdem fehlen mir diese Verse, und ich frage mich, ob Eliot auch ohne die Zusammenarbeit mit Pound auf sie verzichtet hätte.

Natürlich zeigen die Autoren überall auf der Welt das Geschriebene vor, ehe sie es in den Druck geben (obwohl Nabokov dies mit dem Vorführen von Speichelproben verglich). Ein bunter Chor von Laien – die Mutter des Autors, ein Nachbar, die Freundin oder der Gatte – vollzieht das feierliche Ritual der Vorab-Lektüre, steuert eine Reihe von Bedenken und Lobsprüchen bei, die der Autor nach Bedarf beherzigen oder verwerfen kann. Dieses erste gemischte und widersprüchliche Leserecho ist nicht die Stimme der

* Etwas, was die Dämmerung sein mußte –
Eine andere Dunkelheit, flutete über den Wolken,
Und tot vor uns, wo Himmel und Erde sich treffen mußten, sahen wir
Einen Strich, einen weißen Strich, einen langen weißen Strich,
Eine Mauer, eine Barriere, auf die wir zufuhren.

Macht, die mit dienstlichem Nachdruck tiefgreifende Änderungen nahelegt.

Der bestallte Lektor hingegen, auch der feinfühligste und verständnisvollste (ich habe eine ganze Reihe von ihnen kennengelernt), verleiht seiner Meinung schon deshalb den Anhauch der Autorität, weil das seiner Stellung entspricht. Der Unterschied zwischen einem bezahlten Lektor und einem Leser, der uns nahesteht, ist wie der Unterschied zwischen einem Arzt, der eine Lobotomie vorschlägt, und einer lieben Tante, die uns eine Tasse kräftigen Tee anbietet.

Schon oft wurde die Geschichte von Coleridge erzählt, dem im Opiumrausch das Gedicht *Kublai Khan* zuflog: Nach dem Erwachen setzte er sich sofort hin und schrieb es nieder – bis er von einer »bediensteten Person aus Porlock« unterbrochen wurde, wodurch ihm der Schluß dieser außergewöhnlichen Dichtung entfiel. Solche »bediensteten Personen aus Porlock« sitzen zuhauf in den Verlagshäusern der englischsprachigen Welt. Manche von ihnen sind klug und stellen Fragen, die das Schreiben vorantreiben, manche stören einfach nur, manche nutzen die Zutraulichkeit des Autors, um an seinem Text herumzukritteln, manche zerstören sein Werk mitten in der Entstehung. Alle mischen sie sich ein, und dieses zwanghafte Herumhantieren mit fremden Texten ist mir verdächtig.

Ohne das Eingreifen der Lektoren hätten wir wahrscheinlich weitschweifige, widersprüchliche, wirre, oft gar anstößige Texte, voll von Gestalten, die an einem Tag grüne, am anderen Tag schwarze Augen haben (wie Madame Bovary); voll von historischen Irrtümern (wie bei Keats, dessen Cortez den Pazifik entdeckt), voll von schlechten Überleitungen (wie der *Don Quijote*); Texte mit einem zusammengeschusterten Schluß (wie *Hamlet*) oder einem ebenso verpatzten Anfang (wie Dickens' *Kuriositätenladen*). Aber unter der Einwirkung der Lektoren – ohne deren Imprimatur heutzutage offenbar kein Buch mehr das Licht der Welt erblickt – könnte uns vielleicht etwas atemberaubend Neues verlorengehen, etwas Einzigartiges, was strahlt wie ein Phönix, etwas, was nicht beschrieben werden kann, weil es noch nicht zur Welt kam, und was nicht zur Welt kommen kann, weil das Geheimnis seiner Schöpfung keine Mitwisser duldet.

VI

Schauen, um zu sehen

»Ich bin mir noch nicht ganz sicher«, sagte Alice
sehr freundlich. »Ich möchte erst einmal herumschauen,
wenn ich darf.«
»Du kannst nach vorn schauen und nach beiden Seiten,
wenn du magst«, sagte das Schaf,
»aber du kannst nicht um dich herumschauen –
außer du hast Augen im Hinterkopf.«
Alice hinter den Spiegeln, 5. Kapitel

Die Muse im Museum

Museen sind Unfug, eine Zeitverschwendung.
Man sollte nichts aus zweiter Hand erwerben.
AUGUSTE RENOIR

Irgendwann in der Mitte des 1. Jahrhunderts ging ein Mann ins Museum. Es war, wie er sagte, »gefüllt mit einer kostbaren Sammlung von Malereien in bemerkenswerter Vielfalt. Es gab mehrere von Zeuxis, noch unbenagt vom Zahn der Zeit, zwei oder drei Skizzen von Protogenes, so prall und lebensecht, daß mich fast schauderte vor Bewunderung, als ich sie streichelte. Auch gab es ein Stück von Apelles, eine Malerei, welche die Griechen die Einbeinige Göttin nennen; vor ihr kniete ich mit einem Gefühl fast religiöser Verehrung. Die menschlichen Gestalten waren alle mit einer so verblüffenden Natürlichkeit und erlesenen Zartheit ausgeführt, daß mir schien, der Künstler hätte auch ihre Seelen gemalt.« Unser Besucher sieht Bilder von Zeus in der Gestalt eines Adlers, der Ganymed in den Olymp entführt; eine lockende Nymphe, die den jungen Hylas betört; Apollons Klage über den Tod des Hyacinthus. Und »umrundet von diesen Bildnissen gemalter Liebender«, ruft er »in einsamer Pein: *Selbst die Götter im Himmel sind von der Liebe berührt!*«

Fast zweitausend Jahre später besuchte ein anderer Mann ein anderes Museum.

> Ich war wieder im Salon d'Automne heute vormittag. [...] Du weißt, wie ich auf Ausstellungen immer die Menschen, die herumgehen, so viel merkwürdiger finde als die Malereien. Das ist auch in diesem Salon d'Automne so, mit Ausnahme des Cézanne-Raums. Da ist alle Wirklichkeit auf seiner Seite: bei diesem dichten wattierten Blau, das er hat, bei seinem Rot und seinem schattenlosen Grün und dem rötlichen Schwarz seiner Weinflaschen. Von welcher Dürftigkeit sind auch bei ihm alle Gegenstände: die Äpfel sind alle Kochäpfel, die Weinflaschen gehören in rund ausgeweitete Rocktaschen [...] Das wollte ich Dir alles erzählen; es hängt ja mit vielem um uns und mit uns selbst an hundert Stellen zusammen.[34]

Der erste Besucher ist Petronius Arbiter, der Autor des meisterhaften Romans *Satiricon*, der Dichter und Dandy, der Selbstmord beging, nachdem er die Untaten Kaiser Neros angeprangert hatte.

Der zweite Besucher ist Rainer Maria Rilke.

Beide waren Schriftsteller. Beide gingen offenbar häufig ins Museum. Beide fanden in dem, was das Museum zu bieten hatte, ihre eigenen Gedanken und Gefühle widergespiegelt. Beide waren höchst geistreiche Männer.

Ich habe diese Beispiele fast beliebig ausgewählt. Die Beziehung zwischen Schriftstellern und Museen ist eine alte und fruchtbare, und es gibt kaum einen Schriftsteller, der nicht hier oder da von einem Museumsbesuch berichtet. Meine Beispiele unterscheiden sich in zwei wesentlichen Dingen. Petronius schreibt einen Roman. Die Gefühle, die er beschreibt, sind nicht die seinen, sondern die seiner Hauptgestalt, des jungen, kultivierten, lasziven Encolpius, der seinem Epheben, dem eigensinnigen Giton, nachsteigt. Rilke hingegen schreibt einen Brief an seine Frau, die Bildhauerin Clara Rilke. Beide, Petronius und Rilke, versuchen jedoch, die Kunst, die sich ihnen darbietet, die zum Zweck der Betrachtung ausgestellt ist, auf eine persönliche Erfahrung zu beziehen, auf eine (wenn das Wort erlaubt ist) Seele.

Ich finde es auf seltsame Art anrührend, wie wenig sich in der Zeit zwischen den beiden Museumsbesuchen geändert hat und wie sich die Eindrücke des Prager Dichters mit denen seines römischen Vorgängers über neunzehn Jahrhunderte hinweg verbinden. Beide scheinen nach derselben Beziehung zwischen Gegenstand und Betrachter zu suchen, und beide tun dies in einem abgesteckten Raum, der eigens reserviert ist für die Sammlung und Ausstellung von Gegenständen, die unter dem Begriff »Kunst« zusammengefaßt werden.

Die Vorstellung, daß ein Raum seinen Inhalt definiert, war schon in der Zeit des Petronius einige Jahrhunderte alt. Auch die Bibliothek von Alexandria, die keine Kunstwerke, sondern Bücher versammelte, war diesem Gedanken gefolgt und zum selben Schluß gelangt. Kallimachos, der erste Bibliothekar, war sich – wie später Petronius und Rilke – gewiß darüber im klaren, daß Kataloge zurückwirken auf das, was sie katalogisieren, daß sie es mit Bedeutung erfüllen.

Das Museum, das Petronius' Held Encolpius besucht, und der von Rilke beehrte Pariser Herbstsalon sind mit Bedeutung gefüllte Räume, die schon durch ihr Vorhandensein den in ihnen ausgestellten Gegenständen eine Bedeutung leihen, die sie andernfalls nicht unbedingt hätten. Kunst ist, was in einem Museum zu sehen ist, scheinen diese Räume zu sagen.

Aber wie geht der Besucher mit dieser Behauptung um? Encolpius und Rilke tun dies in unterschiedlicher Weise, so glaube ich. Bei Encolpius geht den Bildern, die er sieht, der Ruhm bereits voraus. Beim Betrachten bringt er schon das Wissen mit, daß die Bilder bedeutend sind, daß sie von Männern gepriesen wurden, die er für klüger hält als sich selbst, daß manche Bilder schon kraft der Überlieferung zu großen Kunstwerken geadelt sind. Sie sind also nicht nur bedeutend, weil sie dort hängen, sondern weil bereits Bedeutendes über sie gesagt wurde. Obwohl den Römern des 1. Jahrhunderts bewußt war, daß ein *argumentum ad auctoritatem*, das Verweisen auf ein Expertenurteil, seine Schwächen hatte, besaß ein derartiges Urteil unverminderte Geltung. Aber nicht nur darauf beruht die Bewunderung des Encolpius. Von seinem Geliebten im Stich gelassen, erkennt er im Anblick der liebeskranken Götter und Göttinnen die eigenen Qualen wieder. Neben dem offiziellen Ruhm haftet den Bildern noch etwas anderes an, etwas höchst Persönliches, was nur dann zu diesen Bildern gehört, wenn Encolpius kommt und sie betrachtet: sein eigener Kummer.

In seinem berühmten *Bildnis des Dorian Gray* beschrieb Oscar Wilde die Kunst als Spiegel nicht des Lebens, sondern des Betrachters. Die gesellschaftlichen Verhältnisse bringen die Institution des Museums aus sich hervor, aber innerhalb dieses gesetzten Rahmens ist der Betrachter Encolpius – gleichviel, in welchem Maß er sich dessen bewußt wird – nicht nur mit den Früchten äußerer Umstände konfrontiert, nicht nur mit den Gegenständen, die durch ihren Rahmen definiert sind, sondern mit künstlerischen Gebilden, die seine private Aufmerksamkeit in Anspruch nehmen und auf die er reagieren muß, als wäre er allein auf der Welt.

Rilke bewegt sich anders durch sein Museum. Wir können uns einen Encolpius vorstellen, der den Blick von Bild zu Bild wandern läßt, immer auf der Suche nach dem Spiegelbild seiner eigenen Liebesqualen. Rilke geht viel gelassener vor. Der Herbstsalon ist ein geselliger Ort, und er findet, wie er sagt, »die Menschen, die herumgehen, so viel merkwürdiger ... als die Malereien«. Tatsächlich ist für Rilke das Museum eine soziale Institution, an der er teilhat wie an einem beliebigen anderen gesellschaftlichen Ereignis. Doch das künstlerische Erleben, das Verarbeiten und Verstehen der Kunst, kann für Rilke keine kollektive Erfahrung sein. Es ist ein Wunder, aber ein Wunder privater Art. »Aber das gilt nur für einen, das Wunder«, sagt er, »jedesmal; nur für den Heiligen, dem's geschieht.«[35] Dieses Wunder geschieht, als Rilke inmitten der Menge einsam vor den Cézanne-Gemälden steht. Dort ereignet sich die Offenbarung oder vielleicht auch das, was Borges als »*Bevorstehen* einer Offenbarung, die nicht stattfindet«, bezeichnet. In jedem Fall ist das Erleben ein einzigartiges. Es geschieht nur einem einzigen Menschen, auch wenn es millionenmal und Millionen Menschen geschieht.

Meine eigenen Museumserfahrungen sind vielfältiger Art. Wie Rilke habe ich Ausstellungen besucht, in denen mich die gutgekleideten Besucherscharen von den Bildern ablenkten. Ich hielt mich in Museen auf, die so leer waren, daß, wie der argentinische Schriftsteller Macedonio Fernández zu sagen pflegte, »nur einer mehr hätte fehlen müssen, und er hätte nicht mehr hineingepaßt«. Ich habe berühmte Kollektionen besucht, die groß wie Lagerhäuser oder klein wie Boudoirs waren, Ausstellungen, die nach pädagogischem Konzept gegliedert waren oder eine scheinbar zufällige Anordnung der Exponate boten. Ich habe Ausstellungen besucht, deren Thema der Wahrnehmung des Ausgestellten im Weg stand, und andere, in denen das Ausgestellte in lautstarken Gegensatz zum Thema trat. Aber in jedem dieser Fälle und unabhängig von den ausgestellten Gegenständen war das Erlebnis des musealen Rahmens abgetrennt vom Erlebnis der in ihm gezeigten Objekte.

Meine früheste Erinnerung an ein Museum verbindet sich mit einem venezianischen Palazzo, in den mein Kindermädchen mich mitnahm, als ich fünf war. Ich erinnere mich an weite Flure und hohe Decken, an das graugoldene Licht, das die staubigen Räume erhellte, und an das alles überdeckende Gefühl, mich in einem Haus kinderfressender Riesen zu befinden.

Aber ich erinnere mich auch an ein großes Gemälde, ein Schlachtenbild mit einem Schiff in dunkelgrüner See, auf dem die Männer wimmelten wie Ameisen und die Reihe der Ruder in ein wildes Durcheinander geraten war. Auch an die Details des Gemäldes kann ich mich lebhaft erinnern – wie an eine Abenteuergeschichte, deren Anfang ich nicht kenne und deren Ende ich ebenfalls versäumen würde. Durchs Schloß der Riesen ging ich mit meinem Kindermädchen, hinter uns Grüppchen von Touristen, die uns von Raum zu Raum folgten. Das Gemälde aber gehörte mir allein, eine Schlachtenszene, die ich von jenem Tag an in meinen Träumen immer und immer wiedersah und zu der ich allein Zugang hatte.

Jede unserer Entäußerungen, jedes Gespräch, jede Lektüre, jedes Bild-, Theater- oder Filmerlebnis, jede Betrachtung eines Sonnenuntergangs oder eines interessanten Gesichts, jedes Anhören eines Konzerts oder eines Vogelgesangs, jede Feststellung, ob erwidert oder nicht, jede Entdeckung, jeder Eindruck, jede Erkenntnis, jede Offenbarung, jeder Augenblick der Gnade findet an einem Ort dieser Welt statt, der mit Hilfe von Geschichtsbüchern und Atlanten bestimmt werden kann. Ob man Mozart in der Carnegie Hall oder am Tor eines Konzentrationslagers hört, ist eine wesensmäßig andere Erfahrung, ein Unterschied wie zwischen Himmel und Hölle. Der Reisende, der diese Erfahrungen macht, reist ungeachtet der Gründe für seine Reise und ungeachtet dessen, wie viele Reisende vor ihm da waren, immer allein.

Die menschliche Gesellschaft scheint besonders darauf bedacht zu sein, die Absichten, mit denen etwas getan wird, deutlich herauszustellen, als ob wir, die Gesellschaftswesen, dieses Tun nicht verstehen könnten, ohne es mit einem Namen zu belegen. Häufig haben diese Absichtserklärungen den Ton von Warnungen (wie in totalitären Gesellschaften), die jeden Widerspruch gegen die offizielle Verlautbarung ersticken sollen. Dann wieder sind diese Deklarationen wie Nebelschleier (zum Beispiel in unseren sogenannt demokratischen Gesellschaften), die das wahre Treiben oder die wahren Absichten der Mächtigen verbergen sollen. Und manchmal, sehr selten, sind diese Verlautbarungen auch wahr. Museen als gesellschaftliche Institutionen werden regelmäßig mit derartigen Absichtserklärungen bedacht, und Ausstellungen scheinen ständig und in steigendem Maß dieser Deklarationswut zu verfallen. Ich sehe nichts Verwerfliches in diesem Bemühen, wenn wir durchschauen, um was es sich handelt: nicht um die Definition eines bestimmten Anliegens, sondern nur um eine Benennung. Ich kann eine Ausstellung afrikanischer Kunst zusammenstellen, sie »Ins dunkle Herz von Afrika« nennen und damit versuchen, eine kritische Sicht auf die koloniale Vergangenheit dieses Kontinents zu eröffnen, ich kann aber auch gegen eine Ausstellung afrikanischer Kunst, die den Titel »Ins dunkle Herz von Afrika« trägt, protestieren, ebenfalls im Bemühen, damit eine kritische Sicht auf die koloniale Vergangenheit dieses Kontinents zu eröffnen. Jede der Haltungen versieht die Ausstellung mit einem Etikett, und keine von beiden bestimmt die intensive Beziehung, die der Betrachter zu den ausgestellten Gegenständen entwickelt. Aber je aufdringlicher diese Etikettierung ist, um so schwerer wird es für den Betrachter, die damit verbundenen Fragen abzuschütteln (wie Rilke es tat) und sich ganz allein und unbeeinflußt dem Kunstwerk zuzuwenden. Wir bestehen aus Geschichte und Geographie wie auch das Museum selbst, und derartige Etikettierungen sind Teil dieser Geschichte und Geographie, selbst wenn ihre Zielrichtung davon abhängt, wer die Ausstellungen mit den Etiketten versieht.

Man wird einwenden, daß es nicht nur schwierig, sondern unmöglich ist, diese Etikettierungen zu überwinden. Man wird einwenden, daß nicht nur wir, sondern auch die ausgestellten Kunstwerke aus Geschichte und Geographie bestehen. Man wird einwenden, daß die Etikettierungen Versuche sind, die Geschichte und Geographie in die ausgestellten Kunstwerke hineinzulesen.

Aber das entspricht nicht meinen Erfahrungen. Ich bin bedingt durch Raum und Zeit und ändere mich im Raum und in der Zeit. Ich bin ständig ein anderer, ich bin die Person, die um die Ecke kommt, die Person, die im Nachbarzimmer wartet, die Person, die übermorgen bedauern oder begrüßen wird, was ich heute tue, aber dies niemals wiederholen wird. Ich trete mit meinem historischen und geographischen Bildungsgepäck vor ein Kunstwerk, aber dies ändert sich ständig und erlaubt mir fast immer einen veränderten Blick auf den Gegenstand. Aus diesem Grund mißtraue ich den Etiketten. Das Kunstwerk selbst gibt kein Urteil ab.

Natürlich wird sich dieser Etikettierungseifer nicht bremsen lassen. Es vermittelt ein Gefühl der Sicherheit, zu wissen, daß dies ein Museum für moderne Kunst und das ein Kunstgewerbemuseum, dies ein Schiffahrtsmuseum und das ein Museum für Naturgeschichte oder die Geschichte der Schwarzen oder des Holocaust ist. Und weil wir so an diese Etiketten gewöhnt sind, würde uns auch ihr Fehlen nicht davon abhalten, sie trotzdem wahrzunehmen. Man stelle sich eine Ausstellung von verschiedenartigen Kunstwerken unter einem Dach vor, die keinen Namen trägt. Der eine Besucher würde darin offizielle Kunst vermuten, die es nicht wagt, ihren Namen zu nennen, ein anderer würde eher auf eine Anklage gegen diese offizielle Kunst tippen. Und so weiter. Eine hoffnungslose Angelegenheit.

Aber vielleicht nicht ganz. Das Wort »Museum«, klärt uns das Wörterbuch auf, stammt aus dem Griechischen und heißt »Sitz der Musen«. Hier betreiben also neun Frauen ihr uraltes Geschäft, das Universum in Zeichen zu übersetzen, die wir lesen können, jedes trägt unseren Geheimnamen und eine private Warnung. Als Gesellschaft können wir entscheiden, ob wir dieses scheinbare Privileg anfechten wollen, ob wir den Musen die Heimstatt entziehen, die Museen abschaffen wollen. Es würde ihnen nicht viel ausmachen, glaube ich. Sie würden sich woanders versammeln und den Wald von Arden[36] zu ihrem Wohnsitz machen.

Dort werden wir auf die Suche nach Oscar Wildes Spiegeln gehen oder wie Encolpius die Götter und Göttinnen aufsuchen, die genauso leiden wie wir, oder vielleicht das private Wunder erleben, auf das Rilke hoffte – ohne freilich Rilkes Einschränkung zu vergessen: Wir können den Augenblick der Gnade erfahren, aber wir müssen darauf in gleicher Weise antworten. Angesichts eines archaischen Apollon-Torsos gelangt der Betrachter Rilke in einem berühmten Sonett zu dieser unerbittlichen Schlußfolgerung: »Du mußt dein Leben ändern.«

Das, so glaube ich, ist die einzige Bedingung.

Dracheneier und Phönixfedern oder Plädoyer für die Sehnsucht

Wo aber das Gesetz nicht ist, da ist auch keine Übertretung.
Römer 4, 15

1. Sammeln

Wir sind ordentliche Wesen. Wir mißtrauen dem Chaos. Ohne erkennbares System, ohne triftige Gründe fliegen uns die Eindrücke zu, mit blinder und sorgloser Großzügigkeit. Aber wir glauben an Gesetz und Ordnung, obwohl alles für das Gegenteil spricht. Ängstlich sortieren wir alle Wahrnehmungen in Ordner, in Fächer, in Gruppen, fieberhaft klassifizieren und etikettieren wir. Wir wissen, daß dieses Ding, das wir Universum nennen, keinen vernünftigen Anfang und kein begreifbares Ende hat, keinen ersichtlichen Zweck, keine Methode in seinem Wahnsinn. Doch wir bestehen darauf, es muß einen Sinn haben, es muß etwas bedeuten. Also teilen wir den Raum in Abschnitte und die Zeit in Perioden auf, und sind jedesmal von neuem verblüfft, wenn sich der Raum dem klaren Raster unserer Atlanten entzieht und die Zeit die geordnete Chronologie unserer Geschichtsbücher sprengt. Wir sammeln Gegenstände und bauen Häuser, um sie aufzubewahren, in der Hoffnung, daß das Haus diesen Gegenständen Zusammengehörigkeit und Bedeutung verleihen wird. Wir weigern uns zu akzeptieren, daß den Dingen (oder Sammlungen von Dingen), die anziehend auf uns wirken, eine gewisse Ambivalenz innewohnt, daß sie wie der brennende Dornbusch zu uns sagen: »Ich bin, was ich bin.« – »Schon gut«, antworten wir, »aber du bist auch ein Dornbusch der Gattung *prunus spinosa*« – und sortieren ihn ins entsprechende Fach.

Natürlich ist kein Gegenstand dazu angetan, ein ganzes Fach für sich allein zu besetzen. Zum Beispiel gibt es da die Geschichte von Gilbert Keith Chesterton, in der Pater Brown gebeten wird, den mysteriösen Tod eines schottischen Lords aufzuklären. Die einzigen Hinweise, die sich im zerstörten Schloß finden, bilden eine merkwürdige Sammlung. Erstes Beweisstück: ein ansehnlicher Schatz von ungefaßten Edelsteinen ohne ein Behältnis. Der Lord mußte seine Pretiosen lose wie Kleingeld in der Hosentasche umhergetragen haben. Zweites Beweisstück: Berge von Schnupftabak, der nicht in einer Büchse oder einem Beutel aufbewahrt war, sondern frei auf dem Kaminsims und auf dem Flügel herumlag. Drittens: kleine Zahnrädchen und Sprungfedern, als hätte jemand ein mechanisches Spielzeug ausgeweidet und die Einzelteile verstreut. Viertens: Wachskerzen, aber kein einziger Kerzenständer. »Keine Anstrengung der menschlichen Phantasie vermag es, Schnupftabak und Diamanten, Wachs und lose Zahnräder in einen Zusammenhang zu bringen«, meint der illustre Inspektor Flambeau.

Aber Pater Brown gelingt es, eine Verbindung herzustellen. Der Lord war ein erbitterter Gegner der Französischen Revolution und hatte den Stil der letzten Bourbonen kopiert. Er besaß Schnupftabak, weil dies ein Luxus des 18. Jahrhunderts war, Wachskerzen, weil sie zur Beleuchtung dienten, die Metallteile, weil Ludwig XVI. ein Hobbymechaniker gewesen war, und die Edelsteine verwiesen auf das Brillanthalsband der Marie Antoinette.

> »Das ist ja absolut außerordentlich!« rief Flambeau. »Glauben Sie wirklich, daß es sich so verhält?«
>
> »Ich bin absolut überzeugt, daß es sich nicht so verhält«, antwortete Pater Brown. »Sie sagten nur, daß man Schnupftabak und Diamanten, Zahnräder und Kerzen nicht in Zusammenhang miteinander bringen kann. Ich liefere Ihnen diesen Zusammenhang ohne weiteres. Doch die Wahrheit, da bin ich mir sehr sicher, liegt tiefer.«

Dann stellt er die Vermutung an, daß der Lord ein Doppelleben geführt hatte. Als Dieb benötigte er die Kerzen für seine nächtlichen Raubzüge, den Schnupftabak brauchte er, um ihn, wie alle Bösewichte es taten, seinen Verfolgern in die Augen zu streuen, die Diamanten und Zahnrädchen dienten zum Zerschneiden von Fensterscheiben.

> »Und damit meinen Sie die wahre Erklärung gefunden zu haben?« fragte der Inspektor.

> »Ich glaube nicht, daß es die wahre Erklärung ist«, erwiderte der Pater sanft. »Sie sagten nur, daß niemand die vier Dinge zusammenbringen kann.«

Es könnte eine einfachere Lösung geben, sagt Pater Brown. Vielleicht hatte der Lord die Diamanten auf seinem Anwesen gefunden und den Fund verheimlicht. Die Zahnräder hatten dazu gedient, die Steine zu schneiden, mit dem Schnupftabak wurden die Bauern dazu bewegt, mit Hilfe der Kerzen in den Höhlen zu suchen.

> »Ist das alles?« fragte Flambeau nach einem langen Schweigen. »Sind wir endlich bei der schlichten Wahrheit angelangt?«
>
> »O nein«, sagte Pater Brown. … »Ich schlage das nur vor, weil Sie sagten, man könne keine plausible Verbindung zwischen Schnupftabak und Zahnrädern oder Kerzen und Edelsteinen herstellen. Zehn falsche Theorien erklären das Universum.«

Und tausend falsche Systeme bilden eine Ordnung für unsere Welt. Das seltsame Gebilde, das wir als Museum bezeichnen, ist vor allem ein Ort der Ordnung, des aufgeteilten Raums, der festgelegten Abfolgen. Selbst ein Museum, das eine offenkundig zusammenhanglose und zufällige Sammlung von Gegenständen beherbergt, wird (wie ich schon ausführte) von außen und unabhängig vom Charakter der Exponate definiert, zum Beispiel durch die Persönlichkeit des Sammlers. Das erste Universitätsmuseum – eingerichtet zum Zweck der Untersuchung bestimmter Gegenstände – war das Ashmolean Museum in Oxford, das 1683 gegründet wurde. Den Kern der Sammlung bildeten seltsame und wunderliche Objekte, die John und John Tradescant, Vater und Sohn, im vorangegangenen Jahrhundert zusammengetragen und mit einem Schleppkahn von London nach Oxford transportiert hatten. Zu diesen Schätzen zählten:

Ein babylonisches Gewand
Diverse Sorten Eier aus der Türkei; eines von ihnen als Drachenei deklariert
Ostereier des Patriarchen von Jerusalem
Zwei Federn vom Schweif des Vogels Phönix
Eine Klaue des Vogels Rock, der dem Vernehmen nach einen Elefanten zu entführen vermag
Ein Dodar von der Insel Mauritius; der ob seiner Korpulenz des Fluges nicht fähig ist
Ein Hasenkopf mit rauhem Gehörn, drei Zoll lang
Ein Krötenfisch und einer mit Stacheln
Diverse Darstellungen, in Pflaumenkerne geschnitzt
Eine Messingkugel zum Wärmen der Hände für Nonnen

Wie Schnupftabak, Kerzen, Diamanten und Zahnräder haben auch Phönixfedern und Handwärmer für Nonnen wenig miteinander gemein. Doch was die kuriose Aufstellung zusammenhält, ist die Faszination, die diese Gegenstände vor dreihundert Jahren auf Vater und Sohn Tradescant ausübten. Gleichviel, ob sie ein Ausdruck ihrer Habgier oder ihrer Neugier waren, ob sie ihr Welterleben oder ihre dunklen Seelenlandschaften spiegelten: die Besucher des Ashmolean Museum am Ende des 17. Jahrhunderts betraten einen Raum, der seine Ordnung aus der Sammlerleidenschaft der beiden Tradescants bezog.

Ich sagte bereits, daß wir Menschen nach Ordnung streben. Wir wissen allerdings auch, daß keine Ordnung unschuldig ist, nicht einmal die Ordnung einer privaten Leidenschaft. Jedes Kategoriensystem, das man Gegenständen oder Menschen überstülpt, ist fragwürdig, da es diesen zwangsläufig eine Bedeutung zuweist, die sie für sich genommen nicht besitzen. Die Kerzen und Zahnräder in der Pater-Brown-Geschichte sind überdeterminiert durch den ironischen Versuch, ihnen einen Zusammenhang zuzuweisen, das babylonische Gewand und die Ostereier bilden miteinander eine antiquierte Vorstellung von Privateigentum.

Eine kurze Chronologie derartiger Ordnungsversuche könnte hier von Nutzen sein. Die Neigung, private Leidenschaften der öffentlichen Neugier darzubieten, läßt sich in Europa bis ins späte 15. Jahrhundert zurückverfolgen. Zu der Zeit, als Potentaten begonnen hatten, gewaltige Kunstsammlungen anzulegen – in Wien, im Vatikan, im Escorial, in Florenz und Versailles –, entstanden auch kleinere, persönlichere Kollektionen. Zu diesen zählt die Sammlung der Isabella d'Este, der Gattin des Marquis von Mantua. Sie erwarb die Bilder nicht aus Gründen der Frömmigkeit oder des Prestiges oder um ihr Haus zu schmücken, sondern sammelte Kunst um der Kunst willen. Das war eine Neuerung. Sie richtete eigens dafür einen Raum ein – ihr *camerino* –, der den dort aufbewahrten Sammlerstücken einen Rahmen verlieh. Dieser Raum ging als eines der ersten Privatmuseen in die Kunstgeschichte ein – auch deshalb, weil Isabella einen sicheren Blick für Qualität hatte. Sie schickte ihren Agenten zu Mantegna, zu Giovanni Bellini, Leonardo da Vinci, Perugino, Giorgione und Michelangelo und erwarb manche Kostbarkeit.

Ein Jahrhundert später griff die Sammlerleidenschaft auf die Bourgeoisie über, und das Ordnungsprinzip dieser Sammlungen brachte vor allem einen sozialen Status zum Ausdruck, der sich entweder am Reichtum oder an der Gelehrsamkeit des Besitzers orientierte. Was Bacon als »Modelle der großen Natur, ins Private gebracht« bezeichnete, konnte man nun in den Kabinetten der Rechtsgelehrten und Ärzte bewundern. Manchmal, wenn ihnen das Geld fehlte, verfielen die Sammler auf raffinierte Ideen. Um 1620 trug der römische Gelehrte Cassiano dal Pozzo in seinem Haus nicht etwa Originalkunstwerke zusammen, auch nicht die Naturschätze, denen seine begüterten Zeitgenossen nachjagten, sondern Zeichnungen, die er bei angesehenen Künstlern bestellte und die mancherlei Kuriositäten, Kreaturen und Altertümer abbildeten. Seine Sammlung bezeichnete er als »Papiermuseum«, und auch sie – wie schon Isabellas *camerino* und die Objekte der Tradescants – verrät ein persönliches Ordnungsprinzip, das aus seinen privaten Verhältnissen erwuchs – mit einer zusätzlichen Eigenschaft: Die Objekte selbst mußten nicht mehr »wirkliche« Objekte sein. Sie konnten durch Stellvertreter ersetzt werden, ihre Abbildungen. Und da diese »Reproduktionen« viel billiger und leichter erhältlich waren als die Originale, ebnete das »Papiermuseum« den Weg zur Erkenntnis, daß das Sammeln kein Privileg der Reichen bleiben mußte, die sich sozusagen mit den Trophäen der Geschichte schmückten.

Zumindest im vorrevolutionären Frankreich galt es als ausgemacht, daß Geschichte das Vorrecht einer einzigen Klasse sei. Als die gesellschaftliche Umwälzung von 1792 den Louvre-Palast in ein Museum fürs Volk umwandelte, verwahrte sich der Romancier François-René de Chateaubriand mit schöner Arroganz gegen die Vorstellung einer gesamtnationalen Vergangenheit und beklagte, daß die solcherart publik gemachten Kunstwerke »weder der Phantasie noch dem Herzen etwas zu übermitteln« hätten. Und als der Künstler und Antiquar Alexandre Lenoir ein Museum für französische Denkmäler gründete, um die Plastik und Baukunst der in der Revolution geplünderten Herrenhäuser, Klöster, Schlösser und Kirchen zu retten, beschrieb Chateaubriand sein Unternehmen verächtlich als »eine Ansammlung von Trümmern und Särgen aus allen Jahrhunderten, zusammengeworfen ohne Sinn und Verstand in den Klosterräumen der Petits-Augustins«.

Sowohl in der Öffentlichkeit als auch in der privaten Welt der Sammler wurde Chateaubriands Kritik gnädig überhört. Nach der Revolution verlor das Sammeln von Antiquitäten seinen aristokratischen

Anstrich und wurde zu einem bürgerlichen Hobby. Den Anfang machte Napoleon mit seiner Vorliebe für römisches Gepränge. Zu Beginn des 19. Jahrhunderts war das Auftreiben von altem Plunder, alten Büchern und Gemälden bereits eine beliebter Zeitvertreib der Mittelklasse. Die Kuriositätengeschäfte erlebten ihre erste Blüte. Antiquitätenhändler ramschten die Schätze des vorrevolutionären Frankreichs zusammen und verkauften sie an die Neureichen, die ihre Villen zu Privatmuseen ausstaffierten. In diesen Häusern kündeten Kunst und Schönheit vom Wohlstand der Besitzer. Die Maßstäbe der Nützlichkeit und Zweckmäßigkeit galten nur für die Proleten. »Unser Leben?« fragte der aristokratische Villiers de l'Isle Adam. »Das erledigen die Diener für uns!« In diesem geistigen Milieu wurde das Museum ein utopischer Raum, die explizite Verkörperung einer Klassenideologie.

Die nächste einschneidende Veränderung brachte die erste Hälfte unseres Jahrhunderts, als das Museum zum Marktplatz wurde. Überall in der Welt, besonders aber in Nordamerika, wo Kunstsammlungen zu Symbolen öffentlichen Ansehens wurden, schossen die Museen wie Pilze aus dem Boden. Sie wurden gebraucht als Reaktion auf drei deutliche und stets wachsende Befürchtungen der neuen Sammler, die sich in den Grenzen der Merkantilgesellschaft und im Schatten zweier Weltkriege bewegten: Es war die Angst vor dem Verlust, die Angst vor der Beschädigung, die Angst vor der Entwertung durch Überfluß. Die erste Angst erforderte ein Gebäude, das die Sammlung zusammenhielt und nicht verstreute, weil ihr Wert in der Häufung gesehen wurde. Die zweite Angst erforderte Vorkehrungen gegen den natürlichen Verfall und gegen Diebstahl. Die dritte Angst erforderte zusätzlichen Raum für die Lagerung und Rotation einer wachsenden Sammlung. Da die Konkurrenz gnadenlos war, brauchte man neben den ästhetischen Wertvorstellungen noch einen gesonderten Maßstab, um festzulegen, ob es sich bei den Objekten um Kunstwerke oder nur um Machwerke handelte, ob sie das Ansehen des Besitzers steigerten und daher wertvoll waren oder ob sie nur eine simple Schaubudenattraktivität aufwiesen. Plötzlich übernahm das Museum selbst die Rolle des Kunstkritikers, und schon der Umstand, daß ein Bild im Museum ausgestellt wurde, sicherte ihm den Kunstcharakter. Das Museum nahm für sich in Anspruch, das »wirkliche« Objekt (und keine Kopien, Fotos, Beschreibungen) zu zeigen, auch wenn es sich wie im »Papiermuseum« nur um Blätter handelte. Diese Version von Wirklichkeit war unantastbar, und sie wurde als Glaubenstatsache akzeptiert. Schon die allgegenwärtigen Schilder »Berühren verboten« heben die Kunstgegenstände auf ein Podest und in eine höhere Kategorie des Kostbaren; allein der Akt der Inthronisierung sichert ihnen einen aristokratischen Status.

Die Willkürlichkeit dieses Vorgangs erkannte Marcel Duchamp bereits 1914 sehr klar, als er ein Fahrrad-Rad ausstellte und ihm den Titel *Fahrrad-Rad* gab. Mit diesem Akt wies er nach, daß der Kunststatus eines Gegenstands absurderweise nur durch Benennung und Plazierung gewährleistet wurde, und machte sich die Kunstrichterrolle des Museums zunutze, um die kritische Instanz in das Kunstwerk selbst hineinzuverlegen.

2. Zerstreuen

Aber alle diese Ordnungen, alle Systeme und Methoden der Gruppierung und Anordnung von Gegenständen in einem vorgegebenen Raum, alle unterschiedlichen Regelwerke, die eine Sammlung strukturieren, ihr Zusammenhalt und Bedeutung verleihen, brauchen einen Widerpart, einen Spiegel – ihren Betrachter. Mit der Schaffung öffentlicher Museen trat eine neue Erfindung in Kraft – die Öffentlichkeit. Und mit ihr entstand das Problem der Zugänglichkeit.

Wenn eine private, persönliche, heimliche Sammlung öffentlich wird, wenn irgendeine Instanz beschließt, sie dem Publikum zugänglich zu machen, verlieren die einzelnen Stücke der Sammlung sofort ihren Charakter als Einzelwerke der Kunst, als archäologische oder naturgeschichtliche Einzelfunde, als Beispiele irgendeiner menschlichen Tätigkeit und bilden alle miteinander eine Sammlung, die anders und größer als die Summe der Einzelstücke ist. In ihrer Summe werden sie zur Definition einer bestimmten Kategorie oder eines Konzept: »Moderne Kunst« oder »Prähistorische Kultur«, »Die Kunst der Kaffeebereitung« oder »Militärgeschichte«, »Das Leben von Charles Dickens« oder »Jüdische Tradition«. In den Räumen der Winnipeg Art Gallery ist ein Gemälde von Joyce Wieland nicht mehr das Gemälde, das von der Hand der Künstlerin stammt oder das es im Wohnzimmer von Conrad Black geworden wäre, sondern ein ausgewähltes Beispiel für die kanadische Kunst des 20. Jahrhunderts. Unter dem Dach des Calgary Glenbow Museum ist eine Schwarzfuß-Decke nicht einfach ein hübsches und wärmendes Stück Stoff, sondern (für einen Teil der Betrachter) das Bruchstück einer kodifizierten Stammeskultur oder (für andere Besucher) eine Anklage gegen imperialistischen Raub. Der Raum definiert seinen Inhalt im allgemeinen wie im besonderen, indem er allen Objekten ein umfassendes Etikett zuweist, das in »demokratischer« Weise von einer anderen kollektiven Erfindung, der Öffentlichkeit, wahrgenommen wird.

Und doch geschieht, wenn die Öffentlichkeit zu den verschiedenen, unter einem Dach versammelten Objekten Zutritt erhält, etwas Paradoxes. Um das allumfassende Etikett zu durchdringen und zu den Ausstellungsstücken vorzustoßen, müssen die Betrachter jedes einzelne Objekt aus dem vorgegebenen Zusammenhang *herauslösen* und ihm seine Individualität zurückgeben. In ganz besonderem Maß trifft dies auf Kunstwerke zu; um einen Gegenstand zu »lesen«, muß sich der Betrachter von den erklärenden Kommentaren abwenden, er muß auf den hilfreichen historischen und geographischen Kontext verzichten, den Katalog, die Kritiken vergessen und sich dem Gegenstand ausliefern, *ohne* alles zu verstehen, um in diesem Zustand des ästhetischen und emotionalen Vorverständnisses das Geheimnis der Schöpfung so weit wie möglich nachzuvollziehen.

Um das zu erreichen, ist ein weiterer, ebenfalls paradoxer Schritt vonnöten. Die »Öffentlichkeit«, jene mühsam fabrizierte Wesenheit also, der Volksbewegungen wie die Französische Revolution den Zugang zur Kunst zu eröffnen trachteten, die Volksmasse, die jede Regierung braucht, um ihre Existenz zu rechtfertigen, muß sich auflösen. Daß die Besucher gruppenweise von Führern durch das Labyrinth des Museums geschleust werden, ist eine vernünftige Sache – oberflächlich gesehen. Die Kunstbetrachtung wird zum Teil des Touristenprogramms, sie dient dem Sightseeing, nicht dem Hinschauen, der Kulturpropaganda, nicht dem Kunsterlebnis, der geselligen Teilhabe an kulturellen Konventionen, selten aber einer Erleuchtung. Um wieder sehend zu werden, muß sich die Gruppe in Einzelwesen auflösen, das Einzelwesen muß die offiziellen Wertbegriffe duchschauen und durchkreuzen, sich ganz allein mit einem einsamen Kunstwerk konfrontieren und ganz für sich allein benennen, was mit ihm geschieht, was sein Inneres erreicht. Der Gedanke, auf dem die Institution des Museums aufbaut – eine kollektive Darbietung von Gegenständen für die kollektive Betrachtung –, muß unterlaufen, widerlegt, ad absurdum geführt werden, damit der Besuch eines Museums mehr werden kann als nur eine touristische Pflichtübung. Um das Museum zu einem Ort der Offenbarungen zu machen, muß man die Institution des Museums selbst in Frage stellen.

Der Museumsbesuch sollte daher eine einsame Angelegenheit sein. In Europa zum Beispiel ist das weniger eine Frage des guten Willens als vielmehr der geschickten Planung. Die großen, renommierten Museen können den Massenandrang kaum bewältigen, ihr Besuch wird zu einem anstrengenden formalen Akt: Man wartet in der Schlange, man trottet in der Gruppe durch die Säle, bekommt gesagt, was man zu tun hat und was man bewundern soll, exakt nach dem Fahrplan eines offiziellen Kunstbegriffs, so daß man sich am Ende einen Stempel in den Paß drücken lassen kann: »Ich kam, sah und siegte.« Heutzutage braucht man schon ein wenig Strategie, um Zeit und Ruhe für die eingehende Betrachtung der Gemälde etwa in der Cézanne-Werkschau im Pariser Grand-Palais oder der Goya-Bilder im Prado zu finden. Man muß in Erfahrung bringen, um welche Stunden das Museum am wenigsten besucht ist, man muß vorbuchen, wenn der Eintritt beschränkt ist, man muß den Führungen und dem entsetzlichen Zischeln der Audioguides möglichst aus dem Weg gehen. Es liegt auf der Hand, daß für die geruhsame Kunstbetrachtung längere Öffnungszeiten oder Besuchsbeschränkungen vonnöten sind, doch das überfordert die schmalen Budgets der Museen.

Der Louvre, der in den letzten Jahren einen gewaltigen Besucherzuwachs zu verzeichnen hatte, ging neue Wege bei der Bewältigung des Massenandrangs. Zu bestimmten Zeiten muß man zwar noch immer lange warten, aber man braucht nur in die hellerleuchteten Gänge unter der Glaspyramide hinabzufahren, schon steht man an einem Kreuzweg mit mehreren verlockenden Alternativen, und man kann sich dank einer neuen Wegführung für eine der einsameren Routen entscheiden. Zudem locken Sonderausstellungen auch jene Besucher, die den üblichen Rundgang schon hinter sich gebracht haben. Wer sich sein Gemälde aussucht und sich seine eigene Kollektion zusammenstellt, kann dem Museumsgetriebe entrinnen und sich ganz der konzentrierten Betrachtung widmen, einen eigenen Kontext für die erwählten Gemälde entwickeln. Sehr wirkungsvoll ist auch die Idee des Louvre, seine reichen Bestände (vor allem der weniger gefragten Zeichnungen und Stiche) von fachfremden Kunstliebhabern – etwa dem Kritiker Jean Starobinski oder dem Filmregisseur Peter Greenaway – sichten zu lassen und sie mit der Wahl eines Themas und dem Aufbau ihrer eigenen Ausstellung zu betrauen. Diese Ausstellungen waren sehr erfolgreich und lockten die Besucherströme von den überlaufenen Museumsrouten fort.

Museen sollten vielleicht auch mit architektonischen Mitteln von ihrer eigentlichen Bestimmung ablenken. Die gewaltigen, ehrfurchtgebietenden Museumspaläste des 19. Jahrhunderts bedeuteten dem Besucher: »Du bist im Begriff, in einen Tempel einzutreten«, und bewirkten trotz der pompösen Geste womöglich etwas Nützliches, indem sie eine ungastliche, sogar abweisende Atmosphäre schufen und so die Begegnung mit den Bildern nicht zur Selbstverständlichkeit werden ließen, sondern dem Besucher die ihnen zugeschriebene Bedeutsamkeit als eine künstliche erkennbar machten – doch die Stimme der Autorität, die aus den Marmorbögen und den goldenen Rahmen sprach, übertönte letztlich die Stimme des eigenen Erlebens. Der autoritäre Bau des Louvre veranlaßte Marcel Duchamp in seinen späten Jahren zu der Feststellung, daß er das Museum seit über zwanzig Jahren nicht mehr betreten habe, weil die Ausstellung genauso willkürlich sei wie der Wert, der ihr zugeschrieben werde, daß jede beliebige Malerei die dort ausgehängte ersetzen könne und daß er die Geltung der offiziellen Bildauswahl nicht durch seinen Besuch bestätigen wolle.

Doch wer zwischen Inhalt und Verpackung unterscheiden kann, zwischen der Sammlung und den einzelnen Bildern, aus denen sie besteht, zwischen der Uniformität des Kunst-Raums und dem eigenen Verlangen, hat die Chance, den Besuch des Louvre zu einer ganz privaten und selbstbestimmten Reise zu machen; die Beziehung zu einem besonderen Bild kann sich gestalten wie die Beziehung Robinsons zu der einsamen Insel, an der er leidet und die er sich erschließen muß – mit all ihren Geheimnissen, Gefahren, Schwierigkeiten, ihrem unerschöpflichen Reichtum an Wundern.

In ihrem Roman *Menschenkind* Schreibt Toni Morrison: »An einen Ort zu kommen, wo man alles lieben konnte, was man wollte – und das Verlangen keiner Erlaubnis bedurfte –, *das* war die Freiheit.« Museen können solche Orte sein, doch kommen sie nicht ohne eine geordnete Struktur aus, denn es liegt im Wesen einer jeden Ausstellung, daß ihr Aufbau, willentlich oder nicht, explizit oder implizit, uns, dem Publikum, einen vorgefertigten Rahmen darbietet, eine »geordnete« Version des Ausstellungsguts, damit unser Weg durch die Ausstellung einer gewissen Logik folgt. Aber um die Freiheit zu erlangen, die wir brauchen, um die Deutungsklischees zu durchbrechen und die ästhetische Erlebnisfähigkeit wiederherzustellen, die zwangsläufig an der Schwelle zwischen der Bewußtheit und dem Unbewußten liegt, müssen wir die vorgegebene Ordnung verletzen, in Frage stellen. Um Regeln zu brechen, brauchen wir Regeln, und diese liefert uns das Museum. Die einschüchternde Atmosphäre des Museumsraums, die diskrete Hierarchie des Ausgestellten, die verschiedenen Hindernisse, die uns den Zugang zur Ausstellung erschweren, das alles ist ein wesentlicher Bestandteil eines fruchtbaren ästhetischen Erlebens. Nicht das Museum, sondern das Publikum muß sich dem Erlebnis des Staunens öffnen; jeder Besucher muß sein Drachenei und seine Phönixfeder selbst einfordern. Und die Öffentlichkeit darf nicht als uniforme Masse, als abstrakter Begriff in Erscheinung treten, sondern als heterogene Ansammlung von Individuen, die alle ihre besonderen Sehnsüchte und ihren gesunden, anarchischen Eigensinn in die sorgsam beschilderte Museumswelt hineintragen. Denn wir alle wissen, daß die Sehnsucht keine kollektive Macht ist, sondern dem Wesen nach ein persönlicher, ein intimer Drang, auf den wir angewiesen sind wie auf unsere Sinne, wenn wir die Welt erkunden.

Wer das Musée de l'Homme in Paris besucht, wird die folgenden Verse von Valéry über dem Eingangstor entdecken und vielleicht auf seinem Rundgang beherzigen:

> Ihr, die ihr eintretet, bestimmt,
> ob ich Grab oder Schatzkammer bin,
> ob ich spreche oder schweige.

Ihr allein müßt es entscheiden.
Tritt nur ein, Freund, wenn du das Verlangen spürst.

VII

Verbrechen und Strafe

»Nehmen wir zum Beispiel den Boten des Königs«,
sagte die Königin fröhlich. »Der sitzt gerade zur Strafe
im Gefängnis, die Verhandlung wird nicht
vor nächstem Mittwoch anfangen, und das Verbrechen
kommt natürlich zuletzt.«
»Aber angenommen, er begeht das Verbrechen gar nicht?«
fragte Alice.
»Das wäre allerdings um so besser, nicht wahr?«
sagte die Königin.
Alice hinter den Spiegeln, 5. Kapitel

In memoriam

Dafür hatte ich einen Klassik-Lehrer. Das war vielleicht ein alter Krebs!«
»Bei dem war ich nie«, sagte die Falsche Suppenschildkröte mit einem Seufzer. »Verkriech-dich und Laß-ein hat er unterrichtet, so hieß es immer.«
»Richtig, richtig«, sagte der Greif und seufzte nun auch, dann schlugen sie beide betrübt die Pfoten vors Gesicht.

Alice im Wunderland, 9. Kapitel

Wie beginnen? In den Jahren 1963 bis 1967 aß ich sonntags nicht bei meinen Eltern, sondern im Haus der Romanautorin Marta Lynch. Sie war die Mutter von Enrique, der mit mir in die Schule ging, und bewohnte eine große Villa mit rotem Ziegeldach und großem Garten in einem besseren Wohnviertel am Rand von Buenos Aires. Enrique hatte herausbekommen, daß ich Schriftsteller werden wollte, und bot mir an, seiner Mutter ein paar von meinen Geschichten zu zeigen. Ich willigte ein. Eine Woche später überreichte er mir einen Brief. Ich sehe das blaue Papier noch vor mir, die wacklige Maschinenschrift, den klobigen Namenszug, aber vor allem erinnere ich mich an die überwältigende Herzlichkeit der paar Seiten und die Warnung am Ende: »Mein Sohn«, stand da, »ich gratuliere Dir. Und ich bedaure Dich mehr, als Du Dir vorstellen kannst.«

Außer ihr gab es nur noch einen Menschen, der mir das Gefühl gab, daß Literatur so wichtig sein konnte: meinen Spanischlehrer in der Schule. Mit dem Brief verbunden war eine Einladung zum Mittagessen am darauffolgenden Sonntag. Ich war fünfzehn.

Ich hatte Martas ersten Roman nicht gelesen; die halbautobiographische Beschreibung ihrer politischen und amourösen Verbindung mit einem der wenigen Zivilisten, die nach Peróns Absetzung in Argentinien Präsident waren. Das Buch hatte ihr einen bedeutenden Literaturpreis eingebracht und die Sorte Ruhm, die Journalisten dazu veranlaßte, sie nach ihrer Meinung über den Vietnamkrieg und die Saumhöhe der Sommermode zu fragen. Ihr breites, sinnliches Gesicht mit den großen, träumerischen Augen, die immer halb geschlossen zu sein schienen, sah man ständig in den Zeitungen und Magazinen.

Also saß ich jeden Sonntag vor dem Essen mit Marta auf der großen geblümten Couch, und sie sprach mit asthmatischer Stimme (hinter der ich atemlose Erregung vermutete) über Literatur. Nach dem Essen saß ich mit Enrique und ein paar anderen – Ricky, Estela, Tulio – um einen Tisch im Mansardenzimmer, wo wir über Politik diskutierten, während im Hintergrund die Rolling Stones klagten. Ricky war mein bester Freund, und Enrique war derjenige, der von uns am meisten beneidet wurde, weil er eine feste Freundin hatte, Estela, die damals zwölf oder dreizehn war und die er später heiratete.

1955 war mein Vater von der Militärregierung, die Perón gestürzt hatte, verhaftet worden, und während ein Putsch dem anderen folgte, gewöhnten wir uns allmählich an den Anblick der Panzer, die durch die Straßen rasselten, wenn wir zur Schule gingen. Die Präsidenten kamen und gingen, die Schuldirektoren wurden nach Parteizugehörigkeit ausgewechselt, und als wir schließlich ins Oberschulalter kamen, hatten uns die Eskapaden der Politik bereits vor Augen geführt, daß das Fach »Staatsbürgerliche Bildung« – ein Pflichtfach, das uns die Vorzüge der Demokratie nahebrachte – nur von einer amüsanten Fiktion handelte.

Die Oberschule, die ich mit Enrique besuchte, war das Colegio Nacional de Buenos Aires. Im Jahr unseres Eintritts, 1961, hatte ein genialer Mitarbeiter des Bildungsministeriums dort ein Pilotprojekt gestartet: Die Wahlfächer wurden nicht von den Lehrern unterrichtet, sondern von Universitätsprofessoren, zu denen auch Schriftsteller, Dichter und Kunstkritiker gehörten. Diese Lehrer hatten das Recht (und wurden dazu ermutigt), uns in spezielle Aspekte ihres Faches einzuführen. Das bedeutete nicht, daß wir die Allgemeinbildung vernachlässigen durften, sondern neben dem normalen Unterricht in spanischer Literatur ein ganzes Jahr damit verbrachten, ein einziges Buch, *La Celestina* oder den *Don Quijote* etwa, in allen Einzelheiten zu behandeln, und das war ein unwahrscheinliches Glück: Wir erfuhren das Wesentliche und lernten darüber hinaus, ins Detail zu gehen – eine Methode, die wir später auf die Welt im allgemeinen und auf unser krisengeschütteltes Land im besonderen anwenden konnten. Das Diskutieren über die Politik gehörte selbstverständlich dazu. Keiner von uns glaubte, das Lernen wäre auf den Schulstoff begrenzt.

Ich erwähnte schon, daß der Ermutigung durch Marta Lynch eine andere vorausging, die des Spanischlehrers, der mir erklärt hatte, daß die Literatur eine ernst zu nehmende Sache sei. Unsere Eltern hingegen waren der Meinung, daß künstlerische Bemühungen keine wirklich wertvolle Beschäftigung darstellen. Sport war gut für die Gesundheit, mit ein bißchen Belesenheit konnte man glänzen, aber die wichtigen Fächer waren Mathematik, Physik, Chemie, dazu eine Prise Geschichte und Geographie. Spanisch wurde mit Musik und Kunsterziehung zusammengeworfen. Für meine Liebe zu den Büchern (die ich mit verbissener Leidenschaft sammelte) schämte ich mich wie für ein heimliches Laster. Ricky, der diese Schwäche mit dem Großmut eines wahren Freundes tolerierte, schenkte mir immer Bücher zum Geburtstag. Dann, zu Beginn des zweiten Jahres an der Oberschule, trat ein neuer Lehrer vor die Klasse.

Ich werde ihn Rivadavia nennen. Er kam herein, grüßte flüchtig, und ohne uns zu eröffnen, was er behandeln wollte und was er von uns erwartete, schlug er ein Buch auf und las etwas vor, was mit den Worten begann: »Vor dem Gesetz steht ein Türhüter. Zu diesem Türhüter kommt ein Mann vom Lande und bittet um Eintritt in das Gesetz. Aber der Türhüter sagt, daß er ihm jetzt den Eintritt nicht gewähren könne ...«

Von Kafka hatten wir nie gehört, wir wußten nichts von Parabeln, aber an jenem Nachmittag öffneten sich uns die Tore zur Literatur. Das war anders als die öden Klassikerauszüge, die wir aus den Lesebüchern der fünften und sechsten Klasse kannten, das war voller Geheimnis und Reichtum, das berührte Dinge, die so persönlich waren, daß wir sie nie auf uns selbst bezogen hätten. Rivadavia las uns Kafka vor, Cortázar, Rimbaud, Quevedo, Akutagawa; er berichtete uns von der modernen Literaturwissenschaft und zitierte Benjamin, Merleau-Ponty und Maurice Blanchot; er schickte uns in den Film *Tom Jones*, der eigentlich nur für Erwachsene zugelassen war, und erzählte uns, daß er Lorca erlebt hatte, der seine Gedichte in Buenos Aires vortrug, »mit einer Stimme voller Granatäpfel«. Aber vor allem brachte er uns das Lesen bei. Ich glaube nicht, daß es alle wirklich lernten, wahrscheinlich nicht, aber Rivadavia zuzuhören, der uns durch einen Text geleitete, die Beziehungen zwischen den Wörtern und Gedanken, Erinnerungen, Erfahrungen offenlegte, machte mich süchtig nach allem, was die bedruckte Seite zu bieten hat, und von dieser Sucht werde ich wohl nie mehr loskommen. Meine Art zu denken, meine Art zu empfinden, die Person, die ich nach außen hin bin, und die andere, dunklere, die ich nur für mich selbst bin, all das nahm an jenem Nachmittag, als Rivadavia vor die Klasse trat und uns vorlas, seinen Anfang.

Dann, am 28. Juni 1966, wurde die Zivilregierung durch einen Militärputsch unter General Juan Carlos Onganía gestürzt. Truppen und Panzer, die den Regierungspalast umstellten, waren nur ein paar Straßen von der Schule entfernt, der alte und gebrechliche Präsident Arturo Illia (die Karikaturisten zeichneten ihn gern als Schildkröte) wurde auf die Straße geworfen. Enrique wollte uns zum Protest bewegen. Zu Dutzenden standen wir auf der Treppe vor der Schule, schrien Losungen und weigerten uns, den Unterricht fortzusetzen. Ein paar Lehrer schlossen sich dem Streik an. Einer von uns holte sich beim Zusammenstoß mit Putschbefürwortern ein gebrochenes Nasenbein.

Die Sonntage bei Marta Lynch setzten sich fort. Manchmal war Estelas jüngerer Bruder dabei, manchmal kam außer Enrique nur Ricky. Ich verlor allmählich das Interesse. Öfter brachte ich schlechten Gewissens eine Ausrede vor und ging gleich nach dem Essen. Marta Lynch veröffentlichte weitere Romane. Sie gehörte jetzt zu den meistverkauften Autoren Argentiniens (was nicht hieß, daß sie mit ihren Büchern Geld verdiente), und sie hungerte nach Erfolgen im Ausland, in den USA, in Frankreich. Es war ihr nicht vergönnt.

Nach dem Abitur studierte ich ein paar Monate lang Literatur an der Universität Buenos Aires, aber das schwerfällige Tempo und die trockenen Vorlesungen langweilten mich zu Tode. Ich vermute, daß Rivadavia und die Theoretiker, die er uns nahegebracht hatte, mir den Spaß an einem geradlinigen Studiengang verdorben hatten. Wenn man einmal gehört hatte, wie Rivadavia mit seiner Donnerstimme über die Fahrten des Odysseus berichtete, und zwar in Anlehnung an die Borges-Erzählung *Der Unsterbliche*, deren Erzähler der über alle Epochen lebendig gebliebene Homer ist, war es schwer, stundenlang einem Professor zuzuhören, der mit einschläfernder Eintönigkeit über die Textprobleme der frühen *Odyssee*-

Abschriften referierte. Anfang 1968 reiste ich auf einem italienischen Dampfer nach Europa.

In den folgenden vierzehn Jahren wurde Argentinien geschunden wie nie zuvor. Wer dort lebte, hatte nur zwei Möglichkeiten: entweder gegen die Militärdiktatur zu kämpfen oder sie gewähren zu lassen. Ich traf die Wahl eines Feiglings und entschied mich gegen die Rückkehr. Meine Entschuldigung (es gibt keine Entschuldigung) war, daß ich kein Geschick im Umgang mit Waffen hatte. Während meiner europäischen Irrfahrten hörte ich natürlich ab und zu von den Freunden, die ich zurückgelassen hatte.

Meine Schule war schon immer für ihr politisches Engagement bekannt gewesen, und viele namhafte argentinische Politiker hatten dort vor mir die Schulbank gedrückt. Nun schien es, als hätte das Regime es nicht nur auf die Schule abgesehen, sondern in besonderem Maße auf meine Mitschüler. Allmählich sickerten Nachrichten über sie durch, Monat für Monat. Zwei Freunde (der eine hatte sich Oboe beigebracht und spielte gern in seinem Zimmer vor, der andere hatte befunden, sein Spiel sei »langweiliger als das Tanzen mit meiner Schwester«) wurden an einer Tankstelle am Stadtrand von Buenos Aires erschossen. Eine Freundin, deren Name mit ihr ausgelöscht zu sein scheint und die so klein war, daß sie mir mit ihren sechzehn Jahren wie eine Zwölfjährige vorkam, wurde bei einer Razzia festgenommen, mit Fußketten an andere Gefangene gefesselt und mit ihnen über dem Rio de la Plata aus dem Flugzeug geworfen. Estelas Bruder, kaum fünfzehn, verschwand eines Nachmittags auf dem Weg zum Kino. Seine Leiche wurde den Eltern im Postsack vor die Haustür gelegt, so schwer mißhandelt, daß er kaum zu identifizieren war. Enrique ging nach Spanien, Ricky setzte sich nach Brasilien ab. Marta Lynch beging Selbstmord. Sie erschoß sich in der Küche, als ein Taxi auf sie wartete, um sie zu einem Rundfunkinterview zu bringen. Sie hinterließ einen Zettel, auf dem nur stand: »Ich halte das alles nicht mehr aus.«

Vor ein paar Jahren hatte ich einen Zwischenaufenthalt in Brasilien. Einer meiner Brüder war in Buenos Aires zufällig auf Rickys Mutter getroffen, und sie hatte ihm Rickys Adresse in Rio gegeben. Ich rief Ricky an. Er war verheiratet, hatte Kinder und lehrte Ökonomie an der Universität. Vergeblich versuchte ich zu begreifen, was sich in ihm verändert hatte, denn er sah nicht älter aus, nur anders. Ich stellte fest, daß alles, was er tat, verlangsamt schien – seine Sprechweise, seine Gesten, seine Bewegungen. Eine gewisse Schlaffheit hatte von ihm Besitz ergriffen, kaum etwas schien ihn zu interessieren.

Er hatte sich in Brasilien eine Existenz aufgebaut, seine Frau, seine Kinder waren brasilianisch, aber er fühlte sich wie im Ausland. Er sei im Exil, wie er es nannte, Mitglied einer »Gedächtnisgruppe« geworden. Diese Gruppen, so erklärte er mir, dokumentierten die politischen Verbrechen der argentinischen Junta, damit nichts in Vergessenheit geriet. Sie führten Namenlisten der Folterer, der Spitzel, der Informanten. Die Kommission für die »Desaparecidos«, 1983 von Präsident Alfonsín ins Leben gerufen, um das Schicksal Tausender Argentinier, die während der Militärdiktatur verschwunden waren, aufzuklären, sammelte später die Zeugenaussagen überlebender Opfer. Die Gedächtnisgruppen führten Akten über die Mörder und Folterer in der Hoffnung, sie eines Tages der Gerechtigkeit überantworten zu können. Ich vermute, daß Rickys Mutlosigkeit zum Teil daher rührte, daß er voraussah, was die von Alfonsín versprochenen Prozesse erbringen würden: ein paar Verurteilungen, ein paar Rügen und dann die Generalamnestie, die der neue Präsident Carlos Menem 1991 verkündete.

Ich wundere mich, sagte ich zu Ricky, daß ausgerechnet unsere Schule zur Zielscheibe der Junta geworden sei. Das Militär habe sich vor allem auf Informanten gestützt, erklärte er mir. In der Schule habe es welche gegeben, die den Folterern Namen, Adressen, Personenbeschreibungen und Berichte über unsere Aktivitäten lieferten. Ja, es habe immer welche gegeben, die auf der Seite des Militärs standen, stimmte ich ihm zu, aber es sei doch ein himmelweiter Unterschied, ob man nur Fähnchen schwenkte oder wirklich mit den Folterern kollaborierte.

Ricky lachte. Ich hätte offensichtlich keine Ahnung, wie diese Dinge funktionierten. Die Junta war nicht auf eine Kinderschar angewiesen, die »Vaterland, Familie, Kirche!« intonierte. Sie brauchten intelligente, wendige Leute. Solche wie Rivadavia. Ricky sagte, seine Gruppe besäße eindeutige Beweise, daß Professor Rivadavia die Junta jahrelang mit Berichten über uns, seine Schüler, versorgt hatte, mit ausführlichen Beschreibungen unserer Vorlieben und Schwächen, unseres familiären Hintergrunds, unserer schulischen Aktivitäten. Er kannte uns alle so gut.

Seit dieser Eröffnung sind einige Jahre vergangen, doch sie hat nicht aufgehört, mich zu beschäftigen. Für meine Begriffe gibt es drei Möglichkeiten:

- Ich kann für mich den Schluß ziehen, daß der Lehrer, der mir die entscheidenden Anstöße, Anregungen und Erkenntnisse vermittelt hat, der mich in gewisser Weise zu dem gemacht hat, was ich heute bin, in Wirklichkeit ein Ungeheuer war, daß alles, was er mir beigebracht, alles, was er mich lieben gelehrt hat, verlogen war.

- Ich kann versuchen, sein nicht zu rechtfertigendes Tun dennoch zu rechtfertigen und zu vergessen, daß er meine Freunde an die Folterer und Henker ausgeliefert hat.

- Ich akzeptiere, daß Rivadavia ein guter Lehrer und gleichzeitig ein Kollaborateur war, und lasse beides nebeneinander bestehen wie Feuer und Wasser.

Ich weiß nicht, welche dieser Möglichkeiten die zutreffende ist.

Vor meinem Abschied fragte ich Ricky, was aus Rivadavia geworden war. Er wußte es. Rivadavia habe den Schuldienst quittiert und sei in einem kleinen Verlag in Buenos Aires tätig. Er schreibe Buchkritiken für eine große argentinische Tageszeitung.

Soviel ich weiß, gibt es ihn noch.

Die Augen Gottes

Im Menschen gibt es ein Gegenmittel
gegen die Tyrannei, das uns unter jeder
Regierungsform sicher bewahrt.
SAMUEL JOHNSON

Wir reden von geheimsten Dingen so, als
Wären wir Gotts Engel, und wir überdauern
In unsrer Kerkerwände Schutz die Rotten
Und Bündnisse der Großen, die verebben
Und fluten, wie der Mond steht.
König Lear, V,3[37]

Unsere Geschichte ist eine Geschichte des Unrechts: Hitlers Deutschland, Stalins Sowjetunion, das Südafrika der Apartheid, Ceauşescus Rumänien, das China des Massakers auf dem Tiananmen-Platz, McCarthys Amerika, Castros Kuba, Pinochets Chile, Stroessners Paraguay und die endlose Reihe der anderen Gewaltregimes auf der Weltkarte unseres Jahrhunderts. Wir scheinen entweder mittendrin oder hart am Rande der Despotie zu leben. Wir können niemals sicher sein, auch nicht in unseren Demokratien. Wenn wir daran denken, wie wenig dazugehörte, daß brave französische Bürger die jüdischen Kinder verhöhnten, die vor ihren Augen auf Lastwagen verfrachtet und abtransportiert wurden, oder daß gebildete Kanadier Frauen und alte Männer in Oka mit Steinen bewarfen, dann haben wir nicht das Recht, uns sicher zu fühlen.

Die Gesetze, die unsere Gesellschaft zusammenhalten, müssen eindeutig, aber auch flexibel sein. Was wir aus der Gesellschaft verbannen, was wir verurteilen und für Unrecht erklären, muß immer sichtbar bleiben, muß uns ständig vor Augen stehen, damit wir uns täglich von neuem für den sozialen Zusammenhalt entscheiden können. Die Schrecken der Diktatur sind keine unmenschlichen Schrecken, sondern sie sind zutiefst menschlich – darin liegt ihre Macht. Jede Regierungsform, die sich auf Willkür stützt, auf Erpressung, Folter, Sklaverei, ist nur einen Schritt von unseren demokratischen Systemen entfernt.

Der chilenische Staat führt einen seltsamen Wahlspruch im Wappen: »Mit Vernunft oder mit Gewalt«. Man kann ihn auf zumindest zweierlei Art deuten: Als plumpe Gewaltandrohung oder als ehrliche Einsicht in die Anfälligkeit eines jeden Gesellschaftssystems, da es stets (wie der mexikanische Dichter Amado Nervo sagte) »zwischen den aufeinanderprallenden Wogen der Vernunft und der Gewalt« hin und her getrieben wird. In den meisten westlichen Gesellschaften gehen wir davon aus, daß wir uns für die Vernunft und gegen die Gewalt entschieden haben, und bis auf weiteres können wir uns auf diese Annahme verlassen. Aber wir sind nie ganz frei von der Versuchung der Macht. Im günstigsten Fall überlebt unsere Gesellschaft, indem sie ein paar allgemeine Prinzipien der

Menschlichkeit und Gerechtigkeit hochhält und damit ihre gefährliche Kreuzfahrt besteht.

Auden behauptete bekanntermaßen: »Dichtung bewirkt nichts.« Ich bin anderer Meinung. Nicht jedes Buch ist eine Offenbarung, aber viele Male schon haben wir uns von einer leuchtkräftigen Passage leiten lassen, oder ein Gedicht hat uns den Weg erhellt. Welche Rolle die Dichter und Geschichtenerzähler auf unserer gefährlichen Reise spielen, wird nicht immer sofort klar, aber eine gewisse Antwort darauf ergab sich aus dem Nachhall einer bestimmten Diktatur, deren zehnjährige Bluthernschaft ich aufmerksam verfolgte.

Ihren Namen weiß ich nicht mehr, am Colegio Nacional de Buenos Aires war sie eine Klasse unter mir. In meinem zweiten Jahr an der Oberschule lernte ich sie auf einer der Fahrten kennen, die unsere eifrigen Betreuer so gern organisierten: Wir lernten Zeltbauen, lasen Rulfo und Hemingway am Lagerfeuer und wurden in die Geheimnisse der Politik eingeführt. Wir sind nie wirklich dahintergekommen, worum es sich bei dieser Politik eigentlich drehte, nur daß die Zeit, in der wir lebten, etwas Großartiges für uns bereithielt, was sich mit unseren vagen Vorstellungen von Freiheit und Gleichheit verband. Wir lasen damals trockene Bücher über Ökonomie, Soziologie, Geschichte (oder versuchten es zumindest), aber für die meisten blieb die Politik ein leerer Begriff, in den wir nur unser Verlangen nach Kameradschaft und unsere Autoritätsverachtung hineinlegten. Letztere richtete sich auch auf den konservativen Schuldirektor, auf Eigentümer riesiger Ländereien in Patagonien (wo wir am Fuß der Anden unsere Zelte aufgeschlagen hatten und wo wir, wie schon erwähnt, Bauern sahen, die in einem für uns unfaßbaren Elend lebten). Die Verachtung richtete sich auch gegen das Militär und die Panzer, die wir am 28. Juni 1966 in den Straßen von Buenos Aires sahen, als sie, wie so oft noch, auf den Präsidentenpalast an der Plaza de Mayo zurollten. In jenem Jahr war sie sechzehn; 1968 verließ ich Buenos Aires, und ich sah sie nie wieder. Sie war klein, erinnere ich mich, mit schwarzem Lockenhaar, das sie sehr kurz geschnitten trug. Ihre Stimme war verhalten, sanft und klar, am Telefon erkannte ich sie schon nach der ersten Silbe. Sie malte, aber ohne großen Ehrgeiz, ihre Stärke war die Mathematik. 1982, kurz vor dem Falkland-Krieg und gegen Ende der Militärdiktatur, fuhr ich zu einem kurzen Besuch nach Buenos Aires. Als ich mich nach den alten Freunden erkundigte, von denen in den Schreckensjahren so viele umgekommen oder verschwunden waren, sagte man mir, daß auch sie zu den Vermißten zählte. Sie war auf dem Heimweg von der Universität entführt worden, wo sie an einer Sitzung des Studentenrats teilgenommen hatte. Offiziell gab es keine Hinweise auf eine Verhaftung, aber jemand hatte sie in El Campito gesehen, einem Konzentrationslager der Junta, als ihr während einer medizinischen Untersuchung für einen Moment die Kapuze vom Kopf gezogen wurde. Es war üblich, den Gefangenen Kapuzen über den Kopf zu ziehen, damit sie ihre Folterer nicht identifizieren konnten.

Am 24. April 1995 gab der argentinische Gefreite

Victor Armando Ibañez, der zur Wachmannschaft von El Campito gehörte, der argentinischen Tageszeitung *El Prensa* ein Interview. Nach seiner Aussage wurden in den zwei Jahren seiner Dienstzeit, von 1976 bis 1978, zwischen 2000 und 2300 Menschen, Männer und Frauen, Alte und Junge, von der Armee »hingerichtet«. Wenn ihre Zeit gekommen war, wurde den Gefangenen, wie Ibañez der Zeitung berichtete, »eine starke Droge injiziert, die Pananoval hieß und in wenigen Sekunden zum völligen Zusammenbruch führte. Sie löste eine Art Herzanfall aus. [Die Injektionen töteten die Opfer nicht, aber machten sie bewußtlos.] Dann wurden sie ins Meer geworfen. Wir flogen sehr niedrig. Das waren Geheimflüge ohne Anmeldung. Manchmal sah ich sehr große Fische wie Haie, die dem Flugzeug folgten. Die Piloten sagten, daß sie sich mit menschlichem Fleisch mästeten. Das übrige überlasse ich Ihrer Phantasie«, sagte Ibañez. »Gehen Sie vom Schlimmsten aus.«[38]

Dieses war das zweite Geständnis, das von »offizieller« Seite kam. Einen Monat zuvor hatte der pensionierte Kapitänleutnant Adolfo Francisco Scilingo von derselben Methode berichtet, die Gefangenen »zu beseitigen«. Der argentinische Präsident Carlos Menem reagierte mit einer Presseerklärung, in der er den Offizier als Kriminellen bezeichnete, der schon einmal in ein zwielichtiges Autogeschäft verwickelt war, und daß man auf das Ehrenwort eines Diebes nichts geben könne. Auch wies er die Marine an, Scilingo zu degradieren.

Seit seiner Wahl im Jahr 1989 versuchte Menem, die Frage der militärischen Verantwortlichkeit für den sogenannten Schmutzigen Krieg, der Argentinien von 1973 bis 1982 verwüstete und in dessen Verlauf mehr als 30 000 Menschen ermordet wurden[39], aus der Welt zu schaffen. Nicht zufrieden damit, daß für Anzeigen gegen das Militär ein Endtermin gesetzt wurde (den sein Vorgänger Raúl Alfonsín auf den 22. Februar 1988 datiert hatte), bot Menem am 6. Oktober 1989 den meisten Militärs, die in Menschenrechtsverletzungen verwickelt waren, ein Generalpardon an. Ein Jahr später, drei Tage nach Weihnachten, verkündete Menem eine allgemeine Amnestie für alle, die das Land über neun Jahre lang mißhandelt hatten. Folglich wurde auch der Generalleutnant Jorge Videla aus dem Gefängnis entlassen (und später erneut verhaftet) sowie General Roberte Viola; ersterer war zwischen 1976 und 1981 Präsident unter der Militärjunta, letzterer übte diese Rolle 1981 zehn Monate lang aus. Nach juristischer Auffassung bedeutet eine Begnadigung keine Schuldentlastung, sondern nur die Aussetzung der Strafe. Eine Amnestie jedoch (die sich die Militärs schon 1982 selbst und mit aller Großzügigkeit verordnet hatten und die dann von Alfonsín widerrufen wurde) ist in Wirkung und Absicht eine Anerkennung der Unschuld, die alle Gesetzesverstöße auslöscht. Nach den Enthüllungen durch Scilingo und Ibañez drohte Präsident Menem dem Militär kurz mit der Widerrufung seiner Amnestie von 1990.

Bis zu den Geständnissen von 1995 hatte die argentinische Armee keinerlei Fehlverhalten im Rahmen ihrer sogenannten Terroristenbekämpfung eingeräumt. Die besonderen Umstände des Guerillakriegs, so sagten die Armeesprecher bereits 1977, erforderten besondere Maßnahmen. Mit dieser Erklärung waren sie gut beraten. Aus einem gemeinsamen Bericht von Amnesty International und dem Menschenrechtsbüro des amerikanischen Außenministeriums, in dem die argentinischen Sicherheitskräfte für das Verschwinden Hunderter Menschen verantwortlich gemacht werden, geht hervor, daß die Armee die amerikanische Public-Relations-Agentur Burson-Marsteller damit beauftragt hatte, eine entsprechende Strategie zu entwickeln. Das fünfunddreißig Seiten umfassende Konzept von Burson-Marsteller schlug der Armee vor, »die besten professionellen Kommunikationstechniken zu nutzen, um diejenigen Aspekte der argentinischen Ereignisse in den Vordergrund zu stellen, die zeigen, daß das Terroristenproblem hart, aber gerecht angegangen wird, mit gleichen Rechten für alle«[40]. Keine leichte Sache, aber im Zeitalter der Kommunikation durchaus machbar. Als hätte es sich von der Phrase »Die Feder ist mächtiger als das Schwert« leiten lassen, empfahl das PR-Büro der Armee, an Schriftsteller »mit konservativen oder gemäßigten Überzeugungen« zu appellieren und sie zur »Erzeugung positiver Reaktionen« zu bewegen. In Reaktion auf diese Kampagne verkündete der Ex-Gouverneur von Kalifornien, Ronald Reagan, am 20. Oktober 1978 in den *Miami News*, das Menschenrechtsbüro des Außenministeriums »verdirbt unsere Beziehungen zum siebtgrößten Land dieser Erde, zu Argentinien, zu einer Nation, mit der wir eng befreundet sein sollten«.

Im Lauf der Jahre trug die Werbeaktion weitere Früchte. 1995, kurz nach den Geständnissen von

Ibañez und Scilingo, erschien ein Artikel von Mario Vargas Llosa in der spanischen Zeitung *El País*. Unter der Überschrift »Spiel mit dem Feuer« argumentierte Vargas Llosa, daß die Enthüllungen, mochten sie auch furchtbar sein, nichts Neues böten, nur die Bestätigung von Tatsachen, »abstoßend und grauenhaft für jedes halbwegs moralische Gewissen«. »Es wäre sicherlich wunderbar«, schrieb er weiter, »wenn alle Verantwortlichen für diese unglaublichen Grausamkeiten vor Gericht gestellt und bestraft würden. Das ist jedoch unmöglich, weil die Verantwortung weit über die militärische Sphäre hinausreicht und einen Großteil der argentinischen Gesellschaft umfaßt, auch eine stattliche Zahl derer, die heute aufschreien und nachträglich die Gewalt verdammen, zu der auch sie selbst in der einen oder anderen Weise beitrugen.«

»Es wäre sicherlich wunderbar«: Das ist die rhetorische Phrase für falsches Bedauern, die das Überwechseln von der geteilten Empörung über »abstoßende und grauenhafte« Tatsachen zur eher nüchternen Erkenntnis dessen bezeichnen, was diese Tatsachen »wirklich« bedeuten – die Unmöglichkeit, ihnen auf »wunderbare« Weise beizukommen, mit Hilfe unparteiischer Gerichte. Vargas Llosas Argumentation ist uralt, und sie beruft sich auf die Vorstellung von der »Erbsünde«: Es können keine einzelnen Täter verantwortlich gemacht werden, weil jeder »in der einen oder anderen Weise« für die Verbrechen einer Nation verantwortlich ist, gleichviel, ob sie vom Volk selbst oder von den Führern begangen werden. Vor mehr als hundert Jahren hat Gogol dieselbe Absurdität eleganter ausgedrückt. »Nimm dir den Richter vor, nimm dir den Verbrecher vor, dann verurteile beide.«

Sein eigenes Land als Vorbild für seine Geschichtslektion benutzend, gelangt Vargas Llosa zu folgendem Herzensbekenntnis: »Was mit Peru geschehen ist, einer Demokratie, die das peruanische Volk zerstört hat – aufgrund der Gewalt extremistischer Gruppen und auch aufgrund der Blindheit und Demagogie gewisser politischer Kräfte – und dem Militär und der Personalmacht in den Schoß warf wie eine reife Frucht, sollte jenen unbesonnenen Gerechtigkeitssuchern die Augen öffnen, die in Argentinien die Diskussion über die Unterdrückung in den siebziger Jahren dazu benutzen, um Rache zu üben, um alte Rechnungen zu begleichen oder den irrsinnigen Krieg, den sie begonnen und verloren haben, mit anderen Mitteln fortzusetzen.«

Das Werbebüro Burson-Marsteller hätte keinen wirksameren Fürsprecher für sein Anliegen finden können. Was sollte der Normalleser, der auf die intellektuelle Kompetenz Vargas Llosas vertraute, mit diesem hitzigen Bekenntnis anfangen? Nach dem überzogenen und zu vordergründigen Vergleich zwischen Argentinien und Peru (wo der zum Politiker gewandelte Romancier als Präsidentschaftskandidat spektakulär scheiterte) werden die Leser zu einem weit subtileren Argument hingelenkt: Sind diese »Gerechtigkeitssucher« – die Vargas Llosa zufolge ein Recht einfordern, das wünschenswert, aber utopisch ist – nicht in Wirklichkeit Heuchler, die nicht nur die Mitschuld an den Greueltaten tragen, sondern zudem noch einen Krieg begonnen und dann verloren haben?

Plötzlich und unerwartet verschiebt sich die Schuld auf die Seite der Opfer. Es war nicht das Streben nach Gerechtigkeit, nicht das Verlangen nach einer amtlichen Bestätigung für die Greueltaten, sondern der Rachedrang, schlimmer noch, blanker Trotz, der diese sogenannten Gerechtigkeitssucher vorantrieb. Das Verschwinden von 30 000 Menschen kann nicht beklagt werden, denn es handelte sich um die Unruhestifter, die das alles ausgelöst hatten. Und die Überlebenden – die Mütter von der Plaza de Mayo, Tausende Argentinier, die ins Exil gehen mußten, Hunderte gefolterte Männer und Frauen, deren nüchterne Berichte über ihre unbeschreiblichen Leiden die Seiten des 1984 erschienenen *Berichts über die Verschwundenen* füllen – sollen keine Genugtuung verlangen, solange sie nicht selbst zur Verantwortung gezogen wurden. Und außerdem sind die siebziger Jahre schon so lange vorbei. Ist es nicht besser, das alles zu vergessen?

Zum Glück waren nicht alle Leser dieser Meinung. Mario Vargas Llosas Artikel wurde am 18. Mai 1995 in *Le Monde* nachgedruckt, und eine Woche später veröffentlichte der argentinische Autor Juan José Saer eine Erwiderung in derselben Zeitung.[41] Nachdem er ein paar gravierende Irrtümer richtiggestellt hatte – Vargas Llosa nannte die Präsidentschaft von Isabel Perón eine »demokratische Regierung« und verschwieg, daß Argentinien zwischen 1955 und 1983 nur sechs Jahre lang unter einer frei gewählten Regierung gelebt hat –, stellte Saer fest, daß Vargas Llosas Argumente Punkt für Punkt mit denen der argentinischen Militärs übereinstimmten. Diese behaupteten, Mord und Folter wären nicht ihre eigene Wahl gewesen, sondern die der Provokateure, die sie gezwungen hätten, zu »extremen Maßnahmen« zu greifen.

Dann führt Saer aus, daß Vargas Llosas Theorie einer »kollektiven Verantwortung« den Autor selbst in eine peinliche Lage bringt, denn er scheute sich nicht, während die argentinischen Intellektuellen gefoltert oder ins Exil getrieben wurden, seine Romane in der offiziösen argentinischen Presse zu publizieren.

Saer hielt seine Erwiderung im selben Stil, indem er Vargas Llosa als Fürsprecher des Militärs bezeichnete, seine Argumente, die auf falschen Annahmen beruhten, verwarf oder ignorierte. Und doch müssen diese Argumente wegen der schriftstellerischen Begabung Vargas Llosas als das genommen werden, was sie sind: die beredteste Stellungnahme zugunsten einer Amnestie für die Militärs, und als solche verdienen sie eine nähere Betrachtung.

- Die Auffassung, daß die Militärregierung, die die Macht mit Gewalt an sich riß und ihre Gegner mit Folter und Mord bekämpfte, sich die Schuld mit den Opfern teilt, zu denen Guerillakämpfer, politische Gegner und unbeteiligte Bürger zählen, ist eine Irreführung. Man könnte zwar noch argumentieren, daß die Rebellenarmee und die reguläre argentinische Armee sich mit gleichen Waffen begegneten (obwohl auch hier das Kräfteverhältnis auf etwa eins zu tausend zu schätzen ist), doch durch nichts läßt sich die Angemessenheit des organisierten Armeeeinsatzes gegen Intellektuelle, Künstler, Gewerkschafter, Studenten und Geistliche begründen, die nichts taten, als ihrer Gegnerschaft Ausdruck zu geben. Ein Bürger, der Kritik an der Regierung übt, macht sich keines Verbrechens schuldig; im Gegenteil, die politische Wachsamkeit ist in jeder Demokratie eine wesentliche Bürgerpflicht. Aber der Terror in Argentinien richtete sich auch gegen die friedliche Opposition. Die Nationale Kommission zur Aufklärung des Schicksals der Verschwundenen, an deren Spitze der Romancier Ernesto Sábato stand, schloß ihren Bericht im September 1984 mit den Worten: »Wir können kategorisch und im Gegensatz zu dem, was die Ausführenden dieses finsteren Plans behaupten, feststellen, daß sie nicht nur die Mitglieder politischer Organisationen verfolgten, die terroristische Akte begingen. Unter den Opfern sind Tausende, die nicht das geringste mit solchen Aktivitäten zu tun hatten und dennoch entsetzlichen Foltern unterzogen wurden, weil sie Gegner der Militärdiktatur waren, weil sie an gewerkschaftlichen oder studentischen Aktionen teilgenommen hatten, weil sie als bekannte Intellektuelle den Staatsterrorismus in Frage stellten oder einfach weil sie Verwandte oder Freunde derjenigen waren, die man als Gegner betrachtete – oder weil ihre Namen in deren Adreßbüchern gefunden worden waren.«[42]

- Jede Regierung, die Folter und Mord einsetzt, um Recht auszuüben, untergräbt damit sowohl ihre Regierungskompetenz als auch ihre Rechtsordnung, denn einer der Grundsätze jeder Gesellschaft, die auf der Gleichberechtigung ihrer Bürger fußt, ist die Unantastbarkeit des Menschenlebens. »Klarerweise«, schrieb G. K. Chesterton, »kann es keine Sicherheit in einer Gesellschaft geben, in welcher die Bemerkung des Obersten Richters, Mord sei verwerflich, als verblüffend originelles Aperçu erachtet wird.«[43] Eine Regierung, die diese Wahrheit nicht anerkennt und Folterer und Mörder nicht zur Rechenschaft zieht, kann keine Rechtmäßigkeit für sich beanspruchen. Keine Regierung darf der Kriminalität mit kriminellen Methoden begegnen und mit gleichen Mitteln auf das reagieren, was sie als einen Angriff gegen die staatliche Rechtsordnung wertet. Keine Regierung darf sich von einem subjektiven Gerechtigkeitssinn, von subjektiven Gefühlen der Rache, Gier oder gar der Moral leiten lassen. Sie muß für all die subjektiven Haltungen und Handlungen ihrer Bürger stehen, die sich im Rahmen der Verfassung des Landes bewegen. Sie muß das Recht mit rechtlichen Mitteln und nach dem Buchstaben des Gesetzes ausüben. Verläßt eine Regierung den Boden des Gesetzes, ist sie keine Regierung mehr, sondern eine Macht ohne Mandat und muß als solche beurteilt werden.

- Das Vertrauen in den letztendlichen Sieg der Gerechtigkeit hat vielen Opfern der Militärdiktatur in den schrecklichen Jahren Mut gemacht. Trotz der Leiden und der Verunsicherung, die durch die staatlichen Übergriffe ausgelöst wurden, blieb der Glaube erhalten, daß die Verbrechen in nicht zu ferner Zukunft ans Licht gebracht und strafrechtlich verfolgt werden würden. Das Verlangen, die Folterer zu foltern und die Mörder zu töten, muß gewaltig gewesen sein, doch bezwungen wurde es von der Einsicht, daß derartige Racheakte Opfer und Täter einander ähnlich machen und sich auf lange Sicht in einen Sieg für die Folterer und Mörder verwandeln würden. Statt dessen hielten die Opfer und ihre Angehörigen weiter am Vertrauen auf eine weltliche Gerechtigkeit fest, die dafür sorgen würde, daß die geschädigte Gesellschaft die Schuldigen im Rahmen ihrer Rechtsordnung zur Verantwortung zieht. Die Hoffnung auf eine Zukunft ihres Landes konnten sie einzig auf diese Erwartung stützen, die aber wurde durch Menems Amnestie zerschlagen.

- Dieses »Ausschalten der Gesetze« hat eine gespenstische Parallele in der Taktik des »Verschwindenlassens«, die von der Militärjunta angewendet wurde, indem sie die Opfer entführte, folterte, aus Flugzeugen warf, anonym verscharrte, dann aber nicht amtlich für tot erklärte, sondern als »vermißt« bezeichnete und den verängstigten Angehörigen nicht einmal die Leichen zur Bestattung überließ. Julio Cortázar charakterisierte 1981 die Methoden der Diktatur mit den folgenden Worten: »Einerseits wird ein potentieller oder wirklicher Gegner unterdrückt; andererseits werden Bedingungen geschaffen, die die Angehörigen und Freunde der Opfer oftmals zum Schweigen zwingen, weil dies die einzige Möglichkeit ist, das Leben derjenigen zu bewahren, an deren Tod sie innerlich nicht glauben können.« Und er fügte hinzu: »Wenn jeder menschliche Tod eine unwiderrufliche Abwesenheit zur Folge hat, was sollen wir dann von dieser anderen Abwesenheit halten, die sich als eine Art abstrakte Anwesenheit fortsetzt, als das hartnäckige Leugnen einer Abwesenheit, von der wir wissen, daß sie endgültig ist?« In diesem Sinn heilt Menems Amnestie nicht die Krankheiten der Vergangenheit, sondern verlängert sie bis in die Gegenwart.

- Menems Versuch, Geschichte ungeschehen zu machen, ist nicht neu. Eins der frühesten Beispiele dafür ist aus dem Jahr 213 v. Chr. überliefert, als der chinesische Kaiser Shihuang-ti den Befehl ausgab, alle Bücher in seinem Reich zu verbrennen, um (so will es die Legende) jede Erinnerung an den Ehebruch seiner Mutter auszulöschen. Aber was geschehen ist, mag es noch so ungeheuerlich oder trivial sein, kann niemand rückgängig machen, auch der Kaiser von China nicht und erst recht nicht der argentinische Präsident. Die Geschichte kann weder durch die Zungenfertigkeit einer Regierung noch durch Revanchegelüste oder den Einsatz der Diplomatie außer Kraft gesetzt werden. Eine Tat kann nicht ungeschehen gemacht werden, sie kann verziehen werden, aber diese Vergebung muß von den Opfern selbst und kann nicht von anderen kommen, wenn sie Gültigkeit haben soll. Auch nach der Vergebung ändert sich nichts an der Tat, weder die Umstände noch das Gewicht, noch die Schuld oder die Verletzungen. Nichts ändert sich außer der Beziehung zwischen Opfern und Tätern, wenn die Opfer ihre Würde zurückerlangen, »nicht durch das Wägen unserer Verdienste«, wie es im Gebetbuch der anglikanischen Kirche steht, »sondern durch Vergebung der uns zugefügten Kränkungen«. Vergebung ist das Privileg des Opfers, nicht das Recht des Folterers, und das hat Menems Regierung samt ihren Fürsprechern, zu denen auch Vargas Llosa zählt, offenbar vergessen.

- Die Vergebung, die ein Opfer gewährt, hat keine Auswirkung auf das juristische Räderwerk. Die Vergebung ändert nichts am Verbrechen oder rechtfertigt es gar, es wirft seinen Schatten voraus – bis in alle Ewigkeit – und wirkt auf jede Gegenwart ein. Die Vergebung schließt kein Vergessen ein. Aber ein Prozeß im Rahmen der staatlichen Rechtsordnung kann das Verbrechen wenigstens in einen Zusammenhang einbinden, sozusagen der Vergangenheit zuweisen, damit es nicht länger die Zukunft beeinträchtigt, sondern als Erinnerung und Mahnung stehenbleibt. Auf geheimnisvolle Weise ist diese Praktizierung der Gesetze mit dem Akt der literarischen Bewältigung verwandt: Er hält das Verbrechen auf dem Papier fest, beschreibt es in Worten und fügt es in einen Zusammenhang ein, der nicht mehr durch das pure Entsetzen des Augenblicks, sondern durch die Erinnerung daran bestimmt ist. Die Macht der Erinnerung liegt nicht mehr in der Hand des

Täters, durch den Akt des Schreibens ist sie an die Gesellschaft übergegangen, die die Chronik ihrer düsteren Vergangenheit schreibt und damit nicht länger auf der Leere des Vergessens aufbaut, sondern auf dem gesicherten Wissen um die Verbrechen der Vergangenheit. Das ist ein langer, quälender Prozeß, aber die einzige Möglichkeit. Diese Art der Heilung hinterläßt immer Narben.

- Menems Amnestie, die sich den Forderungen überführter Mörder und Folterer beugt, hat diesen Heilungsprozeß auf ungewisse Zeit verschoben. In seinem heutigen Zustand ist Argentinien ein rechtloses Land. Sein Anspruch auf soziale Gerechtigkeit wird ignoriert, sein Anspruch auf moralische Erziehung wird durchkreuzt, sein Anspruch auf moralische Glaubwürdigkeit ist verwirkt. Die Notwendigkeit »weiterzumachen«, die Notwendigkeit, »Gegensätze auszugleichen«, die Notwendigkeit, »der Wirtschaft zu einer neuen Blüte zu verhelfen« – das sind die Gründe, die Menem für ein Vergeben und Vergessen ins Feld geführt hat. Unterstützt von beredten Fürsprechern wie Vargas Llosa scheint Menem zu glauben, daß man Geschichte abzahlen kann, daß man die Erinnerung an Tausende Menschen, zu denen auch meine Schulfreundin gehört, in den Aktenkellern der Ämter vergilben und verstauben lassen kann, daß man die Vergangenheit ohne Mühe loswerden kann, ohne eine staatliche Geste, ohne jegliche Wiedergutmachung.

Die Opfer der argentinischen Militärdiktatur, die vom Staat vergebens einen Akt der Gerechtigkeit erwarten, können dennoch auf eine ältere Form der Gerechtigkeit hoffen, die nicht so gut greifbar, aber um so nachhaltiger ist. In das Gehirn von Politikern verirrt sich selten der Gedanke an Wiedergutmachung und Erlösung, aber Dichtung duldet kein Vergessen, entgegen der Behauptung von Auden, daß Dichtung nichts bewirke.

Dank gewisser Bücher (deren Liste zu lang und zu persönlich ist, um hier von Nutzen zu sein) könnten sich sowohl die Folterer als auch ihre Opfer dessen bewußt sein, daß sie nicht allein und unbeobachtet waren. Die Gerechtigkeit stellt in einer grundlegenden Weise (und über die literarische Erwartung eines Happy-Ends hinaus) unseren menschlichen Zusammenhalt dar, etwas, woran wir alle uns messen können. Wie es im alten englischen Recht formuliert ist: Gerechtigkeit muß nicht nur geschehen, sie muß auch sichtbar gemacht werden.

Audens Zweifel an der Fähigkeit der Dichter, die Welt zu verändern, beruht offenbar auf einer modernen Wahrnehmung. Robert Graves stellte fest, daß die Iren und Waliser sorgfältig zwischen Dichtern und Satirikern unterschieden: Die Mission des Dichters war eine aufbauende, heilende, die des Satirikers war eine destruktive, zersetzende, und beide änderten den Lauf der Welt.[44] Selbst die Natur, so glaubte man, beugte sich den orphischen Worten, und Shakespeare erinnerte an die Kraft der irischen Barden, die fähig waren, »die Ratten zu Tode zu reimen«; im 7. Jahrhundert tötete der große Seanchan Torpest zehn von ihnen, als er entdeckte, daß sie sein Mahl verzehrt hatten, indem er einen Gesang anstimmte:

> Ratten haben scharfe Zähne,
> doch gute Kämpen sind sie nicht.

Ob es gegen Ratten oder Diktatoren geht: Dichter können in ihrer Rolle als Engel Gottes eine wilde Form der Gerechtigkeit bewirken. »Viele brave Männer lebten vor Agamemnons Zeit«, schrieb Horaz im 1. Jahrhundert vor Christus, »aber alle sind sie, unbekannt und unbeweint von der langen Nacht verhüllt, weil sie des Dichters entbehrten.« Wir sind glücklicher dran, wie Horaz damit zu sagen scheint. Gedichte und Geschichten, die uns erlösen (oder in denen wir eine gewisse Genugtuung finden), wurden und werden geschrieben, warten auf ihre Leser und tragen über alle Zeiten hinweg die eine Botschaft, daß der Verstand des Menschen auch den größten Übeltaten überlegen ist, weil er sie benennen kann, daß bereits die wahrhaftige Beschreibung der verwerflichsten Taten sie als verwerflich und somit als vermeidbar offenbart, daß trotz der Schwäche und Unschärfe der Sprache ein inspirierter Dichter das Unsagbare sagen und dem Undenkbaren Gestalt verleihen kann, so daß das Böse etwas von seiner Unfaßbarkeit verliert und bemerkbar wird.

Das Zeitalter der Rache

Da das Leben nun einmal so ist, träumt man von Rache

Paul Gauguin

In der dritten Nacht erzählt Scheherazade diese Geschichte:

Ein alter Fischer, der bettelarm war, pflegte sein Netz nur viermal am Tag auszuwerfen. Als er eines Abends sein Netz zum drittenmal einholte und nichts als Schlamm und Steine fand, bat er Gott, ihm seine Ungeduld zu verzeihen, und erinnerte ihn daran, daß der nächste Wurf der letzte des Tages sein würde. Darauf warf er sein Netz zum vierten- und letztenmal aus. Es fühlte sich schwer an, und als er es eingeholt hatte, fand er eine kleine Kupferflasche darin. Begierig, zu sehen, was sie enthielt, öffnete er den Verschluß mit dem Messer und schüttete den Inhalt aus. Zu seinem Erstaunen entwich ihr ein dicker Rauch, ballte sich zur Wolke und nahm die Gestalt eines riesenhaften Dämons an. Der Dämon beugte sich über den Fischer und sagte: »Ich bin ein hochgeborener Dschinn, und König Suleiman

> hat mich in diese Flasche gesperrt, weil ich seinem Willen nicht gehorchte. In meinem Gefängnis auf den Grund des Meers versenkt, blieb ich dort tausend Jahre lang und versprach jedem, der mich befreite, alle Reichtümer der Welt. Doch niemand kam. In den nächsten tausend Jahren versprach ich dem, der mich befreite, alle Weisheit der Welt, aber wieder kam niemand. Im dritten Jahrtausend meiner Gefangenschaft stellte ich jedem, der mich rettete, drei Wünsche frei, und noch immer kam niemand. Da befiel mich eine gewaltiger Zorn, und ich sagte zu mir, wer immer mich jetzt noch befreit, den werde ich töten. So bereite dich denn aufs Sterben vor, o mein Retter!

Vielleicht haben auch wir dieses vierte Jahrtausend erreicht, den Punkt, an dem die Geduld ein Ende hat. Und da wir dem Fischer seine Erfahrung voraushaben, sind uns alle warnenden Vorzeichen bekannt. Unsere Geschichte, überall und zu allen Zeiten, ist von einer solchen Gewalttätigkeit, Ungerechtigkeit und Grausamkeit durchsetzt, daß ich mich beim Lesen der Geschichtsbücher frage, warum uns diese Springflut des Hasses, die wir erzeugt haben, nicht längst verschlungen hat. Jahrhunderte um Jahrhunderte haben die Opfer – wie der Geist aus der Flasche – die Täter beschworen: Laßt uns frei, und wir werden alle miteinander davon profitieren, gebt uns eine Stimme, und wir werden alle miteinander klüger, gewährt uns gleiche Rechte, und wir werden auf eine vernünftige Art miteinander auskommen. Doch das ist vorbei. Jetzt haben die Opfer entschieden, daß die Zeit der Geduld verstrichen ist. Erinnern Sie sich an den Buchtitel von James Baldwin, *The Fire Next Time*[45]? Das nächste Mal ist jetzt gekommen.

Eine der vielen Möglichkeiten, wie wir uns die Fiktion, die wir Geschichte nennen, veranschaulichen können, stammt von Ariel und Willy Durant, die naiverweise glaubten, daß sich jede sogenannte Geschichtsperiode durch typische Stimmungen erfassen ließe, durch ein Zeitgefühl, das ein Jahrzehnt, ein Jahrhundert, eine Epoche durchdringt – das Zeitalter der Vernunft, das Zeitalter der Ungewißheit und so weiter. Unsere Zeit, das Jahrtausendende, müßte, so meine ich, der vorherrschenden Zeitstimmung zufolge als das Zeitalter der Rache bezeichnet werden. Immer lauter erheben sich Millionen von Stimmen, die zu rufen scheinen: »Jetzt sind wir dran!« Sie flehen nicht, sie wollen nicht überzeugen, sie fordern nicht einmal Gerechtigkeit. Sie arbeiten sich einfach nach vorn. Sie begegnen der Intoleranz mit Intoleranz. Und sie suchen keine Verständigung.

Ich bin kein Anhänger der Toleranz in dem Sinn, wie das Wort oft gebraucht wird. (»Wir müssen die Homosexuellen tolerieren, weil ihre Sexualität blockiert ist«, erklärte ein namhafter argentinischer Psychiater im Jahr 1992; »Wir müssen die Juden tolerieren, oder sie erklären sich zu den Märtyrern der Welt«, argumentierte Heidegger 1933.) Die Toleranz, die in der Vergangenheit gewöhnlich auf nicht-hierarchischem Denken beruhte, schließt nun oft eine Hierarchie ein, ein Hinabblicken auf jene, die man »toleriert« und die einem dafür Dank schulden. Die

Toleranz ist eine Art der Philanthropie, die sich selbst aufzehrt. »Toleranz«, schrieb E. M. Forster in seiner Schrift *Ein zweifaches Hoch auf die Demokratie*, »bedeutet einfach, sich mit Menschen abzufinden, die Fähigkeit, Dinge zu ertragen.« Aber auch die Intoleranz ist selbstzerstörerisch. Intoleranz (wie der Geist in der Flasche herausfand) ist eine Form des Selbstmords.

Toleranz, in diesem Sinn verstanden, weist das Prinzip der Gleichheit genauso zurück wie die Intoleranz. Wir können uns nicht tolerant, geschweige denn intolerant gegenüber einem verhalten, der sich die gleichen Rechte und Verantwortlichkeiten zumißt wie wir selbst. Unsere Geschichte scheint das, dem wohlmeinenden Motto der Französischen Revolution zum Trotz, zu bestätigen. Wir sind durch Umstände oder Mißstände geprägt, die schon vor unserer Geburt entstanden und deren Erben wir sind, ob wir wollen oder nicht. Die Geschichte möchte uns glauben machen, daß der Fischer auf die bewährten Tricks seiner mißhandelten Klasse angewiesen war wie König Suleiman und der Geist auf das Erbe ihrer Rollen als König und Sklave. In *The Muse of History* sagt der Dichter Derek Walcott: »Aber wer in der Neuen Welt hat denn keinen Horror vor der Vergangenheit, seien seine Vorfahren nun Quälgeister oder ihre Opfer gewesen. Wer schreit nicht heimlich, in der Tiefe seiner Seele, nach Erbarmen oder nach Rache?«

Intoleranz erzeugt Intoleranz. Als General Perón den Dichter Borges vom Bibliothekar zum Geflügelinspektor eines Marktplatzes degradierte, sagte der folgendes: »Diktaturen erzeugen Unterdrückung,

Diktaturen erzeugen Kriecherei, Diktaturen erzeugen Grausamkeit; aber am widerwärtigsten ist die Tatsache, daß sie Dummheit erzeugen.« Intoleranz ist eine Form der Dummheit, die unfähig ist, den Reichtum im anderen zu sehen, und nur in Stereotypen denkt. Sie gehört zur selben Kategorie wie das Vorurteil, das den Erkenntnisprozeß durch ein Klischee ersetzt, durch eine vorgefaßte Meinung.

Doch wie die Reaktion des Geists aus der Flasche entsteht die Intoleranz in Menschen, die mit ihrer Geduld am Ende sind. Wir mögen uns nicht schuldig an den Sünden unserer Väter oder auch nur unserer Zeitgenossen fühlen, aber weil es herrschende Praxis ist, Individuen durch ihre Zugehörigkeit zu einer vorgegebenen Gruppe zu definieren – genau das ist die Methode des Rassismus –, definieren uns die betroffenen Individuen auf genau dieselbe Weise. Solche Stereotypen entstehen immer aus der Unwissenheit. Und Unwissenheit, hat Montesquieu gesagt, ist die Mutter der Gewohnheit. Für Suleiman ist der Geist nach alter Gewohnheit nichts weiter als ein Sklave, für den Geist ist Suleiman nichts weiter als ein Unterdrücker. Weil die Schwarzen jahrhundertelang von den Angehörigen der weißen Gesellschaft als Herdenvieh betrachtet wurden, werden nun die Weißen von den Schwarzen (nach Louis Farrakhans Beschreibung) als »Wolfsrudel« gesehen, und jeder Schritt der Weißen, der die Schwarzen in irgendeiner Weise betrifft, gilt ihnen als Ausdruck einer alles durchdringenden rassistischen Einstellung. Unsere Gesellschaft hat Verallgemeinerungen zur Norm erhoben, und darauf sind sie zur Norm geworden. »Die

Norm ist niemals normal«, schrieb der Aborigine-Romancier Mudrooroo.

Bis zu einem gewissen Grad drückt sich das Vorurteil schon in den Pronomen aus. Wenn wir die Betonung auf das »Wir« legen, bedeutet das zugleich: »Wir und nicht die anderen.«

All good people agree,
And all good people say,
All nice people, like Us, are We
And every one else is They:

But if you cross over the sea,
Instead of over the way,
You may end by (think of it!) looking on We
As only a sort of They!*

Diese Verse hat Rudyard Kipling im Jahr 1919 geschrieben.

Die jeweils Mächtigen scheinen zu vergessen, daß jede Ausgrenzung von Gruppen – Schwarzen, Frauen, Juden, Schwulen, ethnischen oder nationalen Minderheiten – den Betroffenen sofort dieselbe Me-

* Alle guten Menschen sind sich einig.
Und alle guten Menschen sagen
Die so nett sind wie wir, das sind *Wir*.
Und alle anderen sind *Sie*.

Aber überquerst du das Meer
statt nur den Weg,
erscheint dir vielleicht (denk nur!) das *Wir*
nur noch als eine Art von *Sie*.

thode an die Hand gibt. Indem wir jemanden aus unserer Gemeinschaft ausschließen, schließen wir uns aus seiner Gemeinschaft aus. Wenn wir sagen »Ihr gehört nicht zu uns«, sagen wir auch, »Wir gehören nicht zu euch«.

Dasselbe läßt sich auch von den Büchern sagen, die wir lesen. Der Akt des Lesens verleiht uns ein ganz besonderes Wissen, das zur Verwandlung unserer Umgebung und unserer selbst führen kann, das auf geheimnisvolle Weise ein grundlegend anderes Wirklichkeitsbild erzeugt. Das Lesen ist zugleich ein Handeln in sich selbst, eine Art Möbiusband der Erfahrung, das endlos seiner eigenen Schleife folgt. Für Shelley war die Dichtung das Gesetz, mit dem wir die Welt deuten; für Tristan Tzara spielte die Dichtung keine andere Rolle, als uns von der Welt abzulenken. Shelley hatte darin recht, daß wir, die Leser, mit Hilfe bekritzelten Papiers das Chaos mit Sinn erfüllen können; Tzara hatte darin recht, daß ein Gedicht nichts weiter ist als bekritzeltes Papier.

Ich selbst habe Literatur, ihre Verwandlung im Akt des Lesens, immer als einen Prozeß der Bereicherung verstanden – während ich die Wörter in mich aufnehme, offenbart mir der Text die vielen Schichten meiner gesamten Leseerfahrung. Selbst wenn das keine direkten, sichtbaren Auswirkungen auf die Gesellschaft hat, glaube ich fest an die Wirksamkeit des »bekritzelten Papiers«, weil es dem Leser ermöglicht, anders zu handeln – zum Beispiel »Rache« zu lesen, wo andere »Wahrung von Recht und Ordnung« geschrieben haben. Literatur generiert sich immer neu aus ihrem Material, nicht durch Kritik von außen, sondern durchs Wieder-gelesen-Werden, und ich verstehe es als meine und unsere Aufgabe, neue Wirklichkeitssichten vorzuschlagen, damit die Mißstände, unter denen wir leiden, besser erkannt und schließlich auf eine angemessene Weise behoben werden können.

Hat diese Eigenschaft des »Gekritzels«, sich ständig neu zu generieren und neue Bedeutungen zu entfalten, auch ihre Grenzen? Ein klassisches Beispiel kann hier Aufschluß geben. Joseph Conrads Roman *Das Herz der Finsternis* wurde trotz seiner literarischen Qualitäten von dem nigerianischen Schriftsteller Chinua Achebe als rassistischer Text gelesen – Achebe zeigte sich entsetzt darüber, daß ein solches Buch als »englischer Klassiker« betrachtet wird. Alles, was Achebe als rassistisch empfindet, steht tatsächlich in Conrads Roman. Zum Beispiel schildert der Ich-Erzähler Marlow eine Gruppe von Afrikanern als »Masse aus nackten, atmenden, zitternden Bronzeleibern«. Vorn erblickt er drei Männer »von Kopf bis Fuß mit leuchtendrotem Schlamm beschmiert«.

> Sie wandten sich zum Fluß, stampften mit den Füßen, nickten mit den gehörnten Köpfen, schwenkten die scharlachroten Leiber; sie schüttelten dem bösen Flußgeist ein Büschel schwarzer Federn entgegen, ein räudiges Fell mit herabhängendem Schwanz, ein Ding, das aussah wie ein getrockneter Kürbis, periodisch schrien sie im Chor – erstaunliche Wortketten, die keiner menschlichen Sprache ähnelten; und

> das tiefe Grollen aus der Menge, plötzlich unterbrochen, klang wie die Antwort einer satanischen Litanei.

Vergleichen wir dies mit einem anderen, weniger klassischen Text:

> Mark Brendon war altmodisch, und die im Krieg geborenen Frauen übten keinerlei Anziehung auf ihn aus. Er erkannte ihre Qualitäten und oft auch ihren feinen Verstand; doch seine Idealvorstellung richtete sich zurück auf einen anderen und früheren Typus – den Typus seiner eigenen Mutter, die ihm als Witwe bis zu ihrem Tod den Haushalt geführt hatte. Sie war sein weibliches Ideal – geruhsam, mitfühlend, vertrauenswürdig – eine, die seine Interessen immer zu den ihren gemacht hatte, eine, die sich lieber auf sein Leben konzentrierte als auf das eigene, in seinem Fortkommen und in seinen Triumphen den Mittelpunkt ihrer eigenen Existenz sah.
>
> Mark wollte eine Frau, die bereitwillig in ihm aufging und nie versuchte, ihm ihre Persönlichkeit aufzudrücken oder sich ihr eigenes Reich einzurichten. Er war klug genug zu wissen, daß der Standpunkt einer Mutter sich himmelweit von dem einer Ehefrau unterscheiden mußte, mochte ihre Hingabe auch noch so vollkommen sein; er hatte genug von verheirateten Männern erfahren, um noch zu glauben, daß die Frau, die er suchte, in der Nachkriegs-

> welt zu finden war; doch bewahrte und gestattete er sich die Hoffnung, daß es die altmodischen Frauen noch gab, und er begann zu überlegen, wo er eine solche Ehemagd finden konnte.

Diese Passage entstammt einem der berühmtesten englischen Kriminalromane, *The Red Redmaynes,* von Eden Phillcott, erschienen 1920.

Als Leser kann ich eine ganze Reihe von Entscheidungen treffen. Die Bestandteile des Textes können in verschiedenster Weise umgesetzt werden – entsprechend meiner Lesebetonung, meinem Sinn für Humor, meiner Erfahrung und so weiter –, sie werden dem Drang zur Interpretation unterworfen, den Giovanna Franci als *L'ansia dell'interpretazione* bezeichnete. Umberto Eco meint in seinem Buch *Die Grenzen der Interpretation*, daß die »offene« Interpretation, die er auch einmal die »Wucherung der unkontrollierten Interpretation« nannte, durch den Verstand des Lesers begrenzt wird, daß es ein allgemein vergleichbares Grundverständnis des Textes gibt, ein Verständnis, das überhaupt erst ermöglicht, mit anderen Lesern über das Gelesene zu sprechen.

Im Falle Conrads zum Beispiel ist eine »rassistische« Deutung des Romans *Das Herz der Finsternis* durchaus möglich. Doch halte ich es nicht für eine sinnvolle Deutung. Denn das Herz der Finsternis ist im wesentlichen nicht Afrika selbst, sondern die Perspektive des weißen Mannes auf diesen Kontinent oder auf die schwarzen »Wilden«, die in der anstößigen Passage beschrieben werden. Im Herzen der Finsternis befindet sich Kurtz. »Er war innerlich vom Wahn gepackt«, sagt Marlow. »Allein der Wildnis ausgeliefert, hatte er in sich hineingeschaut, und bei Gott, ich sage Ihnen, er ist darüber verrückt geworden. Auch ich mußte – zur Buße für meine Sünden, nehme ich an – die Zerreißprobe bestehen, in mich hineinzuschauen. Es gibt keine Worte, die so vernichtend für den Glauben an die Menschheit wären wie das letzte Aufbäumen seiner geistigen Gesundheit.« Es geht einzig darum, daß Kurtz und schließlich auch Marlow und jeder von uns der Zerreißprobe unterworfen wird, die es bedeutet, in sich selbst hineinzuschauen. Und weil die Welt so ist, wie sie ist, tun wir dies nicht mit dem edlen Gedanken an die Gleichheit unter den Menschen, an gegenseitige Achtung oder gar Liebe. Wir müssen es inmitten des Hexenkessels tun, den wir selbst geschaffen haben, inmitten des Kriegsgeschreis nach Mord und Rache.

Es wäre arrogant, den Leseeindruck, den Chinua Achebe gewonnen hat, zurückzuweisen – die rassistischen Passagen stehen da, sie gehören zur Welt von Marlow und Kurtz und konstituieren sie, und das trifft auch auf viele von Conrads Bewunderern zu, auf Sie und mich. Aber ob sich auch Conrads eigene Sicht darin widerspiegelt, kann nur an anderer Stelle, unter gesicherteren Voraussetzungen geklärt werden. Im Text steht diese Frage nicht zur Debatte, weil Conrad (in welcher Gestalt auch immer) am Geschehen im Buch keinen Anteil hat. Jene schwarzen Wilden aber beherrschen noch immer die Vorstellungen der überwiegenden Mehrheit unserer Mitmenschen, die Vorstellungen weißer Geschworener in Los Angeles, weißer Polizisten in Toronto, weißer Einwanderungsgegner in Australien, aufrechter Bürger aus der französischen Provinz. »Verstehst du das?« schreit Marlow am Ende seinem Widerpart zu. »Wie sollte ich nicht?« antwortet ihm Kurtz. Dann stirbt er, offenbar im Glauben, tatsächlich verstanden zu haben. Und Marlow, der Kurtz bis zuletzt treu bleibt »und sogar darüber hinaus«, glaubt es wahrscheinlich auch. Er wird auch sterben, irgendwann nach dem Ende des Romans, und an die große Lüge des Imperialismus glauben, daß der Täter schließlich das eigentliche Opfer ist. Was *Das Herz der Finsternis* zu einem großen Roman macht, ist ungeachtet des Leseeindrucks von Achebe der Umstand, daß er den Horror nicht übertüncht, weder den Horror, den Kurtz erlebt, noch den Horror der ganzen Welt, den die gesamte Menschheit entfesselt, in Europa und in Afrika und überall. In diesem Sinne ist der Roman für mich eine eindrucksvolle Anklage gegen den Rassismus, der hoffnungslos mit dem System verquickt ist, dem er entstammt. Und ob Conrad derselben Ansicht war oder nicht, spielt keine Rolle. Ein großes Kunstwerk überragt immer seinen Schöpfer. Es gibt eine Hoffnung, aber nicht für uns, sagt Kafka. Das könnte auch das Motto für Conrads Roman sein.

Das Zitat aus *The Red Redmaynes* provoziert andere Fragen. Wie zum Beispiel haben die Leser damals auf diese Passage reagiert? Wahrscheinlich waren sie weder überrascht noch belustigt. Auch wenn ein paar die Ironie bemerkt haben sollten, ist es doch ein sonderbarer Gedanke, daß dem Durchschnittsleser von 1920 diese Passage vollkommen normal erschienen sein muß. Doch – und das ist die zweite Frage – was empfinden wir heute, wenn wir diese Stelle lesen? Würden wir neben der Entrüstung darüber, daß die gesuchte Frau zur »Ehemagd« degradiert wird, nicht auch Lust verspüren, die literarischen Standards jener Epoche näher zu untersuchen? Im Jahr 1919 veröffentlichte Joyce seinen *Ulysses*. Wer ist Molly Bloom im Vergleich zum Inbegriff des Ewigweiblichen beim Phillcott-Helden Mark Brandon? Ich lasse die Frage offen ... Und was meine Lektüre sowohl Conrads als auch Phillcotts betrifft, muß ich Tzara zustimmen. Ich lese die Kritzeleien, und draußen, in der Welt aus Staub und Ziegeln, hat sich nichts verändert. Das Unrecht setzt sich unvermindert fort, wie wir täglich in der Zeitung lesen.

Und doch ...

Obwohl ein Text auf viele Arten gelesen werden kann, ist es offensichtlich, daß die herrschenden Gruppen, die sich aus dem Gegensatz zu den ausgebeuteten Gruppen definieren, im großen und ganzen auch die Lesarten bestimmen. Männer gegen Frauen, Weiße gegen Schwarze, Heteros gegen Schwule – das war für mindestens drei Jahrtausende, die der Geist in der Flasche ausharren mußte, die Norm. In neuerer Zeit weist man die Schuld gern den Texten selbst zu. Man geht davon aus, daß die Texte, von anderen Händen geschaffen, von anderen Stimmen intoniert, die Betonung wechseln werden und daß gewisse Stimmen, die sich über die Angelegenheiten der unterdrückten Gruppen geäußert haben, sich eine freiwillige Schweigepause auferlegen sollten, um die Unterdrückten selbst zu Wort kommen zu lassen, denen bisher die Mitsprache versagt war.

Da ist zum Beispiel die amerikanische Autorin Alice Walker:

Was hat der weiße Mann der schwarzen Frau zu
sagen?
Es gibt nur eins, was die schwarze Frau hören
möchte.
. . . .
Ich, das Hindernis, räume mich aus dem Weg,
auf dem deine Kinder
gegen alle Widerstände
dem Licht zustreben. Ich werde sie nicht dafür
töten
daß sie ihre Träume träumen und
Visionen neuer Lebensmöglichkeiten bieten.
Ich werde aufhören, deine Kinder führen zu
wollen,
denn ich
sehe, daß ich nie wußte, wohin ich ging.
Ich bin einverstanden, stillzusitzen
und darüber nachzudenken, etwa ein Jahrhun-
dert lang.

Das hat der weiße Mann der schwarzen Frau zu
sagen.
Wir sind bereit zu hören.

Gegen die dichterische Logik dieses Textes kann ich nicht das Geringste vorbringen. Doch ich möchte einen Vorschlag machen. Es gibt noch viele andere unterdrückte Stimmen, die sich Gehör verschaffen sollten und müssen. Es müssen weitere Alice Walkers, James Baldwins, Mudroodoos an die Öffentlichkeit treten. Aber solange nicht eine völlig neue Lesergeneration entsteht, die diese Texte annimmt und in ihnen die »Visionen neuer Lebensmöglichkeiten« sieht, wird sich nicht viel ändern. Wir müssen uns auf die Leser konzentrieren und nicht auf die Schriftsteller, auf die Leser, die von den Texten Gebrauch machen und »etwas in Gang setzen«. Wenn diese Ausbildung der Leser nicht stattfindet, wird sich auch nichts ändern, und die neuen Stimmen, egal, wie viele es sind, werden in der tauben Menge verhallen. Und wenn diese Leser lernen, wählerisch zu sein, zu deuten, zu übersetzen, Texte in verschiedene Kontexte zu stellen, sie von Lesart zu Lesart in ihrer Vielschichtigkeit zu transformieren – wenn wir, die Leser, uns das beibringen, dann ist es nicht mehr nötig, Stimmen zum Schweigen zu bringen, weil wir dann selbst unsere Wahl treffen können. Eine zum Schweigen gebrachte Stimme, freiwillig oder unter Zwang, verschwindet nie. Ihre Stummheit wächst ins Riesenhafte, bis man sie nicht mehr ignorieren kann. Ganz sicher wollen wir keine neue Stummheit erzeugen, ein neues Vakuum, das hundert oder tausend Jahre fortdauert, aber zu wünschen wäre eine Periode der Zurückhaltung, damit die Stimmen, die von den Mächtigen so lange unterdrückt wurden, zu ihrem Recht kommen und zu Gehör gelangen.

Ich bin zudem überzeugt, daß die Hoffnung beim Individuum liegt und eine Lösung nicht bei den Massen zu finden ist. Der größte Triumph des Unterdrückers ist es, wenn es ihm gelingt, die Unterdrückten zu seinen Methoden zu bekehren. Ein Leser muß sich nicht an die Methoden des Schriftstellers halten, auch nicht an die Methoden anderer Leser. Ein Text gewährt in sich selbst mehr Freiheiten, als wir gemeinhin für möglich halten, und aus diesem Grund sind Regierungen nie wirklich an der Literaturverbreitung interessiert, aus diesem Grund sind es oft Schriftsteller und selten Tiefseetaucher oder Börsenmakler, die aus politischen Gründen eingekerkert, gefoltert und ermordet werden.

Aber das Märchen vom Geist in der Flasche hat ein Gegenstück.

Während der argentinischen Militärdiktatur in den siebziger Jahren mußte der Dichter Juan Gelman, der damals Mitte Vierzig war, nach Spanien fliehen. Sein Sohn und seine Schwiegertochter wurden von der Junta gefangengenommen, gefoltert und ermordet. Die Schwiegertochter war schwanger. Gelman erfuhr davon im spanischen Exil. Etwa ein Jahr später besuchte ihn dort ein Freund und nannte ihm den Namen des Mannes, der persönlich für den Tod des Sohnes und der Schwiegertochter verantwortlich war. Gelman beschloß, nach Argentinien zu fliegen und den Mann umzubringen. Freunde versuchten ihn davon abzuhalten, aber er war der Meinung, daß sein Leben keine Bedeutung mehr hatte und daß die Vergeltung seinen Schmerz irgendwie lindern würde.

Gelman reiste mit falschem Paß nach Argentinien, aber bevor er den Mörder aufspüren konnte, bekam er Besuch von zwei Frauen. Diese Frauen, die von Gelmans Freunden benachrichtigt worden waren, erklärten ihm, sie gehörten zu den Müttern der Plaza de Mayo, zu den Müttern, deren Kinder »verschwunden« waren und die sich Woche für Woche vor dem Präsidentenpalast versammelten, um zu demonstrieren, daß sie ihre Söhne und Töchter nicht vergessen hatten. Die Frauen wollten mit Gelman reden. Ich weiß nicht, was sie zu ihm sagten, aber sie machten ihm klar, daß er, wenn er den Mörder seines Sohnes und seiner Schwiegertochter tötete, zu einem von »ihnen« werden, daß er damit das Andenken seiner ermordeten Kinder verraten würde. Mit welchen Worten und Argumenten sie das auch immer vorgetragen haben, am Ende stimmte Gelman ihnen zu und kehrte nach Spanien zurück.

Ich glaube nicht, daß ich dazu fähig wäre. Würde jemand meinen Kindern etwas antun, würde ich mich, Literatur hin, Literatur her, in einen Mörder verwandeln, zumindest kann ich mir das nicht anders vorstellen, und mir fällt kein Argument ein, das mich davon abbringen würde. Aber es gab ein Argument, und diese beiden Frauen warfen es in die Waagschale. Im Falle Gelmans kam etwas Besseres dabei heraus als nur ein Racheakt. Und das, glaube ich, ist auch eine Möglichkeit des Lesens.

VIII

Gewisse Bücher

»Ich muß sagen, das ist unerhört!« rief Humpty-Dumpty
und geriet plötzlich in Empörung.
»Du hast an der Tür gelauscht – hinter den Bäumen –
und durch den Schornstein –
sonst hättest du das nicht gewußt!«
»Ich habe nicht gelauscht«, erwiderte Alice
sehr freundlich. »Es steht in einem Buch.«
Alice hinter den Spiegeln, 6. Kapitel

Chesterton beim Wort genommen

Namen sind alles. Die Taten kümmern mich nicht.
Was mich kümmert, sind die Worte.
Daher hasse ich den vulgären Realismus
in der Literatur.

OSCAR WILDE, *Das Bildnis des Dorian Gray*

Beim Lesen Chestertons werden wir überwältigt von einem merkwürdigen Glücksgefühl. Seine Prosa ist alles andere als akademisch, sie ist lustvoll. Die Wörter prallen aufeinander und schlagen Funken, als wären sie plötzlich von einem Uhrwerk in Gang gesetzt worden, sein kluger Verstand, der überhaupt das Überraschendste an ihm ist, rattert, saust und klingelt nur so. Die Sprache war für ihn ein Baukasten, aus dem sich Spielzeugtheater und Spielzeugwaffen bauen ließen, und »sein Wortspiel ging häufig in genuines Gedankenspiel über«, wie Christopher Morley bemerkte. Sein Stil ist überquellend, vielgestaltig, farbenfroh und lärmend. Die sogenannte englische Nüchternheit war nicht seine Sache, weder im äußeren Habitus (mit seinem riesigen, wehenden Mantel, dem zerknautschten Hut, dem winzigen Kneifer sah er aus wie eine Witzfigur) noch in der Sprache (er strapazierte und quälte die Sätze, bis sie Knospen und Ranken trieben, sich mit tropischer Üppigkeit verzweigten und mehrere Gedanken gleichzeitig zum Erblühen brachten). Er schrieb und las mit derselben Leidenschaft, die ein Vielfraß aufs Essen und Trinken verwendet, aber vermutlich mit mehr Freude, und die von Mallarmé beschriebenen Qualen des über die leere Seite gebeugten Schreibers scheint er nie gekannt zu haben, auch nicht die Kümmernisse der von staubigen Folianten umgebenen Gelehrten. Die Lektüre eines Buches war für Chesterton eher ein physischer als ein geistiger Akt. Pater John O'Connor, das Vorbild für seinen Pater Brown, hat berichtet, wie Chesterton ein Buch las: »Er krempelte es von innen nach außen, versah es mit Eselsohren, Kritzeleien, setzte sich drauf, nahm es ins Bett, wälzte sich drüber, stand wieder auf und bekleckerte es mit Tee – wenn es ihn nur ausreichend fesselte.« Und er schrieb mit der gleichen Verve, hingepflanzt am bierfleckigen Tisch seines verräucherten Cafés an der Fleet Street. Ein Kellner dort beschrieb ihn so: »Er eine sehr schlaue Mann. Sitzt und lacht. Und dann schreibt. Und dann lacht, wenn liest, was er schreibt.«

Schon in seiner ersten Essaysammlung *The Defendant*, erschienen 1901, als er siebenundzwanzig war, zeigte er sich als Mann, der sich unablässig im Zustand des Staunens befand. Es war nicht seine Art, mit feierlicher Systematik einen Gedanken nach dem anderen zu entwickeln und gemächlich über linierte Seiten und durch numerierte Manuskripte fortzuführen, sondern sein flatterhafter Geist ließ sich von allem, was ihm begegnete, verlocken und ablenken, er naschte lustvoll hier und dort, eilte von einer Überraschung zur nächsten. »Das Wundervolle an der Kindheit war«, schrieb Chesterton in seiner *Autobiographie*, »daß alles darin voller Wunder war. Es war nicht nur eine Welt des Zaubers, es war eine rechte Zauberwelt. Was mich packt, ist fast alles, an was ich mich wirklich erinnere, nicht die Dinge, von denen ich meinen sollte, sie wären zuerst der Erinnerung wert.« Diese Gabe blieb ihm offenbar durchs ganze Leben erhalten. Alles, woran er sich »wirklich« erinnerte, wurde zum Gegenstand der Betrachtung. Kein Thema schien ihm zu fern oder zu reizlos. Und worum immer es ging, wie ernst die Sache auch war, niemals wurde er pathetisch, gerade in ernsten Angelegenheiten nicht. In einem Brief an seine Braut Frances Blogg erörterte er das Wesen des Familienlebens:

> Meine Vorstellung ist es, (...) den Hausstand so richtig allegorisch zu machen, seine wahre Wesensbestimmung richtig zum Ausdruck zu bringen. Jeder Gegenstand sollte mit mystischen oder archaischen Sprüchen beschriftet werden, je prosaischer der Gegenstand, um so besser. »Herr, hast Du der Erde Regen gesandt?« soll auf dem Schirmständer stehen, vielleicht auch auf dem Regenschirm. »Selbst die Haare auf deinem Haupt sind gezählt« würde den Haarbürsten eine gewaltige Bedeutung verleihen, oder der Spruch mit dem »lebendigen Wasser«[46] – er würde die Musik und die Heiligkeit des Ausgusses offenbaren –, während »Dein Gott ist ein verzehrendes Feu-

er«[47] über der Herdplatte geschrieben stehen könnte, um die Köchin zu mystischen Gedankengängen anzuregen.

Ihm ging es vor allem um die Verbindungen und Wechselwirkungen der Fakten, nicht um die Fakten selbst; Genauigkeit – in einem sachlich-dokumentarischen Sinn – bedeutete ihm nichts. Er brachte nicht die Geduld für die »intellektuelle Rechtschaffenheit« auf, wie er es nannte – jene Eigenschaft, die ihn an ernsthaften Menschen zur Verzweiflung trieb. Für seine Überlegungen zur französischen Geschichte war es kaum von Belang, wenn er irrtümlich annahm, daß Napoleon schon 1768 und nicht erst 1769 geboren wurde – zumindest war ihm an Napoleon das genaue Geburtsjahr nicht so wichtig wie die Kürze seiner Körperlänge und seines Geduldsfadens, welch beides er mit Vergnügen und Gewinn erörterte. In seiner amüsanten Biographie Robert Brownings, geschrieben für die hochseriöse Buchreihe »English Men of Letters«, zitierte er den Dichter falsch, aber nicht nur das: Er dichtete sogar eine Zeile zu einem der berühmtesten Browning-Gedichte, *Mr. Sludge the Medium*, hinzu. George Bernard Shaw schrieb Chesterton einen langen Brief, als dessen Buch über Dickens erschien, und hielt ihm eine ganze Liste von haarsträubenden Fehlern vor. Chesterton ließ sich davon nicht beeindrucken, und erst unlängst wurde er von Peter Ackroyd, dem Verfasser der jüngsten Dickens-Biographie, trotz dieser Irrtümer als der beste aller Dickens-Interpreten gepriesen.

Schon in der Schule hatte er mit dem Schreiben angefangen. Als Zwanzigjähriger belieferte er ohne Pause und fast ohne Qualitätsabfall eine ganze Reihe von Londoner Magazinen (darunter *The Bookman* und *The Speaker*) mit Artikeln, in denen er sich über ziemlich jedes Thema ausließ. (Obwohl er in seiner *Autobiography* behauptet, ab 1895 für das Magazin *Academy* geschrieben zu haben, finden sich in jenem Jahr keine Hinweise auf Kritiken von seiner Hand; später schrieb *Academy* naserümpfend, Chestertons Bücher seien »immer und unausweichlich Langweiler«.) Über seine frühen Talente äußerte sich Chesterton auffällig wegwerfend: »Da ich als Zeichner oder Maler vollkommen gescheitert war, warf ich mit recht lockerer Hand kritische Artikel über die Schwächen von Rubens oder die fehlgeleitete Begabung Tintorettos hin. Ich hatte den bequemsten aller Berufe entdeckt und bin ihm seither treu geblieben.«

Seine politischen Ansichten waren gegen die Aristokratie gerichtet und hatten entfernte Ähnlichkeit mit denen der britischen Liberalen: Er glaubte an die Rechtschaffenheit der kleinen Ladenbesitzer, an den Anstand der armen Schlucker und an die Korruptheit der Reichen, die er sich als habgierige, fette Kamele mit Kurs auf ein glitzerndes Nadelöhr vorstellte. Eifrig attackierte er die Arroganz der Volksbeglücker, die sich aufgrund ihrer überlegenen Finanzkraft, Herkunft oder Bildung berufen fühlten, die »Unterklassen« über die rechte Lebensart zu belehren. Er machte sich über die Zensoren lustig, die billige Abenteuerromane als »kriminell und verderblich« brandmarken wollten: »Das ist eine obrigkeitliche Theorie«, notierte er, »und die ist Blödsinn.« Er verspottete den Egoismus und die Borniertheit der Reichen: »Unter den Schwerreichen wird man niemals einen wirklich großzügigen Mann finden, auch nicht durch Zufall. Möglich, daß sie ihr Geld verschenken, aber niemals verschenken sie sich selbst.« Er zeigte mit dem Finger auf die philanthropischen Politiker, die meinten, sie wüßten besser, was gut fürs Volk sei. Dieser Glaube »ist das schädlichste aller politischen Übel, die in den Eingeweiden der Welt rumoren«. Insgesamt bezeichnete er die Hochgestellten und Mächtigen als Bürger von Nationen, die im Begriff seien, verrückt zu werden. »Sie haben sich an ihren eigenen Unverstand gewöhnt, das Chaos ist ihr Kosmos, und die Wirbelstürme entstammen ihren Nasen. Diese Nationen sind wirklich in Gefahr, *en masse* zu verblöden, sie bieten ein einziges Panorama des Schwachsinns, mit einstürzenden Städten und verrotteten Landschaften und vollgesteckt mit betriebsamen Idioten.« Dann läßt er, typisch Chesterton, sein eigentliches Verdikt folgen: »Eins dieser Länder ist das moderne England.«

Seine Essays wie auch die erzählenden Schriften werden von seinem stets lebendigen Gerechtigkeitssinn beflügelt. Die Erzähltexte, eigentlich Verlängerungen seiner Essays, bestehen aus hübsch gebauten Fabeln, beginnen mit einem mysteriösen Schreckensereignis, einem befremdlichen Ticken, und enden (mit Ausnahme des meisterhaften *Mann, der Donnerstag war*) in einer rationalen Auflösung, die auf irgendeine Weise, und sei es durch ihre verblüffende Einfachheit, den Horror des Beginns noch erhöht. Die Essays wiederum erzählen Geschichten, in denen die meisten Gestalten, außer vielleicht der Autor selbst, bloße Skizzen sind, Rädchen in einer sinnigen Konstruktion. Mit den Worten von Borges hätte Chesterton über seine Schriften sagen können: »Sie sind nicht psychologisch, und sie wollen es nicht sein.« Was zählt, sind die Argumente und die Ausdrucksmittel seiner persönlichen Rhetorik, die eine Geschichte aus sich hervorbringen, und das Ineinanderhaken von Episoden zu einem prachtvollen und logischen Erzählbogen, der nur durch die perfekte Verknüpfung seiner Einzelteile zusammengehalten wird. In Chestertons Schriften finden Gefühl und Verstand, die gewaltsam getrennten siamesischen Zwillinge, wieder zueinander. Ein Beispiel: Das Gefühl, das der Anblick einer Frau vor einem Londoner Gericht, die ihre »Kinder vernachlässigte«, in ihm hervorruft, wird durch seinen Nachsatz »und die aussah, als hätte etwas oder jemand sie vernachlässigt« eindrucksvoll artikuliert. Oder die Wut auf zwei Polizisten, die ihn einem Verhör unterzogen, weil er im Wald mit einem Messer gespielt hatte, und ihn dann ungeschoren ließen, weil er zu Gast bei einem reichen Mann war: »Der Vorfall erscheint mir schmerzlich klar«, schlußfolgerte er. »Entweder ist es kein Schuldbeweis, wenn man im einsamen Wald mit dem Messer wirft, oder es ist ein Unschuldsbeweis, wenn man einen reichen Mann kennt.« Das Wortspiel ist nicht nur sinnreich, es klingt auch wahr – für den Verstand und für die Ohren.

Im uralten Konflikt zwischen Inhalt und Form, Sinn und Klang nahm Chesterton eine unentschiedene Haltung ein. Lewis Carroll folgte er nur zum

Teil, und der hatte gemahnt: »Sorgt man sich um den Sinn, sorgt der Klang für sich selbst.« Chesterton glaubte vielmehr, daß der Sinn, wenn man ihm richtig auf die Sprünge half, die Wirkungsmöglichkeiten des Klangs ausnutzen werde und sich wie von selbst aus den rhetorischen Paukenschlägen erhebe – aus Oxymoron und Paradox, aus Hyperbel und Metonymie. Diese Ansicht verbindet ihn eher mit Alexander Pope, der einst die Anhänger des reinen Wohlklangs mit jenen verglich, die »nicht der Lehre wegen, sondern um der Musik willen« zur Kirche gingen (*Essay über die Kritik*, 1771). Chesterton liebte die Musik der Worte, aber er wußte um ihre begrenzte Tragkraft: Was immer sie bezeichneten, konnten sie zwangsläufig nur unvollkommen repräsentieren, statt strahlender Wahrheiten nur ein vages Flackern erzeugen. In seiner Studie über den Maler George Frederick Watts schrieb er:

> Jede Religion und jede Philosophie muß natürlich auf dem Glauben an die Verbindlichkeit und Genauigkeit ihrer Annahmen fußen. Aber man darf sich wohl die Frage stellen, ob es nicht gesünder und zuträglicher ist, unseren Glauben auf die Unfehlbarkeit des Papstes oder die Unfehlbarkeit der Mormonenbibel zu gründen als auf dieses merkwürdige moderne Unfehlbarkeitsdogma der menschlichen Sprache. Jedesmal, wenn ein Mann zu einem anderen sagt: »Erzähl uns mit klaren Worten, was du meinst«, vertraut er auf die Unfehlbarkeit der Sprache, das heißt, er geht davon aus, daß es

> eine perfekte verbale Entsprechung für alle inneren Stimmungen und Meinungen eines Menschen gibt. Jedesmal, wenn ein Mann zu einem anderen sagt: »Beweise deine Behauptungen, verteidige deinen Glauben«, unterstellt er die Unfehlbarkeit der Sprache, daß heißt, er nimmt an, daß der Mensch ein Wort für jedes Ding auf Erden, in Himmel und Hölle hat. Er weiß, daß die Schattierungen unserer Seele befremdlicher, zahlreicher und namenloser sind als die Farben des Herbstwalds, er weiß, daß die Menschen Fremdlinge in ihrer eigenen Welt sind, daß sie seltsame und schreckliche Dinge in ihr treiben, Verbrechen begehen, die nie verurteilt werden, und Wohltaten, die nie einen Segen erhalten. Und doch glaubt er fest daran, daß diese Dinge in all ihren Schattierungen und Zwischentönen, in all ihren Vermischungen und Verbindungen, durch ein willkürliches System von Quietsch- und Grunzlauten wiedergegeben werden können. Er glaubt, daß ein ganz gewöhnlicher, zivilisierter Börsenmakler tatsächlich in der Lage ist, Geräusche aus seinem Inneren hervorzuholen, die alle Mysterien der Erinnerung und alle Verzückungen der Lust benennen können.

Paradoxerweise stärkt Chesterton gerade mit Worten wie diesen das Vertrauen des Leser auf die soeben bezweifelte Macht des Wortes.

Was seiner eklektischen Neugier Zusammenhalt, eine in sich geschlossene Mythologie und Sprache verlieh, war die katholische Kirche. Deren krause Vielgestaltigkeit erlaubte ihm verbale Bocksprünge, über die strenge Protestanten nur den Kopf schütteln konnten. Und angesichts der von Cromwell ihres Schmucks entblößten Kirchen fühlte sich seine buntscheckige Seele lustvoll zum römischen Katholizismus hingezogen, dessen Gold, Stuck und Rosenfarben er als Ausdruck des großen Optimismus der Kirche verstand. »Jesus Christus wurde nicht deshalb gekreuzigt«, bemerkte Chesterton, »weil er etwas über Gott gesagt hatte, sondern wegen seiner Feststellung, daß ein Mensch in drei Tagen den Tempel niederreißen und wiederaufbauen könne.« Er fügte hinzu: »Alle großen Revolutionäre von Jesaja bis Shelley waren Optimisten.« Gegen Ende seines dritten Lebensjahrzehnts wurde das Numinose zu seiner Grundmelodie, und nach der Heirat mit Frances Blogg (einer Katholikin und strengen Kirchgängerin) fand er in den Mysterien und strikten Riten der Altgläubigen einen Bezugs- und Zielpunkt für seine Prosa und eine Sinngebung für die Welt. »Die Welt ist ein Problem und kein Theorem«, schrieb er. »Und das letzte Wort des Jüngsten Tags wird sein: q. e. f. – was zu tun war.«

Als Halbwüchsiger, anglikanisch erzogen, hatte er sich plötzlich in einem Zustand abgrundtiefer Verdüsterung befunden, für den er später die Bezeichnung »moralische Anarchie« fand. Dieser Zustand äußerte sich in »einem übermächtigen Drang, schreckliche Bilder und Vorstellungen festzuhalten und zu entwerfen, die sich tiefer und tiefer in ihn eingruben wie bei einem blindwütigen seelischen Selbstmord«. So erging es ihm ohne Unterbrechung bis zu seinem Übertritt zum Katholizismus. Worin genau diese Ideen und Vorstellungen bestanden, wissen wir nicht, aber es ist durchaus denkbar, daß ihr Schatten, ihr Echo auch nach der Konversion Eingang in sein Werk gefunden hat, in den Schreckensvorstellungen etwa, die im *Mann, der Donnerstag war*, aufgelistet werden. Da gibt es einen Mann, »der die ganze Nacht geträumt hatte, in Felsabgründe zu stürzen, und am Morgen seiner Hinrichtung erwachte«, oder das Gesicht, das beim Näherkommen so groß wirkte, daß man befürchten mußte, es könnte am Ende »größer als überhaupt möglich« sein. So wurden die Ängste – wie auch die fehlerhaften Fakten in seinen Essays – akkurate Hinweise auf die, wie Chesterton es nannte, »dunkle Seite des Herzens«.

Aber es gibt auch in seinen Schriften eine dunkle Seite, die ihm anscheinend nicht im geringsten bewußt wird. Liest man Chesterton gründlicher, stößt man unfehlbar auf plumpe antisemitische, frauenfeindliche und rassistische Bemerkungen – ein wenig auch zum Nachteil der stilistischen Mittel, die seine Essays so glanzvoll, geistreich und mitreißend machen. Es ist, als hätte eine tiefere, häßlichere Seite des kollektiven Wahns seiner Umgebung von ihm Besitz ergriffen und ihm den Tribut an die Zeit und ihre Mächte abverlangt, seinen Gestus der Erinnerung überwältigt, seine Worte gestelzt, vordergründig und obszön gemacht. In diesen Momenten spürt man, daß seine sprudelnde Erinnerung, die Inspiration durch das Wunder der Kindheit, der er nach eigenem Bekunden seine Schaffenskraft verdankte, nicht von dem isolierten Individuum Chesterton stammt, sondern von einem Mann, der alterte, in seiner Zeit lebte und zu einer Klasse gehörte, die verächtlich von »unseren Freuden, den Israeliten«, redete, von »den primitiven Negern« und dem »schwachen Geschlecht«. Dann verliert seine eklektische Sicht die persönliche Note, dann wird das Paradox zum Widerspruch, und seine Bonmots lesen sich wie reaktionäre Losungen. Er sprach sich gegen Hitler aus, aber schmiedete häßliche antijüdische Verse:

Ich lieb die Juden sehr,
Die Juden lieben Bares
Und fragen nicht, woher.
Ich lieb die Juden sehr,
Doch nimmt's ihnen wieder wer,
Dann lach ich und sage, das war es.

Er wandte sich gegen den imperialistischen Burenkrieg, als selbst Shaw und H. G. Wells dafür waren, aber sein Antiimperialismus rührte vom Glauben, daß nichts Fremdes zu England gehören dürfe; das englische Wesen werde nicht bereichert »durch das Studium von Wagga-Wagga und Timbuktu«. Er bestand leidenschaftlich auf der Willensfreiheit eines jeden Menschen, aber verlachte den Kampf der Frauen um ihre Befreiung: »Zwanzig Millionen junge Frauen gingen mit dem Schrei auf die Straße: ›Wir lassen uns nichts diktieren!‹ und wurden am Ende Stenographinnen.« So witzig der Einfall sein mag, er wird dadurch verdorben, daß er zu einer Zeit vorgebracht wurde, als man die Suffragetten brutal verfolgte, als der Imperialismus immer zügelloser wurde und das Dritte Reich seinen Aufstieg nahm. Unter solchen Begleitumständen klingt seine Sprache nicht mehr echt. Er muß das gewußt haben, denn im bewundernswerten Widerspruch zu seinen eigenen Bekundungen schrieb er über die moralische Gefahr, die derartige Äußerungen mit sich brachten: »Es lauert das furchtbare Gesetz der Circe im Hintergrund: Wenn sich die Seele zu hochmütig bückt, um etwas zu erkunden, richtet sie sich nie wieder auf.«

Es gibt Autoren, die in ihren leidenschaftlichsten, gefühlvollsten Passagen als Poseure erscheinen; nur in ihren bösartigen Äußerungen wirken sie echt und menschlich: Lautréamont zum Beispiel, wo er die Folterung eines Kindes beschreibt, und Jonathan Swift in seinen krassen Satiren. Bei anderen leuchtet die Menschlichkeit fast unfreiwillig wie ein Ausrutscher durch all das misanthropische Schwadronieren hindurch: bei Léon Bloy, Ezra Pound, Philip Larkin. Deren Ausfälle haben etwas Künstliches, Gestelltes. Chesterton gehört weder zur einen noch zur anderen Sorte: Er widerlegt sich selbst, immer wieder, mit tödlicher Genauigkeit. Einmal, als sein Widerpart bei einer öffentlichen Diskussion fernblieb, bestritt Chesterton den Abend allein, indem er beide Standpunkte einnahm und mit brillanten Argumenten sowohl für als auch gegen den Streitpunkt Partei ergriff. In gleicher Weise werden die bigottesten Bemerkungen in seinen Büchern ein paar Seiten weiter von seinen eigenen Argumenten widerlegt. Der Autor, der sich über die Schwarzen lustig macht, weil sie schwarz sind, und über die Frauen, weil sie ihre Rechte einfordern, ist derselbe, der auch diese Sätze schreibt: »Ich kann mir gut vorstellen, daß sich ein Mann die Kehle durchschneidet, weil er tatenlos zusah, wie in der jüngeren Vergangenheit Englands und Irlands eine Frau entblößt und ausgepeitscht wurde oder ein Neger lebendig verbrannt wurde, wie es noch immer in den Vereinigten Staaten geschieht. Aber etwas von dieser entsetzlichen Schande steckt in uns allen.«

Es ist kurios, daß dieser fruchtbare und anregende Autor fast überhaupt keine Anhänger und Nachfolger besaß. Die Engländer lasen und vergaßen ihn oder stellten ihn zu den anderen alten Autoren ins Regal, die Franzosen bewunderten ihn (und tun es noch), aber nur von ferne. Einer der wenigen Schriftsteller, die sich ausdrücklich zu Chesterton und seiner Stimme bekannten, war Borges. Borges verschlang Chesterton und erwies ihm die Ehre, ihn auf spanisch neu zu erzählen, seine eigenen Detektivgeschichten an den Erzählungen vom Pater Brown zu orientieren und seine Essays im Chestertonschen Stil zu schreiben. 1960 verfaßte er eine kurze Fabel, *Das Komplott*, in der das Schicksal Julius Cäsars (der im Sterben seinem Günstling Brutus »Auch du, mein Sohn!« zuruft) mit dem Tod eines argentinischen Gauchos vergleicht, der von anderen Gauchos überfallen und erdolcht wird und im Sterben unter den Mördern seinen Patensohn entdeckt, worauf er »mit sanftem Vorwurf und ruhiger Überraschung« (Borges führt hier eine Warnung an: »Diese Worte müssen gehört, nicht gelesen werden«) sagt: »*Pero, che!*« »Er wird getötet und weiß nicht, daß er sterben muß, auf daß diese Szene sich wiederhole.«

»*Pero, che!*« ist unübersetzbar, doch um die vierzig Jahre zuvor hatte Chesterton auf der Suche nach einem Vergleich geschrieben: »Als könnte man Cäsars ›*Et tu, Brute*‹ mit ›Was? Du hier?‹ übersetzen.« Borges' argentinische Wendung drückt genau diese lakonische Ungläubigkeit aus.

Daß Ereignisse und ihre Ursachen sich im Erzähltwerden verändern, allgemeine Züge widerspiegeln oder tiefe Ozeane des Unbekannten, daß unser Verständnis der Welt von der Erscheinung der Worte auf der Buchseite abhängt und von der Färbung, die wir diesen Worten geben, daß wir letztlich nicht mehr als die Wörter haben, um uns zu verteidigen, und daß der Wert der Wörter – wie der unserer eigenen Sterblichkeit – in ihrer Fehlbarkeit und ihrer eleganten Sprödigkeit liegt – all das wußte Chesterton, und er machte unablässig Gebrauch davon. Ob wir den Mut aufbringen, ihm zuzustimmen, ist freilich eine andere Frage.

»O as a nar«, sagte Goethe, »Nebbich«, sagte Schiller

M*ontag, 4. Januar*
Ich habe mir vorgenommen, Goethes *Wahlverwandtschaften* wieder zu lesen.

Meiner ersten Lektüre – vor mindestens fünfundzwanzig Jahren – ging ein langes Gespräch mit Hector Bianciotti über Mariveaux und sein Stück *Der Disput* voraus, das er in der Aufführung von Lavelli gesehen, ich aber verpaßt hatte, weil mir das Geld für die Eintrittskarte fehlte. Wie die meisten Stücke von Mariveaux handelt auch dieses von der Liebe: Zwei Aristokraten gehen der Frage nach, wer am ehesten zur Untreue neigt – Mann oder Frau. Um zu einer Klärung zu gelangen, isolieren sie vier Kinder von der Welt und lassen jedes einzeln unter der Obhut von »Wilden« aufwachsen. Erst als die Kinder das Pubertätsalter erreicht haben, dürfen sie einander begegnen, und die Aristokraten verfolgen aus wissenschaftlichem Abstand, wie sie sich verhalten.

Hector liebte besonders das Schlußbild in Lavellis Aufführung: Die Aristokraten wollen sich nach Ablauf ihres Experiments auf die Insel begeben, auf der sich die Kinder befinden, bleiben aber am Fuß der Brücke stehen, und der Vorhang fällt. Hector meinte, das Zögern offenbare den wahren Charakter der Aristokraten – sie wollen die Dinge beobachten, aber nicht selbst erfahren. (Dasselbe Zögern hatte er in der Verfilmung von Hartleys Roman *The Go-Between* [dt. *Der Zoll des Glücks*] festgestellt, in der sich die Matriarchin weigert, die Untreue ihrer Tochter mit eigenen Augen zur Kenntnis zu nehmen.)

Irgendwo habe ich gelesen, daß Friedrich II. ein ähnliches Experiment durchführte, das aber nicht das Wesen der Liebe, sondern das Wesen der Sprache erhellen sollte. Auf der Suche nach einer »ursprünglichen« Sprache isolierte er eine Anzahl von Neugeborenen und verbot den Ammen, auch nur ein Wort mit ihnen zu sprechen. Auf diese Weise hoffte er, zum ersten Zeugen einer »natürlichen«, nicht erworbenen Sprache zu werden. Das Experiment scheiterte, weil keins der Kinder überlebte. Offenbar brauchen wir die Sprache wie die Luft zum Atmen.

Daß ein Experiment scheitert, heißt natürlich nicht, daß es wirkungslos bleibt. Am Ende des *Werther* läßt Goethe den Herausgeber mutmaßen: »Hätte eine glückliche Vertraulichkeit sie früher wieder einander nähergebracht, wäre Liebe und Nachsicht wechselweise unter ihnen lebendig geworden und hätte ihre Herzen aufgeschlossen, vielleicht wäre unser Freund noch zu retten gewesen.« Nein, bestimmt nicht, wie Goethe mit seinen *Wahlverwandtschaften* beweist, denn das Scheitern erwächst aus der Natur seiner Gestalten, und aus dem Scheitern erwächst der Erfolg des Romans.

»Es sind gewisse Dinge«, sagt Charlotte gegen Ende des Romans, »die sich das Schicksal hartnäckig vornimmt. Vergebens, daß Vernunft und Tugend, Pflicht und alles Heilige sich ihm in den Weg stellen;

es soll etwas geschehen, was ihm recht ist, was uns nicht recht scheint; und so greift es zuletzt durch, wir mögen uns gebärden, wie wir wollen.« Dann erkennt sie die Wahrheit, und sie klingt wie eine Anklage: »Doch was sag ich! Eigentlich will das Schicksal meinen eigenen Wunsch, meinen eigenen Vorsatz, gegen die ich unbedachtsam gehandelt, wieder in den Weg bringen.«

Mich verwirrt und begeistert diese Erkenntnis. Charlotte befindet, das Schicksal kenne ihre eigenen Absichten besser als sie selbst. Was ist das für ein Schicksal, das klüger ist als seine Protagonisten? Nicht das Schicksal, das (verkleidet als Tod) in Cocteaus Roman *Le grand écart* [dt. *Der große Sprung*] auftritt und die Zukunft seiner Opfer nicht kennt:

> Ein junger Gärtner sagt zu seinem Fürsten: »Rettet mich! Ich bin heute morgen im Garten dem Tod begegnet, und er hat eine drohende Geste gemacht. Ich wünschte, es würde ein Wunder geschehen und ich wäre bis zur Nacht weit weg in Isfahan.
> Der Fürst lieh ihm sein schnellstes Pferd.
> Am Nachmittag ging der Fürst im Garten spazieren und traf den Tod. »Warum«, fragte er, »hast du meinem Gärtner heute morgen gedroht?«
> »Es war keine Drohung«, antwortete der Tod. »Es war eine Gebärde der Überraschung. Ich sah ihn so weit von Isfahan entfernt und wußte, daß ich ihn heute nacht in Isfahan holen werde.«

Die aristokratischen Gärtner der *Wahlverwandtschaften* hingegen scheuen nicht vor den Begegnungen zurück, die das Schicksal ihnen bereitet (auch wenn sie – wie Charlotte – manchmal ein wenig zu spät kommen). Sie gehorchen einfach der Fabel: Das Schicksal bei Goethe ist ein Roman.

Worauf geht das zurück? Nicht auf das »Imaginäre« der Griechen, wie Paul Veyne in seinem liebevoll geschriebenen Buch *Glaubten die Griechen an ihre Mythen?* über die »konstitutive Imagination« befindet. Die Vorstellung entspringt der Literatur oder vielmehr dem Prozeß des Lesens, wenn der Leser den Text einerseits als Fiktion akzeptiert, andererseits aber bereitwillig seine Zweifel am Wahrheitsgehalt der Fiktion zurückstellt, um die Geschichte zu genießen. Das ist es, was wir als die Schicksalhaftigkeit der Fabel erleben: Alles, was geschieht, machen die Gestalten und der Leser unter sich aus; der Autor ist abwesend oder (wie im Falle Goethes) nur ein Zeremonienmeister, der das Verhalten seiner Figuren kommentiert, aber keinen Einfluß auf sie hat.

Stephen Dedalus in Joyce' *Porträt des Künstlers als junger Mann* bemerkt dazu:

> Die Persönlichkeit des Künstlers, anfangs ein Schrei oder eine Kadenz oder eine Stimmung und dann ein flüssiger und funkelnder Erzählstrom, verfeinert sich schließlich bis zur Selbstaufhebung, entpersonalisiert sich sozusagen. (...) Der Künstler bleibt wie der Schöpfergott in oder hinter oder unter oder über seinem Produkt zurück, unsichtbar, bis zur Selbstauf-

hebung verfeinert, gleichgültig – und schneidet sich die Fingernägel.

Wir Heutigen, die wir im postmodernen Buddelkasten mit dem Hypertext spielen, haben die Illusion, der Fabel eine begrenzte Zahl von Verläufen geben zu können, wir sind wie Eduard und Charlotte, wie Ottilie und der Hauptmann: Wir entscheiden uns für Möglichkeiten, die das Schicksal (wie ein gebieterischer Erzieher) schon für uns bestimmt hat.

Mir fällt Nathaniel Hawthorne ein, der folgende Idee für eine Geschichte in einem seiner erstaunlichen Notizbücher festhielt:

> Jemand, der eine Geschichte schreibt, stellt fest, daß sie sich gegen seine Intentionen entwickelt; daß die Gestalten anders handeln, als er dachte; daß unerwartete Dinge passieren und eine Katastrophe geschieht, die er vergeblich abzuwenden versucht. Die Geschichte könnte sein eigenes Schicksal versinnbildlichen – indem er sich zu einer seiner Gestalten macht.

Dienstag, 5. Januar

Ich notierte, daß Goethe keinen Einfluß auf das Verhalten seiner Charaktere nimmt. Aber seine Zurückhaltung ist nicht von Kälte bestimmt; man spürt aufgewühlte Leidenschaft hinter der gepflegten Fassade, einen, der zerrissen ist zwischen Empfindung, Pflicht und dem alles überdeckenden Gefühl der Ohnmacht. Wenn Eduard, Charlotte und der Hauptmann über die Wahlverwandtschaften der Chemie debattieren und sie mit den menschlichen Beziehungen vergleichen, spürt man hinter den sorgsam arrangierten philosophischen Dialogen, die ganz nach dem Geschmack eines Hobbes oder Newton gewesen wären, eine innere Unruhe, eine Empfindlichkeit, die (wie ich vermute) Goethes eigenem Gemütszustand zuzuschreiben ist. Meine Liebe zu Goethe, so glaube ich zumindest, beruht auf dieser fragilen Verbindung von Kraft und Zartheit. Es gibt Zeiten, da mich die klare und wohlgestaltete Hülle seiner Prosa zu Tränen rührt – um der Dunkelheit willen, die sie überdeckt.

Wie sein geliebter Diderot scheint auch Goethe seine Werkzeuge gern zur Betrachtung auszubreiten. Darin zeigt er eine verblüffende Selbstgewißheit – wie ein Zauberer, der das Publikum einlädt, einen kritischen Blick in seine Trickkiste zu werfen. So kritisiert Eduard den Autor eines Buches, das er gerade liest: »Ein wahrer Narziß: Er bespiegelt sich überall gern selbst.« Dieser Narziß ist natürlich Goethe selbst beziehungsweise seine Verkörperung in einer literarischen Gestalt.

Die natürwüchsige Landschaft wird zur Seelenlandschaft der Charaktere; indem sie die Natur zu domestizieren versuchen, ist es fast so, als würden sie ihre inneren Verwandtschaften auf einer Landkarte verzeichnen (wie im 7. Kapitel des ersten Teils); die Natur wird als eine Art *Carte du Tendre* aufgefaßt. Charlottes Garten ist ein zu vordergründiges Symbol für ihr Experiment mit der Menschenwelt (die Laube, die groß genug für zwei oder drei ist oder, wie Charlotte überdeutlich hinzufügt, »auch für ein Viertes«), und doch fügt es sich gut in den künstlichen Tonfall ihres

Gesprächs – künstlich zumindest für meine mit dem Deutschen nicht vertrauten Ohren. Die Gespräche bieten dem Maximensammler reichlich Stoff (Charlotte beendet das Kapitel mit dem Satz: »Und doch ist es in manchen Fällen [...] notwendig und freundlich, lieber nichts zu schreiben, als nicht zu schreiben.«) Wie anders klingt zum Beispiel das Ende des 11. Kapitels im ersten Teil, wo das Unabwendbare des Gegenwärtigen beschrieben wird. Das ist eine andere Stimme, Inspiration oder Erfahrung, nichts, was von Lichtenberg oder aus einer Sprüchesammlung stammen könnte: »Und doch läßt sich die Gegenwart ihr ungeheures Recht nicht rauben. Sie brachten einen Teil der Nacht unter allerlei Gesprächen und Scherzen zu, die um desto freier waren, als das Herz leider keinen Teil daran nahm.« Diese Worte entpringen dem intimen, innerlichen Durchleben eines solchen Moments.

Laurence Olivier wurde einmal gefragt, wie er seinen berühmt gewordenen Schmerzensschrei des Ödipus zuwege gebracht habe. »Ich hatte gehört, wie man Hermeline fängt«, erklärte er. »Im hohen Norden streuen sie Salz aus, und das Hermelin kommt, um das Salz zu lecken. Dann friert seine Zunge fest. Daran dachte ich bei meinem Schrei im Ödipus.« Eine Wahrheit, im Moment ihrer Absolutheit festgehalten.

»Diese Gleichnisreden«, sagt Charlotte, »sind artig und unterhaltend, und wer spielt nicht gern mit Ähnlichkeiten?«

Donnerstag, 7. Januar

Als Bewohner der Provinz Alberta lese ich täglich Berichte über neuerliche Einschnitte in den Sozialetat durch die konservative Regierung. Das Neueste ist die Kürzung der Unterhaltszahlungen für Behinderte. Einem blinden Mann, dessen Frau unter multipler Sklerose leidet und nicht arbeiten kann, droht die Streichung seiner staatlichen Unterstützung, weil er einen Teilzeitjob angenommen hat. Seine Behindertenrente beträgt 800 kanadische Dollar. Wer für Nahrung und Miete aufkommen muß, kann davon nicht leben. In Alberta weist die Statistik eine erstaunlich hohe Armutsziffer gerade bei Kindern aus, zumal es sich um eine der reichsten Provinzen in einem der reichsten Länder der Erde handelt. 1996 betrug die Zahl der Kinder, die unterhalb der Armutsgrenze lebten, 148 000.

Was tue ich dagegen?

Ich fühle mich wie Mittler, der sich einerseits rühmt, »in keinem Haus zu verweilen, wo nichts zu schlichten und nichts zu helfen wäre«, und andererseits seinen besten Freunden hochmütig die Hilfe versagt. Obwohl er, wie mir scheint, kein guter »Mittler« ist, wird uns erklärt: »Diejenigen, die auf Namensbedeutungen abergläubisch sind, behaupten, der Name Mittler habe ihn genötigt, diese seltsamste aller Bestimmungen zu ergreifen.« Wenn dem so ist, wenn das »Mangelhafte« meine Bestimmung wäre, würde mich mein Name vielleicht für meine vielen Mängel entschuldigen. Die englische Etymologie (doch der Name stammt aus Österreich) ist mir gnädiger gesonnen, indem sie mich mit »among« assoziiert – mich zu einem unter vielen macht, mit anderen Worten, zu einem von Samuel Johnsons »Normallesern«.

Sonnabend, 9. Januar
Goethe scheint immer in Gedanken vertieft zu sein: Wohin man auch schaut in seinem Werk, nirgendwo gibt es ein reines Erzählen, immer nur bewußtes, artikuliertes Denken, das jeden Raum durchdringt wie der Geruch von gebratenen Zwiebeln. Ich finde Vergnügen an dieser Allgegenwart: Keine Gestalt kann auch nur die kleinste Geste machen, ohne daß sie reflektiert wird, ist sie dem allessehenden Miniaturgott erst einmal ins Visier geraten. Der allwissende Goethe: Das erinnert mich an einen kalligraphischen Wandspruch im Zimmer meines Schulfreunds damals in Buenos Aires, als wir neun oder zehn Jahre alt waren:

Mira que te mira Dios
Mira que te está mirando
Mira que vas a minor
Mira que no sabes cuando

Denk daran, daß Gott dich sieht
Denk daran, er sieht dich immer
Denk daran, einst mußt du sterben
Denk daran, du weißt nicht, wann

Sowohl der Beobachtete als auch der Beobachter sind in der kurzen Szene (und Reflexion) präsent, in der Eduard sich über Charlotte mokiert, weil sie ihm beim Vorlesen über die Schulter sieht: »Wenn ich jemandem vorlese, ist es denn nicht, als wenn ich ihm mündlich etwas vortrüge? Das Geschriebene, das Gedruckte tritt an die Stelle meines eigenen Sinnes, meines eigenen Herzens; und würde ich mich wohl zu reden bemühen, wenn ein Fensterchen vor meiner Stirn, vor meiner Brust angebracht wäre, so daß der, dem ich meine Gedanken einzeln zuzählen, meine Empfindungen einzeln zureichen will, immer schon lange vorher wissen könnte, wo es mit mir hinauswollte? Wenn mir jemand ins Buch sieht, so ist mir immer, als wenn ich in zwei Stücke gerissen würde.«

Hier spricht der wahre Leser, der die Gesetze des Lesens kennt und seinen Lese-Raum eifersüchtig bewacht. Ein solcher kann nur immer einer von dreien sein: entweder völlig privat, still und gesammelt; oder geteilt und ebenfalls still – wie das gemeinsame Lesen von Paolo und Francesca; oder geteilt durch das Vorlesen, wenn die Buchseite allein dem Lesenden, nicht aber dem Zuhörer gehört. Eduard fühlt sich irritiert, weil sich zwei einander widerstreitende Lesehaltungen vermischen.

Auch stellt sich hier die Frage, wie man Literatur vorträgt. Der Akt des Erzählens muß sich an die ihm zugemessene Spanne halten, und der Mitwirkende dieses Akts (in diesem Fall die Zuhörerin) darf dem Vorleser nicht zum Ende vorauseilen, da dies das Leben der Geschichte verkürzen würde. (Daher die verbotene letzte Seite in den Zauberbüchern der Märchen.)

Später
Mir gefällt die Vorstellung, daß das Gespräch wie ein Fenster ins Herz oder in die Stirn des anderen ist.

Aus Ottiliens Tagebuch: »Jedes ausgesprochene Wort erregt den Gegensinn.«

Sonntag, 10. Januar
Ich habe mir zwei englische Übersetzungen der *Wahlverwandtschaften* angesehen, die eine von David Carridine bei der Oxford University Press, die andere von Judith Ryan, verlegt in Princeton. Keine stellt mich voll zufrieden, aber beide »erlauben das Gelesenwerden«, wie die Franzosen sagen. Goethe meinte in einem seiner vielen Briefe an Wilhelm von Humboldt, daß die Nationalsprachen den Nationalcharakter zum Ausdruck bringen und daß sich englische und deutschen Autoren in Denkweise und Wertbegriffen ähnlich sind. Dies würde erklären, warum Shakespeare zum Bestandteil der deutschen Geistestradition wurde, nicht aber, warum Goethe in der englischen Kultur nie eine Rolle spielte. Irgend etwas »Gichtiges« (um Joyce' respektlose Charakterisierung des *Faust*-Dichters zu gebrauchen) hat dafür gesorgt, daß er in keiner seiner vielen Inkarnationen Eintritt in den englischen Lesekanon fand. Obwohl die weltweit erste umfassende Goethe-Biographie 1855 vom englischen Multitalent George Hery Lewes verfaßt wurde und trotz Goethes Einfluß auf Schriftstellerinnen wie George Eliot (man denke an das wahlverwandtschaftliche Ende ihres Romans *Die Mühle am Floss*) wird Goethe im englischen Sprachraum nicht gelesen.

Für die deutsch-jüdischen Emigranten in Buenos Aires gehörten Goethe und Schiller zum Grundbestand einer allumfassenden deutschen Kultur, die sie in ihren Pappkoffern und Bündeln ins Exil hinübergerettet hatten. In Deutschland hatten Schiller (und Goethe) ihren regionalen Akzent längst verloren; in der Diaspora gewannen Goethe (und Schiller) den

Klang und den Witz des Schtetl. Wenn bei den deutschen Eltern meiner Freunde ein Streit ausbrach, rief der Nachgebende irgendwann: »›O as a nar‹, sagte Goethe«, worauf der andere erwiderte: »›Nebbich‹, sagte Schiller«, und der Streit löste sich in entspanntes Gelächter auf.

Goethes Nichtvorhandensein im englischen Sprachraum hat vielleicht einen Grund darin, daß man sich dem Dichter nicht schrittweise, Buch für Buch nähern kann. Es führt zu nichts, prüfend die Zehe ins Wasser zu halten; man muß kopfüber ins Goethe-Meer springen, sich der gewaltigen Dimension ausliefern, dem Sog der Wellen, seinen unabsehbaren Horizonten. »Ich werde euch begoethen«, sagte der Lehrer am ersten Schultag in der Pestalozzischule (der deutschen Schule in Buenos Aires, die ich ein einziges Jahr besuchte) und ließ uns den *Erlkönig*, *Es war ein König in Thule* und *Ginkgo biloba* auswendig lernen.

Nietzsche, der mit seinem Lob selten großzügig umging, stellte Goethe als Ausnahmeerscheinung über alle Nationalitäten und Nationalliteraturen. Er sei eine Zivilisation in sich selbst, schrieb er in *Menschliches, Allzumenschliches*. In diesem Sinne kann man die *Wahlverwandtschaften*, die er im hohen Alter verfaßte, als eine Art Sittenbrevier der Goetheschen Zivilisation lesen.

Nachts

Die scheinmathematische Ausdrucksweise, die Goethe seinem Eduard in den Mund legt, als er am Ende des 5. Kapitels das menschliche Verhalten beschreibt (»Nehmen Sie sich nur, lieber Freund, vor dem D in acht! Was sollte B denn anfangen, wenn ihm C entrissen würde? [...] Es kehrte zu seinem A zurück, zu seinem A und O!«), findet ihr Echo in den Psychotests der Lifestyle-Magazine. Sind Sie ein guter Liebhaber? Sind Sie glücklich? Kreuzen Sie die Kästchen an, und ermitteln Sie Ihre persönliche Formel. Das sind Trostformeln, vermute ich, die uns in der Illusion wiegen, daß unsere Konturen nicht im Ungefähren verschwimmen.

Montag, 11. Januar
Im 6. Kapitel des ersten Teils unterhalten sich Eduard und der Hauptmann über das nahegelegene Dorf, das sie nach einem Schweizer Vorbild verschönern wollen – nicht nach Schweizer Bauart, aber mit Schweizer Ordnung und Sauberkeit. Ein aufdringlicher Bettler tritt an sie heran und fordert ein Almosen. Eduard, verärgert über die Belästigung, schickt ihn fort. Als der Bettler sich schimpfend, »mit kleinen Schritten entfernte, auf die Rechte des Bettlers trotzte, dem man wohl ein Almosen versagen, ihn aber nicht beleidigen dürfe, weil er so gut wie jeder andere unter dem Schutze Gottes und der Obrigkeit stehe, kam Eduard ganz aus der Fassung«.

Der Hauptmann schlägt eine Lösung für das Problem des Bettelns vor. Er will an beiden Enden des Dorfes bei vertrauenswürdigen Bewohnern eine kleine Geldsumme hinterlegen lassen, aus der Bettler, die das Dorf verlassen, ein Almosen erhalten, nicht aber diejenigen, die das Dorf betreten. Wenn ich an die Großstädte denke, in denen ich gelebt habe – Calgary,

Toronto, Buenos Aires, Paris, London –, klingt mir diese Patentlösung in den Ohren. Sie ist wie eine mathematische Formel, die dazu dient, Gefühle wegzuerklären, eine Methode, die Menschenwürde der Bedürftigen *nicht* zur Kenntnis zu nehmen. Ich muß mich daran erinnern, daß hier der Hauptmann und nicht Goethe spricht.

Einmal in der Pariser Metro begann ein Bettler mit der üblichen Litanei »Mesdames et messieurs, bitte verzeihen Sie die Störung usw., usw.«, doch dann warf er plötzlich die Zeitungen hin, die sein Betteln bemänteln sollten, und schrie uns Fahrgäste an: »Seht mich an! Ich will nur, daß ihr mich anseht. Ich bin auch ein Mensch, verdammt noch mal! Seht mich an, ihr Hunde! Unter euren Wintermänteln seid ihr genauso wie ich!«

Eduard und Charlotte, Ottilie und der Hauptmann haben sich außerhalb der Gesellschaft gestellt, so wie ein Leser sich außerhalb der Welt des Fiktiven stellt, in die er sich hineinbegibt, nicht bereit, sich vorzustellen, daß auch wir der Traum des Roten Königs sind.

Dienstag, 12. Januar

Eine Reflexion über Ottiliens Medaillon, das sie Eduard anvertraut: Eine Auflistung der Dinge, die uns anvertraut wurden, könnte eine ganze Autobiographie ergeben. Auf meinem Schreibtisch zum Beispiel sehe ich:

– eine Bronzefigur von Ganesh, dem elefantenköpfigen Gott der Gelehrsamkeit, das Geschenk eines lange verlorenen Freundes, als ich 1984 meinen ersten Computer bekam,

- eine gläserne Birne aus dem Besitz der Großmutter meines Partners, die er mir vor sieben Jahren schenkte, als wir uns kennenlernten,
- einen Bleistiftbehälter aus Pappmaché, ein Geschenk von Rohinton und Freny,
- eine vietnamesische Steinschatulle mit Buchstabenintarsien, die ich nicht entziffern kann, von Isabel Huggan zu meinem fünfzehnten Geburtstag,
- eine Pappröhre, bemalt mit einem Himmel, aus dem Bühnenbildentwurf für *Frühlings Erwachen* von Michael Levine,
- zwei Federhalter – einen Federkiel und eine Metallfeder zum Tunken – von meinen beiden Töchtern,
- einen steinernen Untersetzer, den mir Lenny Fagin aus Indien mitgebracht hat,
- eine Räucherschale, die Bodge Hall angefertigt hat und die sie mir nach dem Tod von Rob Read gab. Sie enthält jetzt Steine aus der Sibyllenhöhle bei Neapel, aus einem tasmanischen Gehwegpflaster, aus der Coalport Bay in Ontario, von einem Bergpfad in den Vogesen, von der Straße vor meinem Haus in Calgary und eine Tonbohne, die mir Katherine Ashenburg schenkte,
- einen kleinen Ebenholzarm, angeblich Teil des Modells, das als Vorbild für einen der beiden riesigen, fackeltragenden Mohren in der venezianischen Kirche San Zaccaria diente,
- ein Kästchen für Postkarten, handbemalt vom Eigentümer des Tabakladens gegenüber unserer Wohnung in Selestat.

Beim Anblick dieser Dinge fühlte ich mich reich beschenkt: private Zufriedenheit in vielen kleinen Teilen.

Wie Charlotte sagt: »Das Gute stück- und teilweise zu genießen«.

Später

»Alles scheint seinen gewöhnlichen Gang zu gehen, wie man auch in ungeheuren Fällen, wo alles auf dem Spiele steht, noch immer so fortlebt, als wenn von nichts die Rede wäre.« Diese Selbstbescheidung ist immer überraschend. Auden bemerkte in seinem Gedicht über Brueghels *Ikarus*, daß die alten Meister sich nie irrten, wenn es ums Leiden ging: »wie es geschieht, / während irgend jemand ißt oder ein Fenster öffnet oder stumpfsinnig vorbeiläuft«.

Ich denke daran, wie das Leben unter der argentinischen Militärdiktatur weiterging, wie meine Mutter ihren Alltag fortsetzte, während Menschen in der Nachbarschaft entführt und gefoltert wurden, mit Handschellen gefesselt über dem Fluß aus dem Flugzeug gestoßen wurden. Wie sie weiter ihre Einkäufe und Verwandtenbesuche machte, wie sie über die Preise und das Wetter redete und ihr Wissen, daß Nachbarn über Nacht verhaftet wurden, auf mysteriöse Weise verschwanden, mit halbherzigen Ausreden beschwichtigte: Vielleicht waren sie nur in Urlaub gefahren, vielleicht waren sie in kriminelle Machenschaften verwickelt, vielleicht waren sie ausgezogen, und es gab keinen Grund zur Beunruhigung. Sie konnte weiterleben wie bisher, obwohl sie – in Audens Worten – »es gesehen haben muß / das Unglaubliche, einen Knaben, der vom Himmel fällt, / aber ein Ziel hat und ruhig weitersegelt«.

Goethe sagt am Ende des ersten Teils über Eduard, »daß er sich im stillen dem Gefühl seiner Leidenschaft ganz überließ«. Das ist in mancher Hinsicht das emotionale Äquivalent jener politischen Passivität, eine Selbstversenkung, die sich als Leidenschaft maskiert.

Mittwoch, 13. Januar

Aus Ottiliens Tagebuch: »Ein Leben ohne Liebe, ohne die Nähe des Geliebten ist nur eine *Comédie à tiroir*, ein schlechtes Schubladenstück.« Und später: »Eine Höflichkeit des Herzens«. Eine außerordentliche Einsicht, deren Wahrheit sofort erkennbar wird. Es ist dasselbe, was Chateaubriand als den Gefühlszustand beschreibt, in dem die Liebe keine Verliebtheit mehr ist und sich noch nicht zur »leidenschaftlichen Freundschaft« gewandelt hat.

»Es wandelt niemand ungestraft unter Palmen, und die Gesinnungen ändern sich gewiß in einem Lande, wo Elefanten und Tiger zu Hause sind.« Dasselbe gilt natürlich umgekehrt. Für mich, den Wanderer, besitzt dieser vielzitierte Satz eine tiefe Ironie, weil ich mich unter Palmen dazu entschloß, mir selbst treu zu sein und mich mit der Existenz des Lesenden/Schreibenden abzufinden. Ovid weint, weil er in der Fremde ist, Cortázar lebt im Exil auf. Und in beiden Fällen wird die Phantasie durch das Neue und Andersartige genährt.

»Man denkt sich immer sehend. Ich glaube, der Mensch träumt nur, damit er nicht aufhöre zu sehen.«

Diese genaue Beschreibung des menschlichen Bewußtseins und seiner argusäugigen Wachsamkeit verleiht dem ganzen Roman die ihm eigentümliche Intensität: Die vier Gestalten, der Autor und in dessen Erweiterung auch die Leser sind sich ständig ihres Tuns bewußt, sie sehen sich selbst dem Ende entgegeneilen, ohne Chance, sich darüber hinwegzutäuschen oder die Augen davor zu verschließen.

Freitag, 15. Januar
Ist alles Lesen assoziatives Lesen?

Ich nehme mir erneut die letzten Seiten der *Wahlverwandtschaften* vor, draußen fällt mit großer Beharrlichkeit der Schnee, bedeckt die Straße und die Bäume, löscht alle Farben aus, verhüllt alles Häßliche. Natürlich war Goethe hier in der Provinz Alberta und hat den Schnee fallen sehen. In den *Maximen und Reflexionen* hält er die Beobachtung fest: »Der Schnee ist eine erlogene Reinlichkeit.«

Gestern abend wurde in der Stadt ein erfrorener Mann gefunden: Der Alkohol hatte seine Unterkühlung beschleunigt, und so lag er da, der Schnee fiel nicht schnell genug, um ihn vor unseren Blicken zu verbergen. Wir alle müssen unsere Rolle spielen. Aber welche Rolle mag das sein?

Sind die *Wahlverwandtschaften* eine Ausbreitung der Schlußsentenz des *Candide*? Kann man den Roman als eine zynische Apotheose der Gartenkunst lesen, einer Kunst, die im 18. Jahrhundert blühte und zu einer verirrten Ökologie geriet, zum Herrschaftsanspruch des Menschen über die Natur, auf den sich Hitler fast eineinhalb Jahrhunderte später berief, als er das »Vorbild der Natur« beschwor? »Wir müssen Raum für Weideland lassen«, erklärte er Martin Bormann am 28. September 1941. »Die Natur hat die verschiedenen Regionen der Welt so geschaffen, daß für jede Gegend eine Art von Autarkie möglich ist.«

Den Spielern in den *Wahlverwandtschaften* dient die Welt als Betätigungsfeld für die eigenen Ambitionen. In allen vieren steckt ein kleiner Adam, dem der Garten Eden zur Pflege anvertraut wurde; jede Weltgegend können sie zutreffend beurteilen, und doch bleiben sie blind für das Urteil ihres Schöpfers. Sie modeln ihre Gärten um, sie stutzen ihre Bäume, und darüber vergessen sie sich selbst.

Die Schlußerkenntnis der *Wahlverwandtschaften* finde ich nicht auf der letzten Seite des Buches, sondern am Totenbett von Joseph Roth, der am 22. Mai 1939 in Paris starb. Geschwächt und hilflos, hört er gerüchtweise von den Verbrechen in Buchenwald, und vor seinem inneren Auge entsteht ein Bild: Dort auf dem Ettersberg stand Goethes Eiche, unter deren wohltuendem Schatten er die Geliebte, die Frau von Stein traf. Jetzt überschattet die Eiche die Wäschekammern und Küchen des neuerrichteten Konzentrationslagers, die Eiche steht noch, geschützt durch das Naturschutzgesetz des Dritten Reiches. Und Joseph Roth zieht mit letzten Kräften seinen Schluß, jenseits der Empörung, jenseits der Ironie:

> An dieser Eiche gehen jeden Tag die Insassen des Kz.tr.lagers vorbei; d. heißt: sie werden dort vorbeigegangen. Führwahr! man verbreitet falsche Nachrichten über das K-lager Buchen-

> wald; man möchte sagen: Greuelmärchen. Es ist, scheint mir, an der Zeit, diese auf das rechte Maß zu reduzieren: an der Eiche, unter der Goethe mit Fr. v. Stein gesessen ist und die dank dem Naturschutzgesetz noch wächst, ist bis jetzt, meines Wissens, noch kein einziger der Insassen des K-lagers »angebunden« worden; vielmehr an den anderen Eichen, an denen es in diesem Wald nicht mangelt.

Mit dieser Vision, diesem bitteren Scherz, dieser herzzerreißenden Feststellung stirbt Joseph Roth. Und mir fällt auf, daß ich, einer von unzähligen Lesern, infolge einer Zufallsetymologie in das letzte Wort, das Joseph Roth schrieb, eingebunden bin.

IX

Wie man die Künstler los wird

»Und wovon ernährt er sich?«
»Von dünnem Tee mit Sahne drin.«
Eine neue Schwierigkeit kam Alice in den Sinn.
»Angenommen, er findet keinen?« fragte sie.
»Dann stirbt er natürlich.«
»Aber das muß doch öfter passieren«,
bemerkte Alice nachdenklich.
»Es passiert ständig«, sagte die Mücke.
Alice hinter den Spiegeln, 3. Kapitel

Jona und der Wal

Eine Predigt

In Erinnerung an Paul Fleck

»Oh, Zeit, Kraft, Geld und Geduld!«
HERMAN MELVILLE, *Moby Dick*, 32. Kapitel

Von all den wetternden und klagenden Propheten, die durch das Alte Testament geistern, ist vermutlich der Prophet, den man Jona nannte, der merkwürdigste. Ich mag Jona – trotz des Rufs eines Unheilstifters, den er sich posthum zuzog, und habe möglicherweise herausgefunden, was die Leute in seiner Umgebung so sehr in Unruhe versetzte. Ich vermute, er hatte das, was man im 19. Jahrhundert ein künstlerisches Temperament nannte. Ich bin sicher, Jona war ein Künstler.

Der erste, der mir die Geschichte von Jona erzählte, war mein Großonkel, der die unangenehme Gewohnheit hatte, beim Reden des öfteren ins Taschentuch zu spucken. Er tat sich ein wenig auf seine jüdische Gelehrsamkeit zugute, doch wir glaubten nicht, daß sie wesentlich über die paar Verse hinausging, die er uns für die Bar-Mizwa auswendig lernen ließ. Aber manchmal hatte er eine gute Geschichte auf Lager, und wenn man nicht zu genau hinsah, wie sich in seinen

Mundwinkeln der Speichel sammelte, konnte das Zuhören recht unterhaltsam sein. Die Geschichte von Jona kramte er an einem Tag hervor, als ich mich besonders dickköpfig weigerte, irgend etwas zu tun, worum man mich schon hundertmal gebeten hatte. »Genau wie Jona«, sagte mein Großonkel, hielt das Taschentuch vor den Mund, spuckte herzhaft hinein und schob es tief in die Tasche zurück. »Immer nur nein, nein, nein. Was soll denn aus dir werden? Ein Anarchist?« Für meinen Großonkel, der sich trotz der Pogrome eine seltsame Verehrung für den Zar bewahrt hatte, gab es nichts Schlimmeres als Anarchisten, höchstens vielleicht noch die Journalisten. Er behauptete, alle Journalisten seien Ritzenkieker und Schnüffelheinis, und wenn man wissen wolle, was in der Welt so passiere, könne man das auch von seinen Freunden im Café erfahren. Und das tat er dann auch, tagein, tagaus, nur natürlich nicht am Sabbat.

Die Geschichte von Jona wurde wahrscheinlich im vierten oder fünften vorchristlichen Jahrhundert niedergeschrieben. Es ist eines der kürzesten Bücher der Bibel – und eins der merkwürdigsten. Es berichtet vom Propheten Jona, der von Gott berufen wird, in die große Stadt Ninive zu gehen und gegen sie zu predigen, denn ihre Bosheit war Gott zu Ohren gekommen. Aber Jona wußte, daß sein Gott barmherzig war und Ninive verschonen würde, wenn die Bewohner ihre Sünden bereuten. Also entzog er sich dem göttlichen Befehl und bestieg ein Schiff, das nach Tharsis fuhr. Da erhob sich ein gewaltiger Sturm, die Seeleute schrien vor Angst und fürchteten um ihr Leben. Jona, der begriff, daß er die Ursache dieses meteorologischen Aufruhrs war, forderte sie auf, ihn ins Meer zu werfen, auf daß sich die Wogen wieder glätten. Die Seeleute taten es, und der Sturm legte sich augenblicklich. Jona aber wurde von einem großen Fisch verschlungen, den Gott selbst ihm geschickt hatte. Drei Tage und drei Nächte blieb er im Bauch des Fisches, und am vierten Tag wurde er an Land gespien. Und wieder befahl Gott seinem Propheten, nach Ninive zu gehen und dort zu predigen, daß die Stadt in vierzig Tagen untergehen werde. Diesmal gehorchte Jona. Als das Volk und der König von Ninive seine Predigt hörten, legten sie Bußgewänder an und bereuten ihre Sünden, und Gott verschonte die Stadt Ninive. Da wurde Jona zornig auf seinen Herrn, er baute sich eine Hütte in der Wüste östlich der Stadt und ließ sich dort nieder, um abzuwarten, was mit der bußfertigen Stadt geschehen würde. Gott ließ einen Rizinusstrauch in die Höhe wachsen, der Jona Schatten spendete, und Jona dankte ihm für die Wohltat. Doch am nächsten Tag ließ Gott den Rizinus verdorren. Er schickte einen dürren Ostwind und ließ Jona die Sonne aufs Haupt brennen, bis er schwach vor Hitze wurde und Gott bat, ihn sterben zu lassen. Da sprach der Herr zu Jona: »Du zürnst mir, weil ich eine einfache Pflanze sterben ließ, und mich sollte nicht Ninive jammern, die große Stadt, in welcher hundertzwanzigtausend Menschen leben, die nicht wissen, was rechts und links ist, dazu viele Tiere?« Mit dieser unbeantworteten Frage endet das Buch Jona.

Mich begeistern die Gründe für Jonas Weigerung, zu den Bewohnern von Ninive zu predigen. Die Vorstellung, daß Jona sich vor seiner Aufgabe drückte, *weil* er wußte, daß die Bewohner von Ninive Buße tun und deshalb verschont bleiben würden, muß jedem unverständlich bleiben, nur einem Künstler nicht. Jona nämlich war klar, daß sie auf zweierlei Art mit einem Künstler umgehen konnten: Entweder sie sahen in seinem Schaffen eine Kritik an ihrem Treiben und warfen dem Künstler alles Böse vor, dessen sie selbst angeklagt wurden, oder sie eigneten sich sein Schaffen an, bezahlten es in goldenen Dinaren und ließen es kostbar rahmen, um sich damit zu schmücken. Unter solchen Umständen, soviel wußte Jona, hatte kein Künstler eine Chance.

Vor der Wahl stehend, entweder als Ankläger oder als dekorative Zierde zu wirken, hätte sich Jona wahrscheinlich für die Anklage entschieden. Wie die meisten Künstler wollte Jona seine Zuhörer aufrütteln, an ihr Gewissen rühren, in ihnen etwas Erahntes, aber doch höchst Geheimnisvolles wecken, ihren Schlaf stören und durch ihre Tagträume geistern. Was er aber nicht wollte, unter keinen Umständen, war ihre Buße. Nein, das konnte er nicht ertragen, wenn sie sich einfach sagten: »Vergeben und vergessen, begraben wir die Vergangenheit, reden wir nicht mehr über Unrecht und Wiedergutmachung, über Bildungsmisere und Einschnitte in den Gesundheitsetat, Fehlbesteuerung und Arbeitslosigkeit. Sollen die Ausbeuter sich mit den Ausgebeuteten vertragen, und dann aufs neue Geld gescheffelt!« Nadine Gordimer, von der Jona nie gehört hatte, sagte einmal, es gebe nichts Schlimmeres für einen Schriftsteller, als in einer korrupten Gesellschaft *nicht* verschrien zu sein. Jona scheute vor dieser undankbaren Rolle zurück.

Vor allem wußte Jona, daß in Ninive die Politiker und die Künstler im Krieg miteinander lagen und daß alle kämpferischen Aktionen der Künstler (die über ihr eigentliches Handwerk hinausgingen) letzten Ende zwecklos waren, weil sie sich in der Arena der Politik abspielten. Es war wohlbekannt, daß die Künstler von Ninive (die sich in der Ausübung ihrer Kunst nicht bremsen ließen) des Kampfs mit Bürokraten und Banken schnell müde geworden waren und daß die wenigen, die weiter heldenmütig gegen korrupte Minister und Höflinge vorgingen, dies auf Kosten ihrer Kunst und ihres Seelenheils taten. Nach einem Tag voller Ausschußsitzungen war es schwierig, ins Atelier und zu den Tontafeln zurückzukehren. Damit rechneten die Bürokraten von Ninive natürlich, und ihre wirksamste Taktik bestand in der Verschleppung: Verschleppung von Gesprächsterminen, von Zuschüssen, von Verträgen, von klaren Auskünften. Wenn sie die Dinge nur lange genug verschleppten, sagten sie sich, würde der Zorn der Künstler verrauchen oder sich auf wundersame Weise in schöpferische Energie verwandeln. Der Künstler würde sich davonmachen, ein Gedicht schreiben, ein Kunstwerk zusammenbasteln, sich einen neuen Tanz ausdenken. Und solche Sachen wurden den Banken und Privatfirmen kaum gefährlich. Im Gegenteil, die Geschäftsleute wußten recht gut, daß der in Kunst verwandelte Zorn der Künstler häufig zur verkäuflichen Ware wurde. »Man denke nur«, sagten die Bewohner von Ninive gern, »wieviel man heute für das Bild eines Malers zahlen muß, der zu Lebzeiten kaum das Geld für die Farben aufbringen konnte, von der

Ernährung ganz zu schweigen. Der Lohn des Künstlers«, fügten sie weise hinzu, »ist der Nachruhm.«

Aber der größte Triumph der Politiker von Ninive war es, daß es ihnen gelang, die Künstler gegen sich selbst arbeiten zu lassen. Ninive war so durchdrungen von der Überzeugung, daß Reichtum das höchste Ziel sei und Kunst, die sich nicht sofort zu Geld machen ließ, eine undankbare Angelegenheit, daß auch die Künstler selbst zu glauben begannen, sie müßten sich ihren Eintritt in die Welt erkaufen, indem sie einträgliche Kunst produzierten, Unverkäuflichkeit als Makel werteten und vor allem denen zu gefallen trachteten, die reich waren und folglich auch die Macht hatten. Also bat man die Maler, ihre Bilder gefälliger zu malen, die Musiker sollten eingängigere Melodien liefern, die Schriftsteller nicht so deprimierende Geschichten erfinden, denn (nach den Worten von Dorothy Parker, die meines Wissens nicht aus Ninive stammt):

> Das Leben ist ein heiterer Liederkranz,
> ein Fest der Gesänge und Reden.
> Die Liebe, sie bleibt und behält ihren Glanz,
> und ich bin die Prinzessin von Eden.

In Zeiten, die längst vergangen sind, schliefen die Bürokraten manchmal, und dann konnte es geschehen, daß kunstsinnige oder schwachsinnige Könige von Ninive gewisse Summen für künstlerische Zwecke einsetzten. Doch dann wurden die Beamten gewissenhaft und wachsam, sie gingen gegen die Verschwendung vor und kürzten die gewährten Mittel.

Natürlich hätten sie niemals zugegeben, daß der Staat den Künsten die Unterstützung entzog, denn es gelang dem Finanzminister, den vorgesehenen Etat bis auf einen kleinen Rest zu kürzen und diesen Akt in den Büchern als beträchtliche Etataufstockung auszuweisen. Ermöglicht wurde ihm das durch gewisse Kunstgriffe, die er den Dichtern von Ninive abgeschaut hatte (die Politiker bedienten sich natürlich mit Freuden der Tricks, die sich die verachteten Dichter ausdachten). Die Metonymie etwa, das stilistische Mittel, einen Teil oder ein bestimmtes Merkmal einer Sache für das Ganze stehen zu lassen (»Krone« für »König« zum Beispiel), half dem Wirtschaftsminister, den Etat für die Bereitstellung von künstlerischen Materialien zu kürzen. Was die Maler jetzt von der Stadt erhielten, war ein Rattenborstenpinsel der Größe 4, da der Posten »Materialien für den künstlerischen Bedarf« in der Amtssprache des Ministeriums nun mit der kurzen Bezeichnung »Pinsel« belegt wurde. Die Finanzexperten der Regierung machten eifrig Gebrauch vom gebräuchlichsten aller dichterischen Mittel – der Metapher. Da gab es den berühmten Fall, daß zehntausend Golddinar, die für die Unterbringung bejahrter Künstler reserviert waren, für die Fütterung der städtischen Kamele verwendet wurden. Man mußte nur die Benutzung des öffentlichen Nahverkehrs als »vorübergehende Unterbringung« definieren, dann konnte die Summe zur Subventionierung der Kamele dienen, weil die Alten sie schließlich brauchten, um von einem Ort zu anderen zu gelangen.

»Die wirklichen Künstler«, sagten die Bewohner

von Ninive, »haben keinen Grund zur Klage. Wenn sie richtig gut sind, machen sie immer genug Geld, auch in den schlechten Zeiten. Die anderen aber, die sogenannten experimentellen Künstler, die Möchtegernkünstler und die Propheten, die keinen Pfennig verdienen, die machen das große Geschrei. Ein Bankier, der nicht weiß, wie man Gewinne erzielt, wäre ebenfalls verloren. Ein Bürokrat, der nicht begreift, daß man Probleme löst, indem man sie aussitzt, bleibt nicht lange Bürokrat. Das ist das Gesetz des Überlebens. Und Ninive denkt an die Zukunft.«

Wahr ist, daß in Ninive eine Handvoll Künstler (und viele Kunstscharlatane) herrlich und in Freuden lebten. Die Stadt belohnte und feierte gern ein paar von den Künstlern, deren Produkte gefragt waren. Dabei übersahen die Mäzene natürlich, daß der Erfolg der wenigen Auserwählten aus den Anstrengungen, den Glanzleistungen und den Mißerfolgen der vielen anderen Künstler erwuchs. Warum sollte die Stadt auch Dinge fördern, die nicht auf den ersten Blick gefielen oder verständlich waren? Wahr ist auch, daß die Künstler in ihrer großen Mehrheit weitermachten, einfach weil sie nicht anders konnten, weil Gott oder der Heilige Geist sie Nacht für Nacht zu neuen Taten trieb. Sie schrieben weiter, sie malten, komponierten, tanzten weiter – mit allen Mitteln, die sie zur Verfügung hatten. »Die Kunst ist ein Job wie jeder andere«, sagten die Bewohner von Ninive.

Es wird berichtet, daß Jona, als er diese Spruchweisheit aus Ninive zum erstenmal vernahm, seinen ganzen Prophetenmut zusammenraffte, sich auf den Marktplatz stellte und zur Menge sprach. »Die

Kunst«, rief er, »ist *kein* Job wie jeder andere! Der Künstler befaßt sich mit der Wirklichkeit, der inneren und der äußeren, und drückt sie in bedeutungskräftigen Symbolen aus. Wer sich aber mit Geld befaßt, befaßt sich mit Symbolen, hinter denen nichts steht. Es ist wundervoll, an all die Tausenden Börsenmakler von Ninive zu denken, deren Wirklichkeit nur aus dem unberechenbaren Auf und Ab der Kurswerte besteht, die sich in ihrer Phantasie zu Reichtum verwandeln – zu einem Reichtum, der nur auf dem Papier steht oder über einen Bildschirm huscht. Kein Thrillerautor, kein Medienkünstler kann jemals hoffen, sein Publikum in die alles durchdringende Erwartungsspannung zu versetzen, in der sich Börsenmakler Tag für Tag befinden. Erwachsene Männer und Frauen, die keinen Augenblick an Einhörner glauben, nicht einmal an die symbolische Existenz von Fabeltieren, betrachten es als unbezweifelbare Tatsache, daß ihnen ein Anteil an sämtlichen Kamelbäuchen des Landes gehört. Diese Überzeugung macht sie glücklich und verleiht ihnen das Gefühl der Sicherheit.«

Als Jona bei dieser Schlußfolgerung angelangt war, hatte sich der Marktplatz von Ninive schon geleert. Und genau das war der Grund, weshalb er beschloß, vor Ninive und Gott davonzulaufen und das Schiff nach Tharsis zu besteigen.

Die Seeleute auf dem Schiff, das Jona an Bord nahm, stammten alle aus Joppe, einem Mittelmeerhafen und Vorposten der reichen Stadt Ninive. In Ninive herrschte, wie Sie sicher schon vermutet haben, die Gier. Nicht der Ehrgeiz, der ein schöpferischer

Impuls ist und den alle Künstler besitzen, sondern der unfruchtbare Drang, sich zu bereichern um der Bereicherung willen. Joppe jedoch war ein Ort, wo Propheten ein erträgliches Maß an Freiheiten eingeräumt wurde. Die Einwohner von Joppe verfolgten den jährlichen Zustrom von bärtigen, zerlumpten Wanderpredigern und zerzausten, glutäugigen Prophetinnen mit einer gewissen Sympathie, da sie irgendwann weiterzogen und kostenlose Reklame für die Stadt machten, wenn sie in anderen Gegenden und Ländern den Namen der Stadt Joppe mit lobenden Worten bedachten. Auch lockte die jährliche Hochsaison der Propheten seltsame und illustre Gäste in die Stadt, und die Herbergen und Karawansereien konnten sich nicht über den Mangel an Gästen beklagen.

Aber als schwere Zeiten für Ninive kamen und die Krise auch in der kleinen Stadt Joppe spürbar wurde, als die Profite nur noch die Rate von mageren vierundsiebzig Prozent erreichten und die wohlhabenden Joppaner sich gezwungen sahen, eine ihrer sechsspännigen Prunkkutschen zu verkaufen oder ein paar Manufakturen zu schließen, begann man sich öffentlich über die Propheten, Wahrsager und Künstler zu mokieren. Jetzt empfanden die Joppaner die Toleranz und die launige Großzügigkeit von ehedem als sündhaft und verschwenderisch, und viele meinten, daß die Künstler, die in ihr malerisches Städtchen kamen, überhaupt nichts zu fordern hätten und dankbar sein konnten, wenn sie in den baufälligsten Hütten von Joppe unterkamen, dankbar, wenn man ihnen die notwendigen Hilfsmittel verweigerte, dankbar, wenn ihnen die Zuschüsse für künstlerische Projekte gestrichen wurden. Als sie ihre Hütten räumen mußten, um zahlenden Gästen aus Babylon Platz zu machen, bekamen sie zu hören, daß es ihnen als Künstlern zur Ehre gereichen müsse, unter dem Sternenhimmel zu lagern und sich in stinkende Ziegenfelle zu hüllen wie die großen Propheten und Dichter aus der Zeit vor der Sintflut. Vor allem aber sollten sie ihr elitäres Gehabe aufgeben, zum Beispiel die Vorstellung, daß Künstler den Austausch mit anderen Künstlern benötigten, daß sie gemeinsam diskutieren, arbeiten und lernen mußten oder daß sie die Freiheit brauchten, sich zu kleiden und umherzubewegen, wie sie es für angemessen hielten, ohne daß ein babylonischer Kongreßteilnehmer sich bemüßigt fühlte, sie anzustarren, auszulachen oder zu beschimpfen.

Aber selbst in diesen schweren Zeiten bewahrten die meisten Joppaner für ihre Propheten noch eine gewisse Zuneigung, vergleichbar der Zuneigung zu alten Haustieren, die einem seit der Kindheit vertraut sind, sie halfen ihnen auf die eine oder andere Art, selbst wenn die Geschäfte nicht gut gingen, und sie nahmen sogar ein wenig Rücksicht auf ihre künstlerische Sensibilität, indem sie nicht gar zu grob mit ihnen umsprangen. So war es auch, als sich der Sturm erhob und das Schiff aus Joppe von der tobenden See umhergeworfen wurde. Die Seeleute zögerten eine Weile, bis sie Jona, dem mitreisenden Künstler, die Schuld an dem Unwetter gaben, und es war ihnen gar nicht wohl dabei. Vor drastischen Maßnahmen zurückscheuend, richteten sie ein paar Stoßgebete an ihre Himmels- und Meergötter, doch vergebens. Der Sturm nahm sogar noch zu, als hätten die Seeleute mit ihrem Gewinsel die Götter nur verärgert. Erst dann wandten sie sich an Jona, der sich im Laderaum verkrochen hatte und schlief (wie es Künstler manchmal tun, wenn es zu sehr stürmt), sie weckten ihn und fragten ihn um Rat. Auch dann noch, als er ihnen mit einem gewissen Künstlerstolz erklärte, der Sturm sei allein seine Schuld, zögerten die Seeleute, ihn über Bord zu werfen. Welche Windstärken konnte denn so ein dürrer Prophet entfachen? Zu welcher Wut konnte dieser armselige Wicht das tiefe, weinfarbene Meer schon aufpeitschen? Aber die Wogen schlugen noch höher, der Wind heulte in der Takelage, die Schiffsplanken stöhnten und knarrten, wenn die Brecher über sie hinwegrollten – bis endlich den Seeleuten, einem nach dem anderen, die alte Weisheit aus Ninive einfiel, die sie schon als Kinder auf dem Schoß ihrer Großmütter vernommen hatten: daß alle Künstler letzten Endes Parasiten sind. Jona und seinesgleichen machten schließlich den ganzen Tag nichts anderes, als ihr Genörgel und Gejammer in Verse zu fassen, und malten bei den harmlosesten Verfehlungen gleich den Teufel an die Wand. Warum sollte eine Gesellschaft, in der die Gier die stärkste Triebkraft ist, jemanden unterstützen, der nicht im geringsten zur direkten Mehrung des Reichtums beitrug? Deshalb, so erklärte ein Seemann es den anderen, müssen wir nicht an unserem seemännischen Geschick zweifeln, sondern einfach nur Jonas Schuldbekenntnis akzeptieren und ihn über Bord werfen. Er wird sich schon nicht sträuben, er hat ja geradezu darum gebeten.

Selbst wenn Jona es sich anders überlegt und eingewandt hätte, daß ein Schiff (oder ein Staatsschiff) durchaus ein paar kluge Propheten als Ballast verkraften konnte und dadurch sogar seetüchtiger wurde, wußten die Seeleute aus langer Erfahrung mit den Politikern aus Ninive, daß man sich für die Argumente der Dichter einfach taub stellen konnte. Gewitzt durch ihre Irrfahrten über die Weltmeere, immer auf der Suche nach neuem Land, nach neuen, einträglichen Geschäften, gingen sie davon aus, daß gutes Gold als Ballast und Sicherheit stets schwerer wog als das Wort eines Künstlers.

Als sie Jona über Bord geworfen hatten, beruhigte sich die See augenblicklich. Sie fielen auf die Knie und beteten zum Gott Jonas. Niemand läßt sich gern vom Unwetter beuteln, und da das Schiff zu schaukeln aufhörte, als Jona ins Wasser fiel, schlossen die Seeleute daraus, daß er tatsächlich die Schuld trug und ihr Tun somit gerechtfertigt war. Offensichtlich waren sie nicht in den Genuß klassischer Bildung gelangt, sonst hätten sie gewußt, daß ihr Vorwand für die Beseitigung des Künstlers in den nachfolgenden Jahrhunderten eine lange und ehrwürdige Tradition begründen würde. Sonst hätten sie gewußt, daß der Drang, lästige Wesen, die ständig unsere Werte in Frage stellen und das Boot, in dem wir sitzen, zum Schaukeln bringen, einfach über Bord zu werfen, ein Urtrieb ist, der alle menschlichen Gesellschaften durchzieht. Für Platon, um mit ihm zu beginnen, ist der Staatsmann der wahre Künstler, der den Staat nach dem göttlichen Gerechtigkeits- und Schönheitsideal formt. Der gewöhnliche Künstler hingegen, der Dichter oder Maler, schildert nicht diese wahrhaft schildernswerte Wirklichkeit, sondern produziert bloße Hirngespinste, die für die Volksbildung völlig untauglich sind. Die Überzeugung, daß Kunst nur dann von Nutzen ist, wenn sie dem Staate dient, fand unter vielen Regierungen ungeteilte Zustimmung. Kaiser Augustus verbannte Ovid, weil er aus dessen Schriften etwas herausgelesen hatte, was ihm bedrohlich erschien. Die Kirche verurteilte Künstler, weil sie die Gläubigen von der wahren Lehre abbrachten. In der Renaissance wurden Künstler gekauft und weiterverkauft wie Kurtisanen, und das 18. Jahrhundert reduzierte sie (wenigstens im Bild der Öffentlichkeit) zu armen Schluckern, die in ihren Mansardenstuben an Melancholie und Schwindsucht zugrunde gingen. Flaubert beschrieb in seinem *Wörterbuch der Gemeinplätze* das Bild, das sich der Bourgeois des 19. Jahrhunderts vom Künstler machte: »Künstler: Allesamt Witzbolde. Ihre Uneigennützigkeit herausstreichen. Sich wundern, daß sie angezogen sind wie jedermann. (Veraltet). Weibliche Künstler können nur Huren sein. Blaustrümpfe. Verdienen ungeheure Summen, aber werfen sie zum Fenster hinaus. Was sie tun, kann man nicht als ›Arbeit‹ bezeichnen. Sind oft zum Essen eingeladen.«[48]

Die heutigen Nachkommen der Seeleute von Joppe haben die Fatwa gegen Salman Rushdie verhängt und Ken Saro-Wiwa in Nigeria hingerichtet.

Ihr Motto in bezug auf die Künstler wurde von einem kanadischen Einwanderungsoffizier geprägt, der im Zweiten Weltkrieg für die Aufnahme jüdischer Flüchtlinge zuständig war: »Schon keiner ist zuviel.«

Jona fiel also ins Wasser und wurde von einem großen Fisch verschluckt. Das Leben im dunklen, weichen Fischbauch war gar nicht so schlecht. Während der drei Tage und Nächte wurde er vom Rumoren des Magens eingelullt und konnte in Ruhe nachdenken. Das ist ein Luxus, den Künstler selten genießen. Im Fischbauch gab es keine Termine zu befolgen, keine Rechnungen zu bezahlen, keine Windeln zu waschen, kein Essen zu kochen, keinen Familienkrach, der genau dann einsetzte, wenn ihm die entscheidende Idee kam, keinen Bankbeamten, den man beknien, keine Kritiker, die man verfluchen mußte. Drei Tage und Nächte lang dachte Jona also nach, er betete und schlief und träumte. Als er aufwachte, lag er ausgespien am Meeresufer, und Gottes bohrende Stimme setzte wieder ein: »Geh und mach dich auf nach Ninive, tu deine Pflicht. Es ist doch egal, wie sie reagieren. Jeder Künstler braucht sein Publikum. Das schuldest du deinem Werk.«

Diesmal gehorchte Jona. Im dunklen Fischbauch hatte er den Glauben an die Wichtigkeit seiner Mission ein wenig zurückgewonnen, und er spürte den Drang, seine Kunst in Ninive unter Beweis zu stellen. Aber kaum hatte er mit seinem Vortrag begonnen, kaum hatte er die ersten Sätze seiner prophetischen Warnung zu Gehör gebracht, machte seine Botschaft die Runde, und der König von Ninive brach in die Knie und tat Buße, die Bürger von Ninive rissen sich die Designerklamotten vom Leib und bereuten ihre Sünden, und selbst das Vieh von Ninive brach in Gebrüll und Wehklagen aus, um darzutun, daß es ebenfalls von Reue gepackt war. Der König, die Bewohner und das Vieh von Ninive hüllten sich in Säcke, bestreuten sich mit Asche, versprachen einander, endlich mit dem Sündigen Schluß zu machen, und dann stimmten sie alle miteinander die in Ninive gebräuchliche Version von *Auld Lang Syne* an. Als Gott diese orgiastische Sühnefeier geboten bekam, machte er seine Voraussage rückgängig und bewahrte Volk und Vieh von Ninive vor dem Untergang. Und Jona tobte vor Wut. Ein Aufbegehren kochte in ihm hoch, das mein Großonkel als »anarchistisch« bezeichnet hätte, und er verzog sich schmollend in die Wüste und baute sich unweit der entsündeten Stadt eine Hütte.

Wir erinnern uns, daß Gott einen Rizinusstrauch aus dem nackten Boden wachsen ließ, um Jona vor der Sonnenglut zu schützen, und Jona freute sich über diese fürsorgliche Geste Gottes. Darauf ließ Gott den Rizinus verdorren, und Jona mußte wieder in der Sonne schmoren. Wir wissen nicht, ob hinter dieser Demonstration, Jona erst mit einer schattigen Pflanze zu versorgen und ihm dann das Geschenk wieder zu entziehen, ein erzieherisches Anliegen steckte, ein Versuch Gottes, Jona von seinen guten Absichten zu überzeugen. Vielleicht sah Jona darin eine Allegorie für die Stipendien, die ihm der Kunstsenat von Ninive erst zugesprochen und dann gestrichen hatte. Ich nehme an, er deutete die Sache so, daß Gott in den schweren Zeiten – als die Armen immer ärmer wurden und die Reichen so reich, daß die Steuerschlupflöcher zu verstopfen drohten – auf künstlerischen Ehrgeiz keine Rücksicht mehr nehmen konnte. Da er selbst Autor war, hatte Gott sicher Verständnis für Jonas mißliche Lage: Jona wollte in Muße arbeiten, ohne ständig ans tägliche Brot denken zu müssen; er wollte, daß seine Prophezeiung die Bestsellerliste der *Ninive-Times* anführte und er trotzdem nicht mit den seichten Modeautoren verwechselt wurde; er wollte die Massen mit seinen eindringlichen Worten ans Herz rühren, aber sie zur Revolte und nicht zur Unterwerfung treiben; er wollte, daß Ninive in sich ging und entdeckte, daß die Stärke dieser Stadt, ihre Weisheit und Lebendigkeit, nicht auf den Geldbergen beruhte, die sich auf den Tischen der Wucherer täglich höher türmten wie Begräbnispyramiden, sondern auf dem Schaffen ihrer Künstler und auf den Versen ihrer Dichter, auf dem visionären Furor ihrer Propheten, deren Beruf es war, Unruhe zu stiften, damit die Bürger nicht träge und schläfrig wurden. All das verstand der Herr, und er verstand auch Jonas Ärger, denn es ist nicht undenkbar, daß selbst Gott manchmal etwas von seinen Künstlern lernt.

Obwohl es Gott leichtfiel, Wasser aus einem Fels zu schlagen und die Bewohner Ninives zur Umkehr zu bewegen, vermochte er es nicht, ihnen das Denken beizubringen. Das Vieh, dem der Verstand nicht gegeben war, konnte er bedauern. Aber was, wenn er mit Jona von Schöpfer zu Schöpfer sprach, von Künstler zu Künstler, sollte er mit den vielen Menschen anfangen, »die nicht wissen, was rechts oder links ist«, wie er mit seiner göttlichen Ironie befand?

Darauf, so stelle ich mir vor, nickte Jona, und verstummte.

X

Erinnerung an die Zukunft

»... aber es liegt doch ein großer Vorteil darin,
daß die Erinnerung in beide Richtungen wirkt.«
Alice hinter den Spiegeln, 5. Kapitel

Der Computer des heiligen Augustinus

Wir müssen die Widersprüche als das
stehen lassen, was sie sind,
sie als Widersprüche begreiflich machen
und erfassen, was darunter verborgen liegt.
HANNAH ARENDT

In den ersten Jahren des 16. Jahrhunderts erteilten die Ältesten der Bruderschaft von San Giorgio degli Schiavoni in Venedig dem Maler Vittore Carpaccio den Auftrag, eine Szenenfolge aus dem Leben des heiligen Hieronymus zu malen. Die letzte dieser Szenen, heute ganz oben rechts zu sehen, wenn man den kleinen, abgedunkelten Saal betritt, stellt aber nicht den heiligen Hieronymus dar, sondern einen seiner Zeitgenossen, den heiligen Augustinus. In einer mittelalterlichen und noch immer beliebten Legende wird berichtet, daß Augustinus sich soeben an seinem Pult niedergelassen hatte, um Hieronymus brieflich um seine Ansichten zur Frage der ewigen Seligkeit zu bitten, als sich der Raum mit Licht erfüllte und eine Stimme ihm verkündete, daß der Geist des Hieronymus gen Himmel gefahren sei.

Carpaccio plazierte seinen Augustinus in einem venezianischen Studierzimmer, wie es ihm selbst vertraut war und sowohl des Autors der *Bekenntnisse* als auch des Hieronymus, des Schöpfers der lateinischen Bibelfassung und Schutzheiligen der Übersetzer, würdig gewesen wäre: schmale Bände hoch oben auf dem Wandbord, darunter ausgebreitet zerbrechliche Gegenstände; ein messingbeschlagener Lederstuhl und ein kleines Schreibpult erhöht über dem überschwemmungsgefährdeten Fußboden, rechts ein Tisch mit drehbarem Lesegestell und der Arbeitsplatz des Heiligen, übersät mit aufgeschlagenen Büchern und mit Gegenständen, wie sie sich über die Jahre auf jedem Schriftstellertisch ansammeln: eine Muschel, eine Glocke, eine silberne Schatulle.

In der zentralen Nische erhebt sich die Statue des auferstandenen Christus und blickt hinüber zur Miniaturplastik der Venus, die zwischen dem Kleinkram steht. Beide bewohnen, wenn auch auf deutlich unterschiedenen Ebenen, dieselbe Menschenwelt: einerseits das Fleischliche, von dessen Verlockungen sich Augustinus im Gebet Erlösung erflehte (»aber bitte nicht sofort«), andererseits der *logos*, das Wort Gottes, das am Anfang war und dessen Echo Augustinus eines Nachmittags in einem Garten vernahm. In gehorsamem Abstand sitzt ein struppiger, kleiner weißer Hund mit erwartungsvollem Blick.

Dieser Ort umfaßt sowohl die Vergangenheit als auch die Gegenwart eines Lesers. Die Anachronismen hatten für Carpaccio keine Bedeutung, der Hang zur historischen Treue ist eine neuzeitliche Erfindung, nicht älter vielleicht als Ruskins präraffaelitisches Credo der »absoluten, unzweifelhaften Wahrheit bis ins kleinste Detail«. Augustins Studierzimmer und Augustins Bücher waren für Carpaccio und seine Zeitgenossen, ungeachtet dessen, wie sie im 4. Jahrhundert tatsächlich aussahen, von vergleichbarem Wesen. Ob Schriftrollen oder Kodizes, gebundene Pergamentblätter oder die hocheleganten Taschenbücher, die der Venezianer Aldus Manutius gedruckt hatte, nur wenige Jahre bevor Carpaccio an der Scuola mit der Arbeit begann – alles waren nur verschiedene Varianten derselben Sache, des Buches, das sich stets wandelte, auch in Zukunft wandeln würde und sich doch immer gleichblieb. In der Sichtweise Carpaccios ist also Augustins Studierzimmer auch meinem Studierzimmer vergleichbar, der Welt eines jeden Büchermenschen mit ihren Regalen und Erinnerungsstücken, dem überladenen Schreibtisch, der unterbrochenen Arbeit und dem Leser selbst, der auf Offenbarungen wartet – auf die eigenen? die des Autors oder eines Geists? – und sich Fragen beantworten will, die ihm die aufgeschlagene Seite stellt.

Da in der Gesellschaft der Leser Großzügigkeit herrscht, so zumindest wird verlautet, darf ich für einen Moment neben Carpaccios erlauchtem Leser sitzen – er an seinem Tisch, ich an meinem. Hat sich unser Leseverhalten – das des Augustinus, das des Carpaccio und meins – im Lauf der Jahrhunderte gewandelt? Und wenn, in welcher Weise?

Wenn ich einen Text auf der Seite oder auf dem Bildschirm lese, lese ich ihn stumm. Dank einem unglaublich komplexen Vorgang oder ganzen Kaskaden von Vorgängen entziffern bestimmte Neuronengruppen in speziellen Gehirnabschnitten den Text, den meine Augen aufgenommen haben, und machen ihn für mich verständlich, ohne daß mein Mund die Wörter formen und meine Ohren sie aufnehmen müßten. Das stumme Lesen ist keine so alte Fertigkeit, wie wir vielleicht vermuten würden.

Der heilige Augustin hätte mein verschwiegenes Treiben zwar nicht unerklärlich, doch zumindest befremdlich gefunden. Eine berühmte Passage in den *Bekenntnissen* beschreibt, wie er den heiligen Ambrosius beim stillen Lesen in seiner Mailänder Klause beobachtet. »Wenn er las«, berichtet Augustinus, »überspannten seine Augen die Seite, und sein Herz erforschte die Bedeutung, aber seine Stimme war stumm, und seine Zunge stand still.« Gewöhnlich las Augustinus im 4. Jahrhundert genauso, wie die alten Griechen und Römer gelesen hatten – nämlich laut. Und dies zu dem Zweck, der ungegliederten Textschlange ohne Punkt und Komma Gestalt und Bedeutung zu verleihen. Ein erfahrener Leser konnte das zwar auch im stillen tun, und auch Augustinus tat es gelegentlich – wie zum Beispiel im denkwürdigen Moment seiner Bekehrung, als er nach einem Band der Paulus-Briefe greift und »in Stille« den orakelhaften Vers liest, der ihn auffordert: »Ziehe Christus an wie eine Rüstung« –, aber das laute Lesen war nicht nur der Normalfall, es galt auch als unabdingbar für das volle Verständnis des Textes. Augustinus glaubte, daß Lesen soviel wie Vergegenwärtigen bedeutet, daß die *scripta*, die geschriebenen Wörter auf der Seite, zu *verba* werden müssen, zu gesprochenen Wörtern, um ihre Wirkung zu entfalten. Augustinus war der Überzeugung, daß der Leser dem Text Leben einhauchen, den geschaffenen Raum mit lebendiger Sprache ausfüllen muß.

Um das 9. Jahrhundert hatte sich mit der Interpunktion und der größeren Verbreitung von Büchern auch die stumme Lektüre als Normalfall durchgesetzt, und damit war das Lesen um einen neuen Wesenszug – den der Privatheit – reicher geworden. Den neuen Lesern war es möglich, eine intime, fast amouröse Beziehung zu ihrer Lektüre zu entwickeln und unsichtbare Mauern um sich und ihr Buch zu errichten. Siebenhundert Jahre später betrachtete Carpaccio das stumme Lesen als das Signum des Gelehrten, und folglich wies er seinem gelehrten Augustinus einen stillen, abgeschiedenen Platz zu.

Weitere fünfhundert Jahre später, in unserer Zeit also, hat das stumme Lesen jede Besonderheit verloren, und da wir immer auf Neuerungen aus sind, ist es uns eingefallen, dem Text auf dem Bildschirm eine eigene (wenn auch körperlos schnarrende) Stimme zu verleihen. Wenn der Leser will, kann ihm eine CD-ROM die postaugustinische Alternative bieten und entweder stumm bleiben wie ein Heiliger, während ich mich durch die Datei scrolle, oder dem Text Stimme und Illustration verleihen. Auch am Computer kann ich die Toten zum Leben erwecken, wenn auch nicht auf dem Weg des Erinnerns und mit einem Gefühl der Lust (auf das Augustinus verwies), sondern mittels purer Technik – eines fließbandgefertigten Golem, dessen Wirken mit Sicherheit noch perfektioniert werden wird. Der Unterschied besteht darin, daß die Computerstimme nicht meine Stimme ist, daß ihre Modulation, ihre Betonung und ihre anderen Ausdrucksmittel unabhängig von meinem Verständnis des Gelesenen eingesetzt werden. Die *verba* konnten wir auf diese Weise nicht beflügeln, aber wenigstens haben wir den toten *skripta* das Laufen beigebracht.

Auch das Gedächtnis des Computers ist ein anderes. Augustinus ging davon aus, daß jeder, der die Schrift im rechten Geiste liest, sie in seinem Inneren bewahrt, von Leser zu Leser, von Generation zu Generation weitergibt und ihr die Unsterblichkeit sichert. »Sie lesen die Schrift ohne Unterlaß«, schrieb er in den *Bekenntnissen*, »und was sie lesen, wird nicht vergehen.« Augustinus pries die Leser, die selbst zum Buch werden, indem sie den Text in sich tragen, ihrem Gedächtnis eingeprägt wie in eine Wachsmatrize.

Die wichtigen Texte auswendig zu kennen und zum Zwecke des Disputs oder des Vergleichs präsent zu haben war zu Carpaccios Zeit noch von Bedeutung. Doch als die Buchdruckerkunst erfunden war und die privaten Bibliotheken sich mit Büchern füllten, wurde der Rückgriff auf das gedruckte Wort bequemer, und schon die Lesekundigen des 16. Jahrhunderts konnten sich auf das Gedächtnis ihrer Bücher stützen, statt das eigene Erinnerungsvermögen zu bemühen. Das mehrfach schwenkbare Lesepult, mit dem Carpaccio Augustins Studierzimmer ausrüstete, diente der Erweiterung des Lesergedächtnisses ebenso wie andere wundersame Erfindungen – zum Beispiel das »rotierende Lesepult« des italienischen Erfinders Agostino Ramelli von 1588, das sich drehen ließ wie das Rad einer Wassermühle und dem Leser zehn verschiedene Bücher gleichzeitig präsentierte, alle zitierbereit aufgeschlagen.

Der geräumige Speicher meines Wortprozessors versucht, mir den denselben Komfort zu bieten. In mancher Hinsicht ist er den Erfindungen der Renaissance haushoch überlegen. Zum Beispiel wurden die antiken Texte, von denen viele so rar waren, daß sie Augustinus unbekannt blieben, von Carpaccios Zeitgenossen unter Mühen zusammengetragen. Heute stehen mir alle diese Texte frei und bequem zur Verfügung. Zwei Drittel der gesamten erhaltenen griechischen Literatur bis zur Zeit Alexanders des Großen, nämlich 3 400 000 Wörter und 24 000 Bilder, sind auf vier CD-ROMs der Yale University Press erfaßt, so daß ich nun mit einem Mausklick ermitteln kann, wie oft Aristophanes das Wort »Mann« benutzte, und spielend zum Ergebnis gelange, daß es bei ihm doppelt so oft vorkommt wie das Wort »Frau«. Um solche Statistiken zu erstellen, hätte Augustinus seine mnemotechnischen Fähigkeiten sehr strapazieren müssen, obwohl die Kunst des Erinnerns, seit den Tagen der Griechen und Römer zielstrebig entwickelt, bis dahin schon erstaunlich weit gediehen war.

Mein Computergedächtnis versagt jedoch, wenn es ans Werten, Kombinieren, Deuten und Assoziieren geht, wenn sich Datenzugriff und Intuition miteinander verbinden sollen. Zum Beispiel kann mir mein Computer trotz seiner statistischen Präzision nicht erklären, warum mir vor allem die Frauen des Aristophanes in den Sinn kommen, wenn ich an seine Stücke denke – die Praxagora in der *Weibervolksversammlung*, die Marktweiber in den *Thesmophoriazusen* und natürlich die alte Streitaxt Lysistrate. Die aufnahmefähige Festplatte meines Computers ist kein aktives Gedächtnis wie das des Augustinus, sondern eher ein Speicherort wie seine Bibliothek, wenn auch viel größer und wohl auch handhabbarer. Mit Hilfe meines Computers kann ich memorieren, aber nicht erinnern. Letzteres kann ich nur bei Augustinus und seinen uralten Kodizes lernen.

Zu seiner Zeit hatte der Kodex, das Buch aus gebundenen Einzelblättern, die Schriftrolle schon fast verdrängt, und zwar wegen seiner eindeutigen Vorzüge. Die Rolle gab immer nur einen bestimmten Teil des Textes frei, und man konnte nicht vor- oder zurücklättern, eben mal in einem anderen Kapitel nachschauen und den Finger zwischen den Seiten lassen. Die Schriftrolle engte daher den Lesevorgang ein, der Text wurde dem Leser in einer vorbestimmten Reihenfolge präsentiert, ein Abschnitt nach dem anderen. Ein Roman wie *Rayuela* von Julio Cortázar, der dem Leser nahelegt, die Kapitel in beliebiger Folge zu lesen, wäre im Zeitalter der Schriftrollen undenkbar gewesen. Auch der Gesamtumfang des Textes wurde durch die Schriftrolle begrenzt. Man vermutet, daß die Unterteilung der *Odyssee* in Gesänge nicht auf eine Gliederung durch den Dichter zurückgeht, sondern durch das Fassungsvermögen der Schriftrollen bedingt war.

Mein Computer bietet mir Vorzüge beider Buchformen. Ich kann mich durch einen Text »scrollen« und bin trotzdem in der Lage, über ein gesondertes Fenster zu einem anderen Teil des Textes zu gelangen. Doch in beiden Fällen fehlen mir Eigenschaften, die der Text in seiner materiellen Form besessen hatte.

Die physische Dimension des Textes, die mir die Schriftrolle auf einen Blick sinnfällig machte, ist auf dem Bildschirm nicht präsent, und auch das Blättern und Springen geht nicht so bequem und flink wie bei einem Kodex. Andererseits ist mein Computer der bessere Apportierhund. In der Fähigkeit, die gesuchten Stellen zu erschnüffeln und herbeizuschaffen, ist er seinen papierenen und pergamentenen Vorgängern unendlich überlegen.

Augustinus wußte, was wir uns selten klarmachen, daß sich nämlich jeder Leser beim Lesen einen imaginären Raum erschafft. Dieser Raum umfaßt sowohl den Leser selbst als auch die Welt, die sich aus den gelesenen Worten konstituiert und die Keats als »purple-lined palace of sweet sin« (»Purpurpalast der süßen Sünde«) bezeichnet hat. Dieser Lese-Raum besteht entweder im Medium, das ihn enthält oder offenbart (im Buch oder im Computer), oder in seiner textlichen Erscheinungsweise, so körperlos wie die Wörter, die sich im Lauf der Zeit im Leserbewußtsein festsetzen. Je nachdem, ob das geschriebene Wort am Ende oder am Anfang einer Kultur steht, ob wir es als Ergebnis eines schöpferischen Prozesses betrachten wie die Griechen oder als dessen Wurzel, wie es die Hebräer taten, wird es, wenn auch nicht in allen Fällen, zu einer Triebkraft dieser Kultur.

Für die Griechen, die ihre philosophischen Abhandlungen, ihre Dramen, Gedichte, Briefe, Reden und Geschäftsvorgänge fleißig niederschrieben, ohne dem Text mehr Bedeutung beizumessen als einer bloßen Erinnerungshilfe, war das Buch ein Begleiter der kulturellen Existenz, aber niemals ihr Kern. Die materielle Gestalt der griechischen Zivilisation lag im Raum, in den Steinen ihrer Städte. Für die Hebräer hingegen, die ihre Alltagsgeschäfte in mündlicher Form abwickelten und deren Literatur weitgehend dem Gedächtnis überantwortet war, wurde das Buch – das Buch der Bücher, die geoffenbarte Wort Gottes – zum Mittelpunkt der Zivilisation, es überlebte in der Zeit, aber nicht im Raum, es bewahrte sich durch alle Wanderungsbewegungen eines Nomadenvolkes. In einem Bibelkommentar bemerkte Augustin, der direkt auf der hebräischen Tradition fußte, daß Wörter einer musikalischen Qualität zustreben, die ihren Platz in der Zeit findet und keiner geographischen Lokalisierung bedarf.

Mein Computer gehört offenbar nicht der hebräischen und bücherzentrierten Tradition des Augustinus an, sondern eher dem bücherlosen Griechentum, das steinerne Monumente brauchte. Die Worte, die ich herbeizaubere, verdanken ihre Existenz dem vertrauten Computer-Tempel, dessen portalartiger Bildschirm über dem Kopfsteinpflaster der Tastatur in die Höhe ragt. Wie die Griechen den Marmor zum Sprechen brachten, bringe ich die Plastiksteinchen (dank der Audiofunktion meines Computers) zum Sprechen. Und die Rituale des Zugangs zum Cyberspace lassen sich in gewisser Weise mit den Zugangsritualen zu einem Tempel oder Palast vergleichen, die Vorbereitung und eingeübte Griffe erfordern.

Die Leserituale, die Augustinus im Umkreis seines Schreibtisches und in den vier Wänden seines Studierzimmers vollzog, waren hingegen verzichtbar oder zumindest wechselhaft. Er konnte beim Lesen auf und ab gehen, er konnte sich mit seinem Kodex ins Bett zurückziehen oder sich hinaus in den Garten setzen (im Garten hörte er die Worte, die zu seiner Bekehrung führten). Für Augustinus war das Buch ein Textbehälter von variabler Form; für die Humanisten der Epoche Carpaccios wurde diese Variabilität zu einem Wesensmerkmal, das zur Erfindung des Taschenbuches durch Aldus Manutius führte. Und im Verlauf der Jahrhunderte wurde das Buch immer praktikabler, zahlreicher und ersetzbarer; lesbar in jeder Lebenslage, an jedem Ort, zu jeder Zeit.

Meine Leserituale am Computer stützen sich auf eine komplexe Technologie, die für den Laien nicht mehr durchschaubar ist. Obwohl das Powerbook mir ermöglicht, meinen Lesestoff zu einem Felsen im Grand Canyon zu transportieren (wie es mir in einem Macintosh-Werbespot nahegelegt wird), hängt die Existenz des Textes immer noch von der Technologie ab, die ihn hervorbringt und speichert, ich muß mich nach wie vor dem physischen »Monument«, der Maschine, unterwerfen.

Für Augustinus besaßen die Wörter auf dem Papier eine physische, flammende und sichtbare Präsenz, während die Schriftrolle oder der Kodex ersetzbar und vergänglich waren. Für mich ist nur die physische Präsenz des teuer bezahlten Computers von Bedeutung, die Wörter hingegen sind Schall und Rauch. Wenn sich der Phantomtext stumm und geisterhaft auf dem Bildschirm materialisiert und mit einem Tastendruck zum Verschwinden gebracht werden kann, unterscheidet ihn das grundlegend von den beruhigend stabilen, sogar herrischen schwarzen Lettern, die mit Sorgfalt auf ein Stück Pergament aufgetragen oder auf ein Blatt Papier gedruckt wurden. Von meinem elektronischen Text bin ich durch eine Scheibe getrennt, ich kann die Wörter nicht küssen, wie es Augustinus vielleicht in seiner Hingabe getan hätte, oder den Duft von Leder und Tinte einatmen wie die Zeitgenossen des Carpaccio. Dies äußert sich auch im unterschiedlichen Vokabular, mit dem Augustinus und ich den Leseakt benennen. Augustinus sprach vom »Verschlingen« und »Genießen« eines Textes – gastronomische Metaphern, die er bereits im Buch Hesekiel (und in der Offenbarung des Johannes) vorfand, wo ein Engel dem Propheten befiehlt, ein Buch zu essen. Ich dagegen »surfe« durch das Internet und »scrolle« mich durch eine Datei. Für Augustin ist der Text ein dingliches Wesen, das man sich einverleiben muß. Der Computerleser erlebt den Text nur als Oberfläche eines Datenflusses, auf dem man umherflitzt wie ein Wellenreiter.

Soll das bedeuten, daß unsere Lesefähigkeiten verkümmert sind und ihren lukullischen Charakter zum großen Teil verloren haben? Oder haben sie sich vielmehr verbessert, weiterentwickelt und perfektioniert im Vergleich zur gemächlichen Lektüre des heiligen Augustinus? Oder sind diese Fragen schon überflüssig geworden?

Seit vielen Jahren schon wird der Tod des Buches und der Sieg der elektronischen Medien vorausgesagt, als würden zwei Kavaliere auf ein und demselben intellektuellen Schlachtfeld um die Gunst einer einzigen schönen Leserin buhlen. Erst war es das Kino, das angeblich dem Buch den Garaus machte, dann das

Fernsehen, später Videospiele und Virtual Reality, und selbst Buchhistoriker unserer Tage – Sven Birkin zum Beispiel in seinem Buch *The Gutenberg Elegies* – schrecken nicht vor apokalyptischen Bildern, vor Stoßgebeten und Bannflüchen zurück, wenn sie die bedrohte Zukunft des Buches beschwören. Vielleicht sind alle Leser im Herzen Maschinenstürmer, aber das hieße den Enthusiasmus ein wenig zu weit treiben. Weder wird die Technik den Rückzug antreten, noch geht das gedruckte Wort dem Untergang entgegen. Allen Unkenrufen zum Trotz zeigt die Zahl der Jahr für Jahr gedruckten Bücher keinerlei rückläufige Tendenzen.

Und doch wird es Veränderungen geben. In Zeiten technologischer Umbrüche erleben die veralteten Formen erfahrungsgemäß noch einmal eine späte Blüte. Nach der Erfindung der Druckerpresse stieg die Zahl der in Europa produzierten Handschriften dramatisch, und unmittelbar nach dem Aufkommen der Fotografie erlebte die Ölmalerei einen neuen Aufschwung. Und obwohl noch nie so viele Bücher gedruckt wurden wie heute, werden bestimmte Buchtypen dem elektronischen Fortschritt weichen. Nachschlagewerke zum Beispiel finden eine geeignetere Heimstatt auf der CD-ROM, wenn es erst gelingt, intelligentere Querverweissysteme zu entwickeln, die einem nicht mit mechanischer Sturheit alle Suchbegriffe liefern, und mögen sie noch so irrelevant sein. Mit solchen verbesserten Werkzeugen ausgerüstet, kann der Computer die enzyklopädische Datenscheibe ungleich zuverlässiger nach allen Artikeln durchforschen, in denen etwas zum Thema Lesen mitgeteilt wird, als es dem fleißigsten Leser der neunundzwanzigbändigen Papierausgabe der *Britannica* vergönnt ist.

Aber das sind nur die offensichtlichen Neuerungen. Nichts von dem, was uns lieb und teuer ist, muß verlorengehen. Möglich, daß der eine oder andere Vorzug, den wir an Büchern schätzen, mit Hilfe raffinierter Vorrichtungen in die Computerwelt hinübergerettet wird. Wir können schon elektronische Notepads bekritzeln, Powerbooks und digitale Bücher sind bereits zum Westentaschenformat geschrumpft. Die Frau in der U-Bahn, die ihren Schmöker liest, der Mann mit dem Walkman neben ihr, die Studentin mit dem Lehrbuch, die etwas an den Rand der Seite schreibt, das Kind neben ihr, das mit einem Nintendo spielt – sie alle können ihre Hilfsmittel zu einem einzigen, tragbaren Gerät kombinieren (wie es der Heimcomputer darstellt), das alle Bearbeitungs- und Anwendungsmöglichkeiten von Texten in sich vereint – visuelle und auditive Darbietung, Randbemerkungen und das Angebot verspielter Textuntersuchungsmethoden direkt auf dem Bildschirm oder mit Hilfe noch zu erfindender Vorrichtungen. Die CD-ROM (oder was immer in Zukunft ihren Platz einnehmen wird) ist einem Wagnerschen Gesamtkunstwerk vergleichbar, einer Art Minioper, in der alle Sinne zusammenwirken müssen, um einen Text zur Entfaltung zu bringen.

Woher also unsere Angst vor der Veränderung?

Es ist kaum zu befürchten, daß das Bücherlesen im Zeitalter der elektronischen Revolution seinen aristokratischen Anstrich verlieren wird. In den nebelhaften Kindheiten der Vergangenheit erschien das Lesen entweder als eine Pflicht, die dazu diente, gewisse Autoritätsprinzipien aufrechtzuerhalten (etwa in den Schreibstuben Mesopotamiens und des europäischen Mittelalters), oder als Zeitvertreib der Oberschichten verschiedener Epochen, als Privileg, das die weniger Betuchten dann allmählich für sich eroberten. Die meisten Zivilisationen (wenn auch bei weitem nicht alle) haben sich um ein Buch herum formiert, und in diesen Kulturen bildet die Bibliothek ein wesentliches Symbol der Macht. In gewisser Hinsicht endet die Antike mit dem Brand der Bibliothek von Alexandria und das 20. Jahrhundert mit dem Wiederaufbau der Bibliothek von Sarajevo.

Aber die Vorstellung einer wahrhaft demokratischen Lesekultur ist illusorisch. Die von Carnegie gestifteten Bibliotheken des 19. Jahrhunderts waren Tempel für die Reichen, in die auch gewöhnliche Leser eintreten durften, wenn sie es mit Ehrfurcht taten. Das Lesen kann in einem gewissen Maße zur politischen Veränderung beitragen, wie Matthew Arnold glaubte, aber es kann auch ein Mittel sein, die Zeit totzuschlagen oder in Anbetracht der Allgegenwart des Todes zu verlangsamen, es kann auch einer arroganten Trotzhaltung entspringen und sich gegen den monotonen Arbeitsalltag wenden, auf dem unsere Gesellschaft beruht.

Ändern werden sich mit Sicherheit die Eigentumsbegriffe. Die Vorstellung vom Buch als Wertgegenstand, sei es wegen seines Inhalts, seines Alters oder seiner Ausstattung, gab es schon in der Epoche der Schriftrollen, aber erst das im 14. Jahrhundert (zumindest in Europa) entstehende bürgerliche Publikum holte das Buch aus dem adligen und klerikalen Dunstkreis heraus und schuf einen Markt, der den Besitz von Büchern zum Statussymbol erhob und die Herstellung von Büchern zu einem Gewerbe unter vielen machte. Eine ganze Industrie entstand, um die Nachfrage nach Büchern zu befriedigen, was Doris Lessing dazu veranlaßte, ihre notleidenden Kollegen aufzustacheln:

> Und es kann nicht schaden, bei jeder sich bietenden Gelegenheit zu wiederholen: »Ohne mich gäbe es keine Literaturindustrie. Die Verlage, die Agenturen und Sub-Agenturen und Sub-Sub-Agenturen, die Buchhalter und Anwälte, die literaturwissenschaftlichen Fakultäten, die Professoren, die Dissertationen und literaturkritischen Bücher, die Rezensenten, die Bücherseiten – diesen ganzen riesigen und wuchernden Betrieb gibt es nur wegen mir, dieser kleinen, bevormundeten, übervorteilten und unterbezahlten Person.«

Aber in den Zeiten der neuen Technologie muß die Industrie (die nicht verschwinden wird) sich umstellen, um zu überleben. Essays im Internet, Gedichte, die durch Modems rauschen, Bücher, die, auf Disketten kopiert, von Leser zu Leser wandern, brauchen den Verleger und auch den Buchhändler nicht mehr. Interaktive Romane schließlich stellen sogar das Prinzip der Autorenschaft in Frage. Wer kassiert Tantiemen für einen Text, der in Salamanca gescannt, per e-mail in Recife empfangen, in Melbourne umgeschrieben, in Ekuador erweitert und in San Francisco auf einer Diskette gespeichert wird? Und wer ist der Urheber dieses Kollektivprodukts? Auch beim Bau einer mittelalterlichen Kathedrale oder bei der Produktion eines Hollywood-Films haben viele Hände mitgewirkt, und ohne Zweifel wird die neue Medienindustrie auch neue Wege finden, sich ihre Profite zu sichern. Und die kleine, unterbezahlte Person von Doris Lessing muß sich wohl damit bescheiden, noch kleiner und noch unterbezahlter zu werden.

Diese düstere Aussicht ist jedoch nicht ganz ohne stimulierende Lichtblicke. Im Januar 1996, kurz nach dem Tod des Präsidenten Mitterrand, verbot die französische Regierung nach altehrwürdiger und allerorten gepflegter Tradition ein Buch. In diesem Buch, *Le Grand Secret*, enthüllten Mitterrands Ärzte Claude Gubier und Michel Gonod intime Details über den gesundheitlichen Verfall ihres hochgestellten Patienten einschließlich der regierungsamtlichen Vertuschungsbemühungen. Bücherverbote waren schon immer ein angemaßtes Vorrecht der Mächtigen, und bis heute haben Schriftsteller kein anderes Mittel gegen die Zensuredikte und Scheiterhaufen als Samisdat-Ausgaben und den Glauben an eine tolerantere Zukunft. Mutige Worte sind an den Kaminen und in den Wartesälen des Exils gesprochen worden, aber die Bücherverbote gehen weiter bis heute. Am 23. Januar 1996 beschloß Pascal Barbaud, Inhaber eines Cyber-Cafés in Besançon, *Le Grand Secret* ins Internet einzuspeisen. Das Internet war offenkundig der staatlichen Gerichtsbarkeit entzogen (ich sage »war«, weil die Zensoren mit dem uralten Hinweis auf die Gefahren der Pornographie und der Hetzliteratur nun auch in diesen Freiraum einbrechen), und so konnte Barbaud seinen subversiven Akt zum Erfolg führen. Da niemand für eine Textpublikation im Internet zur Verantwortung gezogen werden kann, wurde *Le Grand Secret* das erste verbotene Buch, das in aller Öffentlichkeit der Zensurgewalt trotzte.

Und doch lassen sich Leser niemals zufriedenstellen. Die Internet-Version des *Grand Secret* ist nur eine Kopie der Druckfassung. Was aber, wenn jeder elektronische Text der Einwirkung eines jeden Benutzers zugänglich wäre wie die Bildschirmromane Robert Coovers, die man durch eigene Einfälle ergänzen, mit einem eigenen Anfang oder Ende versehen kann? Unser besorgter Leser, der mit ausreichend Freizeit gesegnet ist, den Luxus einer privaten Behausung genießt und kaum unter Zensurmaßnahmen zu leiden hat, wird sich fragen: Können wir einen solchen proteischen (oder, wie das häßliche Modewort dafür lautet – interaktiven) Text, an dem jeder mitwirken kann, überhaupt noch kritisch lesen? Doch vor lauter Sorge vergessen wir, daß jeder Text in seinem innersten Wesen »interaktiv« ist und sich von Leser zu Leser, Stunde zu Stunde, Ort zu Ort wandelt. Jeder einzelne Leseakt bezieht den Leser in die »Spirale der Interpretation« ein, wie der französische Historiker Jean-Maire Pailler festgestellt hat, jedes Lesen dreht diese Spirale ein kleines Stück weiter in ihre schwindelerregende Höhe. Ein »reines Lesen« hat es nie gegeben. Liest man Diderot, wird der Leseakt zum Gespräch, liest man Danielle Steele, vermischt er sich mit dem erotischen Kitzel, bei Defoe mit Reportage, bei anderen mit Belehrung, Geschwätz, Enzyklopädismus, Ordnungsrausch oder Wahnwitz. Es scheint keinen platonischen Idealtyp des Lesens zu geben und auch keinen solchen des Buches. Die Auffassung, daß der Text ein passiver Gegenstand ist, trifft nur in einem abstrakten Sinne zu. Von den ältesten Schriftrollen bis zu den Musterseiten der Bauhaus-Typographie trägt jeder fixierte Text, jedes Buch in jeder Gestalt eine explizite und implizite ästhetische Botschaft in sich. Es gibt kein Manuskript, das einem anderen völlig gleicht. Diese Erkenntnis zwang schon die wackeren Bibliothekare von Alexandria dazu, sich für eine jeweils gültige Version der von ihnen verwahrten Schriftwerke zu entscheiden, und so entwickelten sie die epistemologische Regel, daß jede neue Abschrift die ältere ersetzt, da diese zwangsläufig in der neueren enthalten sei. Und als Gutenbergs Druckerpresse ein und denselben Text tausendfach vervielfältigte, war es am Leser, den Text zu seinem persönlichen zu machen, ihn mit Randbemerkungen, Klecksen, Markierungen aller Art zu versehen, so daß kein Buch, nachdem es einmal gelesen ist, noch mit einem anderen Buch identisch ist. All diese vielen Textvarianten, die Myriaden befingerter Buchseiten können uns nicht davon abhalten, von dem *Hamlet* und dem *König Lear* zu sprechen, dem einen und einzigen Shakespeare. Elektronische Texte werden neue Maßstäbe für ihre konstanten und variablen Qualitäten hervorbringen, und die Kritiker werden neue Vokabeln erfinden, um sich auf die Wandelbarkeit des Textes einzustellen.

Dieselbe unbegründete Technikangst, die sich schon gegen die Umstellung von der Schriftrolle auf den Kodex wendete, wendet sich nun wieder gegen die Umstellung vom Kodex auf die Schriftrolle. Der über den Bildschirm rollende Text gefährdet angeblich eine humanistische Errungenschaft, das handgreifliche, aus Papier und Druckerschwärze gefertigte Buch. Doch jede Technologie besitzt menschliches Maß; es ist unmöglich, diesen menschlichen Charakter zu eliminieren, auch den unmenschlichsten Erfindungen ist er zu eigen. Es sind unausweichlich unsere eigenen Schöpfungen, sosehr wir das auch leugnen mögen. Dieses menschliche Maß der Technologie zu erkennen und zu deuten wie die farbigen Fingerspuren an den Wänden prähistorischer Höhlen mag unsere gegenwärtigen Fähigkeiten übersteigen. Benötigt wird dafür keine verbesserte humanistische Lesehaltung, sondern eine effektivere, die dem technologisch eingebundenen Text seine ambivalente Vielschichtigkeit zurückgibt und so seiner seherischen Potenz gerecht wird. Viel wichtiger, als die Effekte der Virtual Reality zu bestaunen, ist es, ihre sehr realen und nützlichen Defekte zu erkennen, die Risse, Löcher und Spalten, durch die wir in einen noch ungeschaffenen Raum eintreten können. Vielleicht sollten wir unsere Entschiedenheit ein wenig dämpfen, statt sie noch zu steigern. Ob sich das Buch in seiner jetzigen Form erhalten wird oder nicht, scheint mir eine müßige Frage zu sein. Meine Vermutung (und mehr als eine Vermutung ist es wirklich nicht) geht dahin, daß es uns im großen und ganzen erhalten bleibt, weil es so gut an unsere Bedürfnisse angepaßt ist – doch auch diese können sich zweifellos ändern.

Statt dessen stelle ich mir die Frage, wie wir uns in einer Welt der virtuellen Räume, die zweifellos mit dem Buch koexistieren wird (und dieses hier und da ersetzt), weiterhin die Fähigkeit des Erfindens, des Erinnerns, der Lernens, der Aufzeichnens, des Verwerfens, des Staunens, des Jubelns, des Protestierens erhalten. Wie werden wir es schaffen, kreative Leser zu bleiben, statt uns in passive Zuschauer zu verwandeln?

Vor fast zehn Jahren äußerte George Steiner den Gedanken, daß die bücherfeindliche Entwicklung das Lesen zu seinen Ursprungsorten zurücktreiben wird und daß es dann Lesehäuser geben wird, ähnlich den alten Klosterbibliotheken, wo alle Sonderlinge, die eine Vorliebe für die altmodischen Bücher haben, in Ruhe sitzen und schmökern können. Etwas Ähnliches geschieht schon im Kloster zum Heiligen Kreuz auf der South Side von Chicago, aber nicht so, wie es sich Steiner vorstellte. Hier schalten die Mönche nach der Morgenandacht ihre IBM-Computer in der Schreibstube ein und machen sich an die Arbeit wie ihre Vorgänger vor tausend Jahren, sie schreiben ab, sie glossieren und konservieren Texte für künftige Generationen. Und selbst Andachtslektüre findet anscheinend nicht mehr im Privaten statt, sondern wird statt dessen ökumenisch: Über die Jerusalemer Internet-Site »Klagemauer« kann man offenbar mit Gott persönlich in Verbindung treten, wenn man ein Leser des Alten Testaments ist, die Anhänger des Neuen Testaments können sich ebenfalls per Internet direkt an den Papst wenden.

Diese Vorgriffe auf zukünftige Lesegewohnheiten möchte ich durch drei weitere Visionen ergänzen, die vor nicht allzu langer Zeit von Ray Bradbury entworfen wurden.

- In einer Geschichte der *Mars-Chroniken*, »Es wird weicher Regen fallen«, bietet ein vollautomatisches Haus zur abendlichen Zerstreuung der Bewohner die Verlesung eines Gedichts an, und da niemand auf den Vorschlag reagiert, wählt es selbst ein Gedicht aus und trägt es vor, ohne zu registrieren, daß die ganze Familie durch einen Atomschlag ausgelöscht wurde. Das ist ein Beispiel für ein zukünftiges Lesen ohne Leser.

- Eine andere Geschichte, »Usher II«, berichtet von einem fanatischen Edgar-Allen-Poe-Anhänger in einer Zeit, als Dichtung nicht mehr als Ideenquelle, sondern als etwas gefährlich Reales betrachtet wird. Nach dem Verbot der Werke Poes errichtet der treue Leser seinem Helden einen Tempel, ein Haus voller Eigentümlichkeiten und Tücken, mit dessen Hilfe er seine Feinde und auch die Bücher vernichtet, an denen er sich rächen will. Das ist die Zukunft der Leser ohne das Lesen.

- Die dritte Vision entstammt seinem bekanntesten Buch, *Fahrenheit 451*, beschreibt eine Zukunft, in der Bücher verbrannt werden und einzelne Grüppchen von Literaturliebhabern ihre Lieblingsbücher auswendig gelernt haben und im Kopf mit sich herumtragen. Das ist eine Zukunft, in der Leser, um zu überleben, das Gebot des Augustinus beim Wort nehmen und eins werden muß mit ihrer Lektüre.

Automatisiertes Lesen, das den Menschen nicht mehr braucht, das Buch in den Händen von Verrückten, die Literatur nicht als Fiktion betrachten, sondern als Orte des Dialogs, Texte, die dem Gedächtnis überantwortet werden, bis der Verstand einstürzt und der Geist versiegt ... diese Visionen sind dem Ende unseres Jahrhunderts gemäß – das Ende der Bücher gegen das Ende der Zeit gesetzt, das Ende des zweiten Jahrtausends. Am Ende des ersten Jahrtausends verbrannten die Adamiten in Erwartung der Apokalypse ihre Bibliotheken, um den Ballast unnützen Wissens abzuwerfen und sich unbeschwert auf das versprochene Himmelreich vorzubereiten.

Unsere Ängste sind endemischer Natur und in unserer Zeit verwurzelt. Sie schweifen nicht in eine unbekannte Zukunft, sondern verlangen nach abschließenden Antworten, hier und jetzt. »Dummheit«, schrieb Flaubert, »ist das Verlangen nach einem Schluß.« In der Tat. Das Lektüreerlebnis ist, wie jeder Leser weiß, wesentlich dadurch bestimmt, daß das Ende unvorhersehbar und bis zuletzt offenbleibt. Jeder Leseakt ist die Fortsetzung einer Geschichte, die an irgendeinem Nachmittag vor vielen tausend Jahren begonnen hat und von der wir nichts wissen; jeder Leseakt wirft seinen Schatten auf die nachfolgende Seite voraus, verleiht ihr Gehalt und Zusammenhang. Auf diese Weise wächst die Geschichte Schicht um Schicht wie der Humus einer Kultur, die wir durch unsere Lektüre fortsetzen und bewahren.

Auf dem Gemälde Carpaccios sitzt Augustinus, wachsam wie sein Hund, mit gezückter Feder vor einem Buch, das wie ein Bildschirm leuchtet, und schaut direkt ins Licht, in lauschender Haltung. Der Raum, die Instrumente wandeln sich ständig, die Bücher auf dem Wandbord werfen die Einbände ab, der Text spricht in Stimmen, die noch nicht geboren sind. Das Warten dauert fort.

Anhang

»Und nachdem sie pressen gelernt hatten«,
fuhr die Haselmaus gähnend fort und rieb sich
schlaftrunken die Augen, »preßten sie alles,
was mit ›M‹ anfängt.«
»Warum mit ›M‹?« fiel ihr Alice ins Wort.
»Warum nicht mit ›M‹?« schrie der Märzhase sie an.
Alice im Wunderland, 7. Kapitel

Anmerkungen

Die Zitate von Lewis Carroll basieren auf den Übersetzungen von Christian Enzensberger (Alice im Wunderland/Alice hinter den Spiegeln, Insel-Verlag, Frankfurt am Main 1963) und Lieselotte Remané (Alice im Wunderland/Alice im Spiegelland, Kinderbuchverlag, Berlin 1967) und wurden dieser Ausgabe angepaßt.

1 T. S. Eliot, Das Liebeslied des J. Alfred Prutrock – Gedicht über einen Mann, der aus Lebensangst das Leben versäumt
2 Edna St. Vincent Millay (1892–1950), amerikanische Dichterin
3 Dieses und folgende Zitate nach Jorge Luis Borges, Gesammelte Werke, Erzählungen 2, 1949–1970, Hanser Verlag, München 1981, Übersetzung: Karl August Horst, bearbeitet von Gisbert Haefs
4 Bei Borges englisch zitiert in einer Übersetzung Dorothy Sayers. Deutsche Übersetzung: Hermann Gmelin
5 Jorge Luis Borges, Gesammelte Werke, Erzählungen 3, Übersetzung: Dieter E. Zimmer, Hanser Verlag, München 1982
6 Untersuchung des Werkes von Herbert Quain, ebenda
7 Deutsches Requiem, ebenda
8 Der Zahir, Übersetzung: Karl August Horst, bearbeitet von Gisbert Heafs, Erzählungen 2
9 Jorge Luis Borges, Gesammelte Werke 1, Übersetzung: Gisbert Haefs
10 Jorge Luis Borges, Gesammelte Werke 6, Borges und ich; Übersetzung: Karl August Horst, bearbeitet von Gisbert Haefs
11 Jorge Luis Borges, Gesammelte Werke, Essays 1932–1936, Übersetzung: Melanie Walz

12 Übersetzung: Hermann Gmelin
13 Übersetzung: Hermann Gmelin
14 Jon Lee Anderson, Che. Die Biographie, München 1997
15 1944 (dt. 1946) erschienener Bestseller der amerikanischen Schriftstellerin Kathleen Winsor (geb. 1919)
16 1956 (dt. 1958) erschienener Roman der amerikanischen Schriftstellerin Grace Metalious (1924–1964); Vorlage für eine amerikanische Fernsehserie
17 Aldous Huxley, Die Pforten der Wahrnehmung, Übersetzung: Herberth E. Herlitschka, Piper Verlag, München 1970
18 Zwei Strophen aus: Die dunkle Nacht der Seele, in: Juan de la Cruz, Sämtliche Dichtungen, Herausgeber und Übersetzer: Felix Braun, Salzburg 1949
19 John Donne (1572–1631); aus dem Gedicht: An seine Geliebte – Beim Zubettgehen. Nachdichtung: Werner von Koppenfels, in: Alchimie der Liebe, Berlin 1991
20 Vladimir Nabokov, Gesammelte Werke, hrsg. von Dieter E. Zimmer, Band VIII, Übersetzung: Helen Hessel u. a., Rowohlt Verlag, Reinbek 1989
21 Übersetzung: Th. Mutzenbecher, Rowohlt Verlag, Reinbek 1967
22 Übersetzung: Arthur Schurig, bearbeitet von Hugo Beyer, Insel-Verlag, Frankfurt/Main 1989
23 Novalis, Die Enzyklopädie, V. Abteilung, NATURLEHRE ODER VOM LEBENDIGEN, 4. Psychologie, Nr. 1229
24 Virgina Woolf, The Essays of Virginia Woolf, Bd. 1, 1912–1918, Hrsg. Andrew McNeillie, London 1987
25 Zitiert bei John Boswell, Christianity, Social Tolerance und Homosexuality: Gay People in Western Europa from the Beginning of the Christian Era to the Fourteenth Century, Chicago und London 1980
26 Zitiert bei Jan Morris (Hrsg.), The Oxford Book of Oxford, Oxford 1978
27 Zitiert in Tentación de la utopía: La República de las jesuitas en el Paraguay, mit einem Vorwort von Augusto Roa Bastos, Barcelona, Tusquets 1991

28 Ebenda
29 Martin Dobrizhoffer, Geschichte der Abiponer, eine berittene und kriegerische Nation in Paraguay (in lat. Sprache), Wien 1783
30 Louis Antoine de Bougainville, Journal du voyage autour du monde, in: Bougainville et ses compagnons autour du monde 1766–1769, Paris 1977
31 Alexander Cockburn, The Great Tzotzil Dictionary in: Soho Square I, Hrsg. Isabel Fonseca, London 1988
32 Rick Archold, Author & Editor. A Working Guide, 1983
33 Gerald Gross (Hrsg.), Editors on Editing. An Inside View of What Editors Really Do, New York 1993
34 Brief an Clara Rilke vom 7. und 9. Oktober 1907
35 Brief an Clara Rilke vom 10. Oktober 1907
36 Schauplatz von Shakespeares »Wie es euch gefällt«
37 Übersetzung: Erich Fried, in: Shakespeare, Bd. 3, Berlin 1995.
38 Nachgedruckt in Harper's, New York, Juli 1995
39 Diese Zahl ist eine Schätzung der Nationalen Kommission zur Aufklärung des Schicksals der Verschwundenen, aufgeführt in: Nunca más. A Report by Argentina's National Commission on Disappeared People, Hrsg. und Übersetzung: Nick Caistor, London 1986, und in: Index on Censorship, London 1986
40 R. Scott Greathead, Truth in Argentina, in: The New York Times, 11. Mai 1995
41 Juan José Saer, Mario Vargas Llosa au-delà de L'erreur in: Le Monde, Paris, 26. Mai 1995
42 Nunca Más (Never Again). A Report by Argentina's National Commission on Disappeared People, a. a. O.
43 G. K. Chesterton, Verteidigung des Schundromans, in: Verteidigung des Unsinns, der Demut, des Schundromans und anderer mißachteter Dinge, Zürich 1969
44 Robert Graves, Die weiße Göttin, Reinbek 1995
45 Wörtlich: Das nächste Mal brennt es. Deutscher Titel: Hundert Jahre Freiheit ohne Gleichberechtigung, Essays, 1964
46 Johannes 4/10 ff.

47 5. Mose 4/24

48 Gustave Flaubert, Wörterbuch der Gemeinplätze, Übersetzung: Monika Petzenhauser, München 1985

Inhalt